MARIEKE HANSEN

Seehundsommer

**Über die Autorin:**

Umgeben von Natur und Tieren wuchs **Marieke Hansen** in einem kleinen Dorf im Oberbergischen Land auf. Nach einem Studium der Umweltwissenschaften begann sie, sich für Wildtiere einzusetzen. Heute ist sie in der Wildtierrettung tätig und kümmert sich um verwaiste Jungtiere. Als Expertin hat sie mehrfach Radio-Interviews gegeben und vor Fernsehkameras gestanden. Ihre Liebe zum Meer entstand durch zahlreiche Urlaube in ihrer Kindheit – nun lebt sie selbst nahe der Küste und ist vertraut mit Wind und Wellen. In ihrem ersten Roman vereint Marieke Hansen ihre Erfahrung mit wilden Tieren mit ihrer Passion für das Meer.

MARIEKE HANSEN

# SEEHUNDSOMMER

ROMAN

lübbe

Dieser Titel ist auch als Hörbuch und E-Book erschienen.

Die Bastei Lübbe AG verfolgt eine nachhaltige Buchproduktion. Wir verwenden Papiere aus nachhaltiger Forstwirtschaft und verzichten darauf, Bücher einzeln in Folie zu verpacken. Wir stellen unsere Bücher in Deutschland und Europa (EU) her und arbeiten mit den Druckereien kontinuierlich an einer positiven Ökobilanz.

FSC www.fsc.org
MIX
Papier aus verantwortungsvollen Quellen
FSC® C014496

Originalausgabe

Dieses Werk wurde vermittelt durch die litmedia.agency, Germany.


Lektorat: Dr. Stefanie Heinen
Textredaktion: Anne Schünemann, Schönberg
Titelmotive: © ah_fotobox/AdobeStock | RelaxFoto.de/istockphoto | dendong/istockphoto | Svetlana-Cherruty/iStock/Getty Images Plus | momnoi/iStock/Getty Images Plus | creativesunday2016/iStock/Getty Images Plus | Stefan Ziese/imageBROKER.com
Umschlaggestaltung: Guter Punkt, München | www.guter-punkt.de
Satz: hanseatenSatz-bremen, Bremen
Gesetzt aus der Adobe Garamond Pro
Druck und Verarbeitung: GGP Media GmbH, Pößneck
Printed in Germany
ISBN 978-3-404-18783-6

2 4 5 3 1

Sie finden uns im Internet unter:
luebbe.de
Bitte beachten Sie auch: lesejury.de

*»Lüch up un fleu herut«*
*(Hebe auf und fliege weit hinaus)*

Wahlspruch der Klootschießer

*Wer kennt das Land nicht, wo der Torf die Erde und arger Nebel stets den Himmel bedeckt?*
*Wer kennt das Land nicht, das bei seinem »Werde!« der Herrgott selber erst zuletzt entdeckt?*

Leutnant von Düring in Aurich, 1853

# Kapitel 1

Fenja wagte den ersten Schritt ins eiskalte Wasser. Der volle Mond stand hoch über dem Deich und warf ein gespenstisches Licht auf die Buhnen. Der Wellengang war ruhig, auch die Möwen schliefen. Sie wagte sich weiter nach vorne und schloss dann die Augen. Salz. Wind. Dieser einzigartige Gesang des Wassers, der Lieder von Urlaub, den Sommerferien ihrer Kindheit und Oma Lottis Umarmung in ihren Ohren summte. Sie war müde, ausgelaugt, erschöpft.

Einen Moment verharrte sie, sog alles in sich auf und versuchte loszulassen. Das letzte Jahr war hart gewesen, es hatte sie all ihre Kraft gekostet. Sie hatte als Konditorin auf einem Kreuzfahrtschiff gearbeitet, war von Gibraltar nach Istanbul und von Venedig nach Kairo gefahren und hatte doch das Meer so wenig genießen können. Die Schichten waren lang gewesen, oft zwölf, manchmal vierzehn Stunden am Stück. Während die Gäste an Land gingen, hatte sie mit ihrem Küchenteam die Vorratskammern aufgefüllt. Und in letzter Zeit saß ihr ständig dieses nervige Klingeln im Ohr, das immer dann schlimmer wurde, wenn sie unter Stress stand.

Nun war sie wieder an dem Ort, an dem sie geboren worden war, Greetsiel an der ostfriesischen Küste. Ein Ort, der Erinnerungen weckte, mit dem sie heute jedoch fast nichts mehr verband.

Silberne Wellenkronen tanzten um sie herum, und auch, wenn es nicht sein konnte, glaubte sie, die Muschelbänke im Meer klappern zu hören. Sie löste sich vom Anblick des Mondes, der sich so verheißungsvoll auf der Wasseroberfläche spiegelte, es schien fast, als wäre er im Meer versunken und beleuchte es von unten. Wie verzaubert trat sie einen weiteren Schritt vor. Ein saugendes Geräusch ertönte, als sie knöcheltief im Watt versank. Sie ruderte mit den Armen, um das Gleichgewicht zu finden, und spürte einen stechenden Schmerz, als eine Muschel ihr die Fußsohle aufriss. Sie war es nicht mehr gewohnt, barfuß zu laufen. Fluchend humpelte sie den Weg zurück, spürte wieder festen Boden unter den Füßen und suchte den Parkplatz neben der Düne, auf dem ihr VW Käfer parkte.

Dort angekommen kramte sie ein Handtuch aus ihrer Tasche und trocknete ihre Füße, um sich die Wunde anzusehen. Ein Kratzer, mehr nicht, aber er war tief und blutete. Unter der Abdeckung des Kofferraums fand sie den Erste-Hilfe-Kasten. Als sie mit klammen Fingern die Mullbinde hervorholte, fiel sie ihr herunter, nur um unter das Auto zu kullern.

»Mist.« Sie beugte sich tief unter den Wagen und tastete im Sand danach, bis sie endlich das knisternde Plastik der Verpackung spürte.

»Kann ik helpen?«, fragte eine tiefe Stimme hinter ihr. Fenja erschrak so sehr, dass sie mit dem Hinterkopf an die Stoßstange knallte.

»Mist«, wiederholte sie. »Aua.« Kleine Sternchen tanzten vor ihren Augen. Sie brauchte ein paar Sekunden, um sich wieder zu orientieren.

Vor ihr stand ein Mann mit dunklen Wuschellocken, einem Fünftagebart und, wenn sie es im schummrigen Licht des Käfers recht erkennen konnte, schokoladenbraunen Augen. Er trug eine verschlissene Jeans, ein löchriges T-Shirt und wirkte nicht besonders vertrauenerweckend.

»Nein, danke. Alles in Ordnung«, murmelte sie und trat einen Schritt zurück.

»Sicher?«

»Ja.«

Der Mann hob eine Augenbraue. Anstatt sich in den Schatten zurückzuziehen, aus dem er gekommen war, blieb er stehen und verschränkte die Arme. »Du solltest um diese Uhrzeit nicht allein hier draußen sein.«

Seine Bemerkung jagte Fenja einen Schauer über den Rücken. Was wollte dieser Typ von ihr? »Wie bitte? Sie sind doch auch hier.«

»Ich komm von hier. Ich kenne mich aus.«

»Wer sagt, dass ich nicht auch hier wohne?«

Der Mann lachte. »Erstens hättest du mir bei meiner ersten Frage auf Plattdüütsk geantwortet. Zweitens trägt kein Einheimischer an einem Mittwochabend eine Seidenbluse am Strand. Drittens kommt nur ein Tourist auf die Idee, ausgerechnet an diesem Abschnitt barfuß ins Wasser zu latschen.«

Fenja stieg die Schamesröte ins Gesicht. Das fing ja gut an.

Und der Lockenkopf war noch nicht fertig. »Viertens kenne ich hier jeden. Es ist eine kleine Gemeinschaft.«

»Soso«, sagte Fenja und verdrängte tapfer das traurige Gefühl, das immer dann in ihr aufstieg, wenn sie sich entwurzelt vorkam. Das hier war eigentlich ihre Heimat, und doch gehörte sie nicht dazu. Auch in Düsseldorf hatte sie sich nie richtig heimisch gefühlt.

»Das sieht schmerzhaft aus.« Er deutete auf ihren Fuß.

»Nein, ist es nicht. Nur ein Kratzer. Wenn Sie mich jetzt bitte entschuldigen würden. Ich habe zu tun.«

Er hob beschwichtigend die Hände und grinste, verzog sich aber tatsächlich, sodass sie in Ruhe den pochenden Schnitt verarzten konnte. Vorsichtig schlüpfte sie wieder in den Schuh – Oma sollte nichts von dieser peinlichen Begegnung erfahren.

Ihre Mutter hatte sie gewarnt: »Die Greetsieler lieben ihre Heimat. Mach dir keine Illusionen, sie werden dich nicht als eine von ihnen akzeptieren. Für die waschechten Krummhörner bist du eine Touristin.«

Wie recht sie gehabt hatte! Doch eigentlich konnte Fenja das herzlich egal sein. Sie wollte ihre Oma besuchen, entspannen, runterkommen und endlich wieder tief durchatmen. Das würde allerdings schwierig werden, wenn alle Greetsieler solche arroganten Torfnasen waren wie dieser Typ.

Sie seufzte und schüttelte auch den Sand aus ihrem anderen Schuh, bevor sie hineinstieg. Es war viel zu viel Zeit vergangen, seit sie Oma zuletzt gesehen hatte. Ihr Leben in der Großstadt und zuletzt auf dem Schiff hatte sie so beansprucht, dass sie jahrelang nicht mehr in den Norden gefahren war. Immer war etwas dazwischengekommen, und vielleicht hatte sie es auch vermieden, auf die Krummhörn zurückzukehren, weil sie bittersüße Erinnerungen damit verband.

Fünf Minuten später tuckerte sie durch die verlassenen Straßen von Greetsiel, die im Dunkeln unwirklich und verwunschen wirkten. Tagsüber zog das Dorf in der Hochsaison viele Besucher an, aber nachts, wenn die Werbetafeln und Postkartenständer fehlten, erinnerte es sie an eine verlassene Filmkulisse in Hollywood. Gerne hätte sie sich den Ortskern angeschaut, aber das musste bis morgen warten, denn dort durften keine Autos fahren. Früher hatte sie es genossen, an der Hand ihrer Oma entlang der Souvenirläden, Modeboutiquen und Cafés zu schlendern und sich in der Eisdiele am Hafen eine Kugel Erdbeereis zu kaufen. Damals kostete die Kugel noch 60 Pfennig, das war jetzt fünfundzwanzig Jahre her. Die Zahl gruselte sie.

Ihre Eltern hatten sich noch vor ihrer Geburt getrennt, aber ihr Vater hatte sie jeden Sommer für mehrere Wochen zu sich nach Greetsiel eingeladen. Da er viel mit seinem Boot unterwegs gewesen war, hatte Oma Lotti meist auf sie aufgepasst. Sie hatte ihr Freiheiten gelassen, die sie zu Hause nicht gehabt hatte. Nur eins hatte sie nie gedurft: die Seehundstation betreten, die Oma leitete.

Ihre Mutter hatte ihr erst viele Jahre später den Grund erklärt. Es lag an Garlef, Oma Lottis zweitem Mann, der ein Alkoholproblem hatte. Papa und Garlef konnten einander nicht leiden. Ihr Vater hatte ihrem Stiefopa nie verziehen, dass seine Mutter einen Großteil ihrer Energie damit verbrachte, seine Schnapsflaschen zu verstecken und sich für sein Verhalten zu entschuldigen. Es war zu einem Streit zwischen Papa und Oma gekommen, der irgendwann sogar zum Bruch geführt hatte. Papa zog nach Hamburg und gründete dort eine neue Familie, und mit dem Wegzug ihres Vaters aus der Krummhörn hatte auch Fenja den Kontakt zu ihrer Oma verloren. Sie hatten zwar telefoniert, und Oma Lotti war einige Male mit dem Zug nach Düsseldorf gekommen, aber es war nie mehr so gewesen wie früher.

Nun lebte Opa Garlef schon lange nicht mehr, und Fenja freute sich darauf, Oma endlich einmal in der Krummhörn zu besuchen. Und natürlich auch, endlich ihre legendäre Seehundstation kennenzulernen und mitzuhelfen, sich um die Tiere zu kümmern.

Sie setzte den Blinker und verließ den Ort auf der Nordseite. Am Störtebekerkanal entlang fuhr sie Richtung Neuwesteel, bis sie in die kleine Straße bog, in der die Seehundstation lag. Natürlich kannte sie den ehemaligen Gulfhof von Fotos, aber als sie nun vor dem alten Gebäude hielt, staunte sie dennoch. Das Vorderhaus war so groß, dass es mehreren Generationen Platz bieten könnte, und auch die Dimensionen des angrenzenden Scheunentrakts waren enorm. Durch die Abseiten des Daches war die Scheune hinten breiter als das Haus. Dort mussten sich die Anlagen für die Seehunde befinden. Das Dach war mit roten Ziegeln eingedeckt, die im Mondlicht schimmerten, nur auf dem oberen Bereich des Scheunentraktes fand sich Reet.

Ein Schild begrüßte sie: *Auffangstation »Seehund in Sicht!«*, darunter prangte ein aufgemalter Heuler mit großen Knopfaugen. Kaum war sie ausgestiegen, öffnete sich bereits die Haustür und Oma Lotti stürmte heraus.

»Mien Leev, da bist du ja!«, rief sie und umarmte Fenja so fest, dass ihr die Luft wegblieb.

»Hallo, Oma«, krächzte sie und schnappte nach Luft. »Ich freue mich so, dich wiederzusehen.«

Ihre Großmutter roch wie früher. Da war eine Note von Vanille, vermischt mit etwas Erdigem, das an einen blühenden Garten erinnerte. Sanft schob Oma sie wieder ein Stück von sich weg und betrachtete sie. Auch ihr Gesicht war Fenja sofort wieder vertraut. Ein paar mehr Falten hatten sich in ihre Züge gestohlen, und sie trug nun eine Brille mit modischem Gestell, aber ihr Strahlen war noch genauso herzlich, wie Fenja es in Erinnerung hatte. Die kurzen grauweißen Locken kringelten sich unverändert um ihr schlankes Gesicht, das freundlich und scharfsinnig zugleich wirkte.

Bei genauerem Hinsehen entdeckte Fenja eine lilafarbene Strähne über Lottis Schläfe, die sich frech an den Ohren vorbeischob. So war ihre Oma schon damals gewesen – immer anders, immer ein bisschen verrückt. Fenja lächelte. »Entschuldigung, dass es so spät geworden ist. Die Fahrt hat länger gedauert als geplant. Erst gab es einen Unfall bei Düsseldorf, und später war die A31 streckenweise wegen einer Baustelle gesperrt.«

»Warst du am Wasser, mien Dern?«, fragte Oma Lotti, ohne auf ihre Erklärung einzugehen.

»Ja. Ich habe kurz am Strand gehalten. Woher weißt du das?«

Sie lachte. »Du riechst nach Meer. Außerdem kleben Schlammspritzer auf deinem Ärmel, die holt man sich nicht auf der Autobahn.«

Fenja grinste. »Gut beobachtet, Oma.« Schon früher war ihren Argusaugen nie etwas entgangen.

Als sie ihren Koffer von der Rückbank hievte, ließ Oma es sich nicht nehmen, ihre Reisetasche zu tragen. Seite an Seite marschierten sie über den Kies zum Haus.

Drinnen empfing sie ein köstlicher, heimeliger Duft nach Gewürzen und überbackenem Käse. Es war mollig warm, und mehrere Bleiglaslampen verströmten ein angenehmes Licht.

»Hm, das riecht lecker«, sagte Fenja, während sie ihren Koffer neben einen antiken Hutständer stellte.

»Ich wollte nicht, dass du hungrig ins Bett gehst«, erklärte Oma und führte sie in die alte Wohnküche.

Neugierig schaute Fenja sich um. Die Schränke und der Tisch waren aus einem nussbraunen Holz, alles wirkte einladend und urgemütlich. Der Geruch aus dem Ofen ließ ihr das Wasser im Mund zusammenlaufen. »Das ist echt lieb. Ich habe seit heute Mittag nichts mehr gegessen.«

»Und das als Konditorin! Ja, sag mal, du bist spargeldürr. Hat man dir auf dem Schiff nichts zu essen gegeben?« Sie piekte Fenja in die Seite, was diese zusammenzucken ließ. Wenn sie eins mit Sicherheit nicht war, dann spargeldürr. Als Konditorin musste man schließlich seine eigenen Kreationen probieren und mögen.

»Nu setz dich, min Deern, und trink erst mal einen Schluck«, sagte Oma und holte eine Kanne mit Stövchen aus einem Schrank, was Fenja wenig wunderte. Immerhin war Tee so etwas wie das Nationalgetränk Ostfrieslands. Hier wurde so viel Tee getrunken wie sonst nirgendwo auf der Welt – 300 Liter pro Person pro Jahr, das war mehr als das Elffache des Durchschnittsdeutschen.

Nachdem der Tee gezogen hatte, goss Oma ihn in die Servierkanne um und stellte eine hauchdünne Porzellantasse vor Fenja. Das herbe, würzige Aroma der dunklen Flüssigkeit stieg ihr in die Nase. Mit der Zuckerzange holte sie Kluntjes aus der Dose, hörte, wie es leise knisterte, als der Kandis sich auflöste. Routiniert versah sie den Tee mit Sahne, die sie gegen den Uhrzeigersinn in die Tasse tröpfelte, um symbolisch die Zeit anzuhalten.

»Du hast nichts verlernt«, sagte ihre Oma leise, und Stolz stand in ihren Augen.

»Ich habe dir etwas mitgebracht«, sagte Fenja verlegen und kramte ein rot eingewickeltes Päckchen aus ihrer Handtasche.

»Ach, das wäre doch nicht nötig gewesen.« Oma Lotti nahm das Mitbringsel entgegen und löste die Schleife. Das Geschenkpapier raschelte, als sie den Inhalt herausholte. Ihre Augen weiteten sich beim Anblick der muschelbesetzten Dose, die blau, grün und weiß bemalt war.

»Die haben wir gemeinsam gebastelt«, sagte sie gerührt. Fenja bemerkte, wie ihre Augen feucht wurden. »Da warst du erst fünf und konntest dich noch hinter einem Ölfass verstecken.« Unauffällig drehte sie sich weg und wischte sich über die Wange.

Auch Fenja wurde wehmütig ums Herz. Das schlechte Gewissen nagte an ihr. Sie war wirklich viel zu lange nicht mehr hier gewesen. Es war schön, Oma endlich wiederzusehen.

»Öffne sie«, bat sie, und ihre Großmutter hob den Deckel an.

Auf dunkelblauem Samt lag eine silberne Kette mit Medaillon. Oma ließ es aufschnappen und schaute auf ein Foto ihres jüngeren Ichs. Kopf an Kopf mit einem dunkelblonden Fratz, der in die Kamera grinste.

»Meine Güte hattest du damals helle Haare.« Sie ließ die Kette durch die Finger gleiten. »So ein edles Stück, Fenja. Das hätte nicht sein müssen. Du reichst mir schon als Geschenk.«

Statt zu antworten, nahm Fenja ihr die Kette ab und legte sie ihr um den Hals. Sie stand Oma so gut, wie sie gehofft hatte, und ihr Strahlen verriet, dass sie sich ehrlich darüber freute.

Zufrieden widmete Fenja sich wieder ihrer Tasse. Der heiße Tee tat gut und wärmte sie von innen.

Als Oma den Auflauf servierte, nahm Fenja sich zweimal nach, so gut schmeckte es. Als Nachspeise gab es Butterkuchen. Sie schaufelte zwei Stück in sich hinein. Der Geschmack weckte alte Erinnerungen, denn Oma hatte diesen Kuchen früher öfter gebacken. Zu ihrem sechsten Geburtstag hatte sie ihn sogar in einem Paket nach Düsseldorf geschickt, wo er halb gefroren ankam, denn Fenja war ein Januarkind.

»Der ist natürlich nichts gegen deine Torten«, sagte Oma Lotti, aber Fenja winkte ab. Oma hatte noch nie eine ihrer Torten probiert. »Quatsch, der ist super. Wie kriegst du den nur so fluffig hin?«

»Altes Geheimrezept. Das verrat ich niemandem. Wäre ja sonst nicht mehr geheim.«

Später machten sie gemeinsam den Abwasch – Oma Lotti weigerte sich, eine Spülmaschine zu kaufen – und unterhielten sich dabei. »Wie geht es deiner Mutter?«, fragte Oma.

Fenja zögerte mit der Antwort. Ihre Mutter litt seit ihrer Jugend immer wieder an Depressionen und hatte nach der Trennung von Fenjas Vater zusammen mit der kleinen Fenja die Krummhörn verlassen, um endlich ihr Lebensglück zu finden. Doch die Schübe verfolgten sie auch heute noch. »Es geht ihr besser, seit sie einen neuen Freund hat«, sagte Fenja schließlich. *Und die Medikamente gewechselt hat*, fügte sie in Gedanken hinzu.

»Und wie geht es Fiete?« Die Frage klang gepresst.

Fenja schüttelte den Kopf. »Ich weiß es nicht«, gab sie zu. Sie hatte wenig Kontakt zu ihrem Vater. »Redet ihr immer noch nicht miteinander?«

»Nein.« Omas Gesicht hatte sich verdunkelt. »Er hat mir die Heirat mit Garlef nie verziehen. Ich würde so gerne wissen, ob es ihm gutgeht.«

»Er hat eine Villa in Blankenese gekauft«, erzählte Fenja. »Seine Kanzlei läuft gut. Beide Söhne studieren inzwischen Jura. Wir schreiben uns zu Weihnachten und zum Geburtstag Karten, mehr aber auch nicht. Gesehen haben wir uns seit Jahren nicht, ich glaube, es ist ihm vor seiner neuen Familie unangenehm, dass es mich gibt.«

Ihre Entscheidung, trotz ihres guten Abiturs eine Ausbildung zur Konditorin zu machen, hatte das Verhältnis zu ihrem Vater auch nicht unbedingt verbessert. Er legte Wert auf einen gewissen Status, und seines Erachtens gehörte ein Studium, bevorzugt an einer Elite-Uni, dazu. Wenn sie nun darüber nachdachte, fiel ihr auf, dass er so gar nichts mit der alternativen Art seiner Mutter gemein zu haben schien. Was er wohl zu der lilafarbenen Strähne und den pinken Flamingo-Ohrringen seiner Mutter sagen würde? Bei dem Gedanken musste sie grinsen.

»Weißt du, ich denke, wir haben uns einfach entfremdet«, fuhr sie endlich fort. »Vorletztes Jahr habe ich ihn zu seinem Geburtstag angerufen, aber das war total merkwürdig. Wir wussten beide nicht, was wir sagen sollten.«

Sie unterdrückte einen Seufzer. Offenbar wiederholte sich dieselbe Geschichte in der nächsten Generation: Wegen einer Heirat beziehungsweise einer neuen Familie brach die alte Familie auseinander. Wegen Garlef hatten sich Oma und Fenjas Vater zerstritten, und nach Papas Heirat hatte nun auch Fenja den Kontakt zu ihm verloren. Das war traurig, aber eine Lösung für das Problem kannte sie nicht – dies war keine verklärte Geschichte, in der am Ende alle zusammenfanden, sondern das Leben. Sie waren alle erwachsen und ihren Weg gegangen. Vielleicht hatten wenigstens Oma und sie eine Chance, sich mit der Vergangenheit zu versöhnen.

»Ich bin wirklich froh, dass du gekommen bist, Fenja«, sagte Oma in diesem Moment mit weicher Stimme. »Ich habe mich immer gefragt, wie es dir geht und was du machst.«

Fenja lächelte. Sie würde sich gut mit Oma verstehen, das spürte sie.

Die Küchenuhr zeigte nach Mitternacht, als Fenja gähnte und aufstand. »Könntest du mir zeigen, wo ich schlafen soll? Ich bin müde und möchte dir gerne morgen gleich zur Hand gehen.«

Oma führte sie durch den Flur, an dessen Ende sie eine Tür

öffnete. Es roch nach Kräutern, die wohl aus dem Holzöl stammten, mit denen Oma die alten Dielen bearbeitete. Vor ihr lag ein niedlicher Raum, der erstaunlich zeitgemäß eingerichtet war und nicht zum Rest des Hauses passte: hellgraue Möbel, türkisfarbener Bettbezug, mintgrüner Teppich, alles im maritimen Stil.

»Wow, Oma, das ist sehr gemütlich.« Sie ließ die Hand über ein Kissen mit gestreiftem Seidenbezug gleiten.

»Ich wollte doch, dass du dich wohlfühlst. Da hab ich die Gelegenheit genutzt und Sven das nach meinen Vorstellungen einrichten lassen.«

Fenja schluckte. Damit, dass ihre Oma gleich ein Zimmer für sie renovieren würde, hätte sie nicht gerechnet.

»Schlaf ruhig aus. Dann frühstücken wir gemeinsam, und anschließend zeige ich dir die Station. Nachmittags muss ich zum Arzt. Sven hat versprochen, dich durch Greetsiel und die Umgebung zu führen.«

»Wer ist Sven?«, fragte Fenja neugierig. Den Namen hatte sie eben zum ersten Mal gehört.

»Er arbeitet seit drei Jahren bei mir und bewohnt gelegentlich das Zimmer, das deinem schräg gegenüberliegt. Das heißt, wenn er nicht gerade in Greetsiel bei seinem Vater übernachtet. Ich habe ab und zu ehrenamtliche Helfer hier, aber Sven ist mein Angestellter. Er ist eine große Hilfe. Ohne ihn hätte ich meine Station längst schließen müssen. Er ist in deinem Alter und kennt das Wattenmeer wie kein anderer. Ihr werdet euch sicher gut verstehen.«

Fenja zuckte mit den Schultern. Wenn Leute sagten, man würde sich sicherlich gut mit jemandem verstehen, bedeutete das normalerweise, dass man eine unsagbare Nervensäge kennenlernte.

»Ich bin vor allem deinetwegen hier, Oma.«

In dem Moment ging die Haustür auf, und Schritte ertönten auf den Dielen. Oma lachte. »Wenn man vom Teufel spricht! Das muss Sven sein, er war noch beim Treffen des Boßelvereins, die Jungs nehmen das sehr ernst.«

Fenja trat neugierig in den Flur, um den Neuankömmling zu begrüßen, und erstarrte. Am liebsten wäre sie im Erdboden versunken. Ihr Mund war auf einmal so trocken, dass keine Worte herauswollten.

»Du?« Vor ihr stand der junge Mann mit dem Fünftagebart und dem dunklen Wuschelhaar. Er grinste schief, aber seine Augen lachten nicht mit.

Das konnte ja heiter werden.

# Kapitel 2

»Dann wollen wir mal«, sagte Oma Lotti. Der ganze Tisch wackelte, als sie das dicke Fotoalbum vor Fenjas Frühstücksteller knallte.

»Bitte nicht«, murmelte Sven, der Fenja schräg gegenübersaß. Sie schaute von ihm zu Oma Lotti und verstand nicht, was er nun schon wieder für ein Problem hatte. Es war ein altes Album, in dunkles Leder gebunden, das den charakteristischen Geruch alter Buchseiten verströmte.

Hungrig schielte sie auf ihr Croissant, das halb aufgegessen auf ihrem Teller lag. Aber Oma Lotti sah so erwartungsvoll aus, dass sie mit vorgespieltem Eifer die erste Seite umblätterte. Ein vergilbtes Foto zeigte Oma mit lederner Gartenschürze, ihre langen dunklen Haare zu einem Zopf geflochten. Eine gewisse Ähnlichkeit zu ihr selbst war nicht zu leugnen. Die hohen Wangenknochen, die langen Wimpern, das schlanke Gesicht mit dem verschmitzten Mund und dem einen Grübchen, das blieb, selbst, wenn man nicht lachte. Es war dasselbe Haus, derselbe Garten, und trotzdem war alles anders. Da, wo heute nur ein paar mickrige Büsche wuchsen, hatten früher Rosen gestanden. Obwohl es ein Schwarzweißfoto war, glaubte Fenja zu erkennen, dass sie rot gewesen waren.

»Das war hier draußen«, sagte Oma und deutete aus dem Fenster. »Ich hatte die schönsten Rosen in der ganzen Krummhörn. Ständig kamen Künstler vorbei, die das Haus malten, und freche Bengel, die ihrer Freundin eine Rose klauen wollten.«

*Die haben bestimmt was erleben können, wenn Oma sie erwischte*, dachte Fenja und lächelte. Ein schrilles Klingeln ertönte, und automatisch legte sie sich die Hände auf die Ohren. Diesmal war es aber nicht ihr Tinnitus, sondern Omas Eieruhr. Sie atmete erleichtert auf und entspannte sich wieder.

Während Oma zum Herd ging, blätterte Fenja weiter, sah im Schnelldurchlauf, wie ihr Vater auf die Welt kam, wie er aufwuchs, und schließlich auch, wie Stiefopa Garlef einzog. Ab dem Zeitpunkt wirkte Oma Lotti ernster, die Abstände zwischen den Fotos wurden größer.

»Wie geht es deinem Fuß?«, fragte Sven unvermittelt.

»War nur ein Kratzer«, antwortete Fenja gedankenverloren und blätterte weiter. »Ich habe ein gepolstertes Pflaster darübergeklebt, so stört es mich nicht beim Laufen.«

»Dann ist's ja gut«, sagte er und schnappte sich ein weiteres Croissant.

Ganz am Ende des Albums klebten zwei Seiten zusammen. Vorsichtig löste sie die Pappen voneinander. Sie bemerkte, dass Oma so unruhig war, dass sie fast zu vibrieren schien. Dabei grinste sie diebisch. Sven starrte unterdessen in seine Kaffeetasse, als wollte er darin lesen.

Sobald sie den Blick auf das Foto der letzten Seite richtete, verstand sie, warum.

»Das bin ja ich«, sagte sie verdutzt. Auf dem Foto war sie vielleicht anderthalb Jahre alt und stand splitterfasernackt im Schlick. Hinter ihr, ebenso nackt, stand ein Junge, der etwas älter war und ebenso schlammverschmiert wie sie. Dicht hinter ihrem Ohr war eine unförmige Kugel zu erkennen.

»Was ist das?«, fragte Fenja, auf den verschwommenen Ball deutend.

»Das ist eine Handvoll Matsch, die dich eine Sekunde später

getroffen hat«, verkündete Oma so stolz, als hätte sie den Matsch geworfen. »Der Junge dort«, fuhr sie fort, »ist Sven. Ihr habt früher ein paarmal miteinander gespielt. Aber weil ihr euch immer gezankt habt, habe ich es irgendwann unterbunden.«

Fenja starrte das Foto an, bis Sven schließlich nach der Rückseite des Albums griff und es einfach zuklappte. »So, du hast mich nun lange genug nackt bewundern dürfen«, sagte er mit zuckersüßer Stimme, in der ein kalter Unterton lag. Seine Wangen hatten sich rot verfärbt – war er nur wegen des Fotos so verkrampft gewesen?

Nach dem Frühstück zeigte Oma Lotti ihr die Seehundstation.

»Die beiden kleinen Becken sind für die Jungtiere. In dem größeren Becken daneben pflegen wir hauptsächlich verletzte ältere Tiere, und hinter den Kunstfelsen kannst du einen Zipfel des großen Auswilderungsbeckens erkennen.«

Die Becken waren quadratisch, der Bereich davor bestand aus kargen Betonflächen, auf denen sich einige Tiere ausruhten. Mehrere Weidenkörbe stapelten sich vor den Gehegen.

»Die nutzen wir zum Transport der Tiere«, erklärte Oma.

In dem Moment tauchte ein Seehund direkt hinter der Glasabsperrung aus dem Wasser auf. Er wuchtete seinen Oberkörper auf den Beckenrand und ließ seine langen Barthaare auf und ab wippen.

»Es sind wunderhübsche Tiere«, murmelte Fenja ganz hingerissen von dem Anblick.

In der ehemaligen Scheune befanden sich mehrere Abteile, die zu Untersuchungs- und Lagerräumen oder Futterkammern umgebaut worden waren. Alles war funktional und sauber, aber wenig gemütlich.

»Ich nehme an, das hier ist die Quarantänestation?« Fenja deutete auf einen abgelegenen Bereich, der mit hohen Glasscheiben gesichert war.

»Genau.« Oma Lotti seufzte. »Das ist natürlich alles winzig im Vergleich zu den beiden großen Stationen der Gegend. Die können im Notfall bis zu hundertfünfzig Heuler aufnehmen. Ich habe gerade mal Platz für insgesamt zwanzig Tiere. Aber die Stationen sind trotzdem dankbar für meine Arbeit, denn jeder Seehund, den ich aufnehme, spart denen Platz und Geld. Außerdem kann ich mich hier intensiv um Härtefälle kümmern.«

Hinter einer Glasscheibe entdeckte sie Sven, der einen braunen Brei zusammenrührte. Es roch nach Milch und Fisch. Fenja rümpfte die Nase.

»Ja, daran muss man sich erst mal gewöhnen«, sagte Oma, die gerade mit der schweren Tür zum Pumpenraum kämpfte.

Fenja starrte auf die Maschinen, Rohre und Displays, ohne etwas von dem zu verstehen, was Oma erklärte, denn das dröhnende Geräusch verschluckte ihre Worte.

Kurz darauf zeigte Oma Lotti ihr die Heuler, die momentan in der Station aufgezogen wurden. Sie lagen entspannt im Halbkreis, einer hatte sich auf den Rücken gedreht und hielt seinen Bauch der Sonne entgegen. Fenja verkniff sich ein freudiges Quietschen beim Anblick der niedlichen Tiere mit ihrem hellen, kuschelweichen Fell.

»Heuler gibt es nur im Juni und Juli«, erklärte Oma. »Du bist also gerade zur richtigen Zeit hier.«

Fenja hockte sich hin, um sich das Jungtier vor ihr genauer anzuschauen, das sie ebenso neugierig, wenn auch etwas ängstlich, betrachtete. »Meine Güte, ist der putzig«, sagte sie.

In dem Moment robbte das Findelkind auf seinen Vorderflossen ein Stückchen vor und machte ein leises heulendes Geräusch. Er schaute sie mit seinen riesigen schwarzen Kulleraugen an und reckte ihr die dreieckige Nase entgegen. Fenjas Herz schmolz wie Butter.

»Das ist Harko. Er wurde nach einem Sturm in den Dünen gefunden. Allerdings hat ihn eine Horde Touristen belagert, und ich bin mir nicht sicher, ob er seine Mutter durch den Sturm oder die allzu gut gemeinte Aufmerksamkeit der Touristen verloren hat.«

»Oh«, antwortete Fenja betroffen. »Das tut mir leid.«

»Ach, Kind, das muss es nicht. Es geht ihm jetzt gut. Wenn wir einen Anruf kriegen, fährt entweder Sven oder Janne raus und schaut nach. Erstaunlich oft ist die Mutter noch in der Nähe. Aber nicht immer.«

»Kann ich Harko jetzt füttern?«, fragte Sven hinter ihnen.

Fenja drehte sich um und erschrak, als sie den düsteren Ausdruck auf seinem Gesicht bemerkte. War er etwa immer noch wegen des Fotos beleidigt?

»Ja, komm nur rein. Fenja möchte dir sicherlich zusehen. Danach könnt ihr die Räder nehmen. Es ist herrlich warm, eine gute Gelegenheit, um eine Tour nach Norddeich zu machen.«

Auch wenn sie sich einen besseren Touristenguide als den miesepetrigen Lockenkopf vorstellen konnte, freute sich Fenja über Omas Vorschlag – wenn sie die Strecke an der Küste nahmen, konnte sie die Leybucht auf ganzer Länge erfassen. Ein wundervoller Gedanke, die Strecke bot alles an nordischer Schönheit, was man sich nur wünschen konnte. Den Wind, der durch die Haare strich und das Fahrrad, zumindest in eine Richtung, fliegen ließ, und diesen einzigartigen Geruch nach Meer, der einen sofort in Urlaubsstimmung versetzte.

Leider war Sven wenig begeistert von dem Vorschlag. »Das geht leider nicht«, sagte er, wirkte aber nicht, als würde er es sonderlich bedauern. »Ich muss heute das große Becken von Algen befreien, und Janne ist beim Zahnarzt. Außerdem habe ich Bereitschaftsdienst, falls es Anrufe wegen neuer Heuler gibt.«

»Kann ich dir beim Becken helfen?«, fragte Fenja.

Sven schüttelte den Kopf. »Ich habe da so meine Techniken und Routinen, das würde nur länger dauern.«

Sie versuchte, sich ihre Enttäuschung nicht anmerken zu lassen. Sie hätte gerne bewiesen, dass sie mitanpacken konnte. Aber offenbar traute er ihr das nicht zu. Wie bei ihrer ersten Begegnung am Strand ließ er sie auch jetzt deutlich spüren, dass er sie für eine Außenstehende hielt, die nicht dazugehörte und keine Ahnung davon hatte, wie die Dinge hier liefen. Dabei wollte sie während ihrer Zeit in Greetsiel nicht nur entspannen, sondern eintauchen in die Station und zumindest für eine Weile ein Teil von ihr werden.

Auch Oma hatte die Stirn in Falten gelegt. »Na gut, wenn das so ist. Obwohl ich finde, dass dir eine Pause guttun würde, Sven.« Ihre Worte prallten an ihm ab, und das schien sie zu ärgern. »Vergiss nicht, dass du mir versprochen hast, heute Abend den Grill anzuwerfen«, schob sie mit hochgezogener Augenbraue hinterher, als ahnte sie, dass es hier um mehr ging als nur Terminprobleme.

Sven nickte knapp. »Das kriegen wir schon hin.«

*Wenn er bis dahin immer noch so glänzender Laune ist, wird das ein lustiger Abend*, dachte Fenja und verdrehte innerlich die Augen. »Dann möchte ich dir jetzt aber unbedingt helfen, Oma. Ich könnte die Futterkammer streichen, die sieht aus, als könnte sie etwas frische Farbe gebrauchen.«

»Alles hier könnte einen neuen Anstrich gebrauchen«, willigte Oma seufzend ein. »Ich habe noch mehrere Eimer Farbe im Geräteraum. Da findest du bestimmt etwas Passendes.«

Die Arbeit machte Fenja Spaß. Sie liebte es, zu renovieren und zu streichen, alten Dingen wieder neuen Glanz zu verleihen. Sie hatte einfach ein Auge für Sachen, die miteinander harmonierten. Die Futterkammer war zwar nur ein schlichter Raum mit winzigem Fenster, aber sie wusste bereits jetzt, dass die Wandfarbe einen großen Unterschied machen würde. Zuerst räumte sie alle Säcke, Eimer und Kartons in den Flur. Danach fegte sie den Raum gründlich aus.

Ihre Gedanken wanderten in ihre Kindheit zurück, und sie

erinnerte sich daran, wie sie mit Oma Lottis Schlickschlitten das Watt unsicher gemacht hatte. Abends war sie so dreckig gewesen, dass sie sich im Spiegel selbst nicht erkannte. Oma hatte nur gelacht. »Ein Kind muss sich schmutzig machen dürfen«, hatte sie zum Unmut ihres Vaters gesagt.

Ihr Handy lehnte auf dem Fensterbrett, aus den kleinen Lautsprechern klang ihr Lieblingssong: *Loving can hurt sometimes …*

»Ausgerechnet Ed Sheeran?«

Fenja wirbelte zu Sven herum, der unbemerkt im Eingang aufgetaucht war. Sie schaltete die Musik aus.

»Hast du was gegen Ed?«

»Nee. Nichts Effektives.«

Sollte das ein Scherz sein? Seine Augen sagten was anderes. Warum wirkte jeder seiner Sätze wie ein Vorwurf?

»Was kann ich für dich tun?«

»Du für mich?« Er zuckte mit den Schultern. »Nichts. Aber Charlotte lässt fragen, ob du noch etwas für deinen Aufenthalt brauchst. Janne ist gerade angekommen, also kann ich kurz nach Greetsiel zu meinem Vater fahren. Vielleicht eine Zahnbürste oder Anti-Schuppen-Shampoo?«

Wie bitte? Hatte sie richtig gehört? Ihre Haare waren ihr ganzer Stolz, da gab es weder Schuppen noch spröde Spitzen. Um Svens Mundwinkel zuckte es. *Na warte!* »Ja, etwas bräuchte ich schon«, flötete sie, wobei sie ihn fest anschaute. »Eine Packung Ohrstöpsel.« Ob er den Hinweis verstand?

»Kein Problem. Wenn ich die in Übergröße finde, bringe ich dir welche mit.«

Instinktiv fasste Fenja sich an ihre Ohren. Sie spürte, wie ihr Puls anstieg. Sven aber grinste nur.

»Unverschämter Kerl«, murmelte sie, als die Tür hinter ihm zufiel. Hitze war ihr in die Wangen gestiegen, und ihr Puls hätte Usain Bolt auf 100 Metern schlagen können. Es wurmte sie, dass Sven schlagfertiger gewesen war als sie.

Deutlich frustrierter als noch vor ein paar Minuten ließ sie den Deckel des Farbeimers aufschnappen. Ein eierschalenfarbener Ton, na toll. Suchend blickte sie sich nach einem Gegenstand um, mit dem sie die Farbe umrühren konnte. Als sie im Raum nichts fand, ging sie nach draußen, um einen Stock zu suchen. An der Eiche neben der Einfahrt lehnte eine alte Metallstange. Sie war unten spiralförmig gedreht, das war perfekt, um die Farbe gut zu durchmischen.

Während sie die Wände strich, summte sie alte Seemannslieder vor sich hin. Die Lust auf Ed Sheeran war ihr vergangen, aber die Lieder, die vom Wind und den wilden Wogen, von den Strömen und launischen Gezeiten handelten, passten gut zur Seehundstation, in der es überall nach Meer roch. Ihre Laune besserte sich.

Schließlich betrachtete sie zufrieden ihr Werk. Die Farbe war nicht unbedingt ihr Stil, passte aber zu dem alten Gebäude.

Es würde ein paar Stunden dauern, bis alles getrocknet war und sie die Kammer wieder einräumen konnte. Was nun?

Sie beschloss, nach Oma zu sehen, und fand sie draußen im Hof. Dort unterhielt sie sich gerade mit einer zierlichen jungen Frau mit auffällig hellblauen Augen, die sie schüchtern anlächelte.

»Fenja, mein Liebes!« Oma winkte sie zu sich. »Darf ich vorstellen: Das ist Janne.«

»Moin«, sagte Janne und reichte ihr die Hand. Ihr Händedruck war fester als erwartet.

»Janne hilft mehrfach die Woche aus. Ihre Eltern betreiben den Ferienhof Akken. Das ist der mit Abstand malerischste Hof der Region, du solltest ihn dir mal ansehen.«

Janne seufzte. »Ja, das ist er wohl. Aber bevor du mich fragst: Nein, ich werde ihn nicht übernehmen.« Sie hatte diese Frage wohl schon zu oft gehört.

»Wie kommst du denn darauf? Ich wollte dich eigentlich nur fragen, wo du diese elegante Kette herhast. Die sieht richtig klasse aus.«

Überrascht griff sich Janne an den verschlungenen Anhänger, dessen Stein in einem dunklen Blau leuchtete. »Oh, die habe ich selbst gemacht.«

»Sehr beeindruckend. Du hast wirklich Talent.«

Janne strahlte, und Fenja lächelte zurück. Es gab hier also auch sympathische Leute, mit denen es sich aushalten ließ. Obwohl sie momentan selbst einen Ninja Turtle oder eine ägyptische Mumie Sven gegenüber bevorzugt hätte. In seiner Nähe hatte sie das Gefühl, fehl am Platz zu sein.

»Danke«, sagte Janne. »Ich bastele gerne und restauriere alte Gegenstände, wann immer ich Zeit finde.«

»Klasse, an Antiquitäten habe ich mich noch nicht rangetraut, aber ich betreibe Upcycling, das ist ja so ähnlich, nur dass ich aus alten Sachen etwas Neues mache.«

Die Kette war außerordentlich filigran gearbeitet, vielleicht konnte sie sich mit Janne für ein kleineres Projekt zusammentun.

»Meine Eltern liegen mir immer in den Ohren, dass ich ihre große Hoffnung für die Zukunft des Hofs bin. Aber die Zusammenarbeit klappt nicht – jedes Mal, wenn ich mich mit neuen Ideen einbringe, schütteln sie den Kopf. Sie mögen keine Veränderung, und ich fühle mich reichlich überflüssig«, vertraute Janne ihr an. »Wenn jemand vom Personal ausfällt, darf ich Betten aufschütteln, Frühstück anrichten und solchen Kram erledigen. Aber sonst habe ich nichts zu sagen. Deshalb bin ich lieber hier, wo ich das Gefühl habe, gebraucht zu werden. Nebenher studiere ich BWL.«

»An der Hochschule Emden?«

»Nee, im Fernstudium an der Universität von Manchester. Ich finde, im internationalen Rahmen kriegt man eine ganz andere Perspektive auf globale Zusammenhänge.«

Das konnte Fenja nur allzu gut nachvollziehen. Durch die Schiffsreisen hatte sie viel über andere Kulturen gelernt. *Der Frosch im Brunnen ahnt nichts von der Weite des Meeres*, lautete nicht umsonst eine japanische Weisheit, die einer der Kapitäne gern zitiert hatte.

»Könntest du mir vielleicht einen Gefallen tun?«, unterbrach Oma ihre Gedanken. »Ich brauche dringend Futter. Sven ist schon weg und hat sein Handy hier liegen lassen. Ach, ich bin aber auch schusselig, da hätte ich früher dran denken müssen! Könntest du bitte zu Fisch Hauke nach Greetsiel fahren?«

»Klar. Einen Moment. Ich hole nur etwas zum Schreiben.« Fenja atmete durch. Schön, dass es heute doch noch einen guten Grund gab, um in den Ort zu fahren und sich gleichzeitig nützlich zu machen. Sie lief ins Haus und suchte nach einem Stift, den sie gleich fand. Suchend blickte sie sich nach einem Zettel um. In ihrer Handtasche steckte ein alter Briefumschlag. Perfekt.

Oma erwartete sie draußen bei ihrem Auto. Wortlos nahm sie ihr den Briefumschlag ab und schrieb auf:

*Makrelen 8*
*Hering 6*
*Plattfisch 7*

»Ist das alles?«, fragte Fenja.

Oma Lotti nickte. »Das ist erst mal genug.«

Fisch Hauke lag direkt am Ortseingang, wo die autofreie Zone begann. Fenja parkte den Wagen und schaute sich um. Die Luft auf der Krummhörn schien klarer zu sein als irgendwo sonst auf der Welt. In einem Anflug von Euphorie atmete sie tief ein und breitete die Arme aus. Vor ihr lagen hübsche kleine Häuschen mit gepflegten Vorgärten, so malerisch wie auf einer Postkarte. Der Wind spielte mit ihren Haaren und verwirbelte sie.

An der Fischtheke wurde sie von Hauke Petersen persönlich begrüßt. Das erkannte sie am Namensschild, denn an den stämmigen Mann mit der Glatze erinnerte sie sich nicht mehr, obwohl ihr Vater sie früher häufig zum Einkaufen mitgenommen hatte. »Hier gibt es die besten Krabbenbrötchen«, hatte er verkündet, und Fenja hatte ihm recht gegeben. Die selbst gemachte Mayonnaise, die Hauke verwendete, war Weltklasse. »Man munkelt, dass er einen Schuss Friesengeist hineingibt«, hatte ihre Vater lachend behauptet, aber Fenja war sicher, dass das nur Seemannsgarn war.

Hauke erkannte sie nicht. Wie auch?

»Moin«, sagte er, »was kann ich für Sie tun, junge Frau?« Seine Stimme hallte von den Wänden wider, ließ ihn noch größer und breiter erscheinen.

»Hallo«, antwortete Fenja und reichte ihm den Zettel. »Einmal das hier«, sie schaute in die Auslage, »und dann bitte noch eins von den Krabbenbrötchen.«

Es war ein schöner Tag, aber nicht besonders heiß. Also packte Fenja die Kühltasche mit dem Fisch in den Kofferraum, um noch eine Runde durch den Ort zu schlendern.

Es tat gut, wieder hier zu sein. Sie biss in das Brötchen, schmeckte begeistert den Friesengeist in der Mayo. Nicht viel, nur ein Hauch, aber unverkennbar.

Ein Stück die Straße runter entdeckte sie die Zwillingswindmühlen und bewunderte die langen Flügel, die auf den charakteristischen grauen Kappen befestigt waren. Ein kurzer Schlenker brachte sie zum Hafen, in dessen ruhigem Wasser einige Krabbenkutter lagen, so hübsch anzusehen, dass man kein geübter Fotograf sein musste, um ein idyllisches Motiv festzuhalten. Sie musste diesen Urlaub, ihre Zeit hier genießen. In weniger als zwei Monaten würde sie auf der *Arianna III* anfangen, mit der sie weitere zwölf Monate durch die Weltmeere kreuzen wollte. Dann hieße es wieder: pausenloses Schuften, viel Zeit in engen Räumen und ein Mangel an frischer Luft. Der Enthusiasmus, mit dem sie damals angeheuert hatte, war längst verflogen.

Vor einem besonders schmucken Haus mit weißer Fassade

und blau bemalten Fenstereinfassungen blieb sie stehen. *Anno 1850* stand vorn auf dem Giebel. Alles war hier alt, als wäre die Zeit stehen geblieben. Allerdings waren offenbar auch viele der Menschen, die hier lebten, alt – bisher waren ihr überwiegend Senioren entgegengekommen.

Wind kam auf. Dieses Mal lösten sich einige Strähnen aus ihrem Zopf. Als sie den Arm hob, um die Frisur zu richten, fiel der Briefumschlag aus der Tasche ihrer Sommerjacke.

Sie bückte sich, aber der Wind war schneller, erfasste den Brief und wehte ihn direkt in den Vorgarten des Hauses vor ihr. Dort drehte der Umschlag sich einmal um seine eigene Achse und landete in einer Wildrosenhecke.

»Mist.« Fenja biss sich auf die Lippe. Vorn auf dem Umschlag standen ihr Name und ihre Adresse. Sie musste den Brief also unbedingt aus dem Garten holen, damit keiner auf den Gedanken kam, sie würde hier bewusst die Gegend zumüllen. Dies war ein kleiner Ort, alles sprach sich schnell herum.

Ein schneller Blick nach links und rechts – niemand war in Sicht. Entschlossen huschte sie durchs Gartentor. Die Rose stand gerade in voller Blüte, aber Fenja hatte im Moment keine Augen für diese Pracht. Vielmehr kämpfte sie mit den Stacheln, die sich in ihrer Jacke verhakten. Sie streckte sich noch ein Stück vor, um mit den Fingerspitzen den Umschlag zu greifen. *Verdammt!* Es fehlten zwei Zentimeter. Sie bog ein paar Äste zur Seite, um sich tiefer in die Hecke hineinschieben zu können. Zu ihrem Schrecken hörte sie nun Stimmen aus dem ersten Stock über ihr.

»So schlimm kann sie doch nicht sein, Junge«, sagte eine Altherrenstimme mit tiefem Bass. »Bestimmt muss sie nur erst mal ankommen und sich einfinden.«

Fenja stieß nach vorn, griff den Umschlag und sprang zurück. Nun schnell weg hier!

»Was machen Sie in meinem Garten?«, rief die Bassstimme von oben.

Fenja erstarrte. Peinlich berührt legte sie den Kopf in den Nacken. »Äh.«

Ein bärtiger alter Mann mit Baskenkappe schaute sie mit zornig gerunzelter Stirn an.

Hilflos wedelte sie mit dem Brief. »Ich … äh … Ich wollte nur …« Weiter kam sie nicht, denn neben dem Alten erschien nun ein weiterer Mann im Fensterrahmen. Sven.

»Nein!«, entfuhr es ihnen beiden gleichzeitig.

»Sag mal, verfolgst du mich etwa?« Er klang halb belustigt, halb verärgert, aber Fenja war die Situation oberpeinlich.

»Du kennst die junge Dame?«

»Das ist Fenja.«

»Ich habe für alles eine Erklärung!« Fenja fuhr sich durchs Haar. Von allen Häusern in Greetsiel musste sie ausgerechnet das von Svens Eltern erwischen! Vielleicht sollte sie mal Lotto spielen. »Der Wind hat meinen Umschlag in euren Garten geweht.«

»Die Fenja, von der du mir eben erzählt hast?«, fragte der alte Mann an seinen Sohn gewandt. Also hatten die beiden eben tatsächlich über sie geredet. Anscheinend hatte sich Sven über sie beschwert. Gut zu wissen, dass er keinen Hehl aus seiner Ablehnung machte.

»Es tut mir leid. Ich wollte nicht stören.« Fenja trat weiter zurück und stolperte, noch während sie redete, über eine oberirdische Wurzel. Wild mit den Armen rudernd fing sie sich im letzten Moment ab. Am liebsten hätte sie sich senkrecht im Boden eingebuddelt. Was für eine Show!

»Alles in Ordnung?«, fragte Sven nun. Überraschenderweise klang er beinahe besorgt. Auch sein Vater kratzte sich unsicher an der Schläfe. Er wusste anscheinend nicht, wie er die Situation einschätzen sollte.

»Ja.« Hastig kletterte Fenja über den Zaun. Ihr Herz schlug schnell, ihre Finger zitterten.

»Du kannst ruhig das Tor nehmen!«, rief Sven ihr zu.

Sie wurde knallrot, denn das Tor war tatsächlich keinen Meter entfernt, sie hatte es in der Aufregung einfach vergessen. Peinlicher konnte es nun wirklich nicht mehr werden. Eilig lief sie zum Auto.

Fenja war erleichtert, als sie endlich zurück in der Seehundstation war. Sie packte den Fisch in den Kühlschrank. Dann ging sie duschen und zog sich um. Ein hellgrünes T-Shirt, dazu eine kurze Jeans. Die Sommerjacke war an einigen Stellen eingerissen, die musste sie erst flicken. Anschließend holte sie sich eines der Räder aus dem Schuppen. Sie würde eine Runde am Deich entlangfahren, um zur Ruhe zu kommen. Sie war aufgewühlter, als sie es sein sollte und sein wollte, und sie befürchtete, dass bald ihr Tinnitus zurückkehren würde. Immerhin war Sven nur ein unverschämter Dösbaddel, der keinen Anstand besaß. Kein Grund, sich aufzuregen.

Das hier ist kein echter Stress, beschwor sie sich, während sie in die Pedale trat und die beruhigende Wirkung des Meeres genoss. Sie passierte grasende Schafe, spürte dem Wind im Rücken nach und hielt den Blick nach vorn gerichtet. Was für eine Weite!

Dicht gedrängt in einer platzoptimierten Küche im Bauch eines riesigen Kreuzfahrtschiffs zu stehen, zwischen einem heißen Backofen und einer kaputten Fritteuse, unter unmöglichem Zeitdruck und mit Mitarbeitern, die alle die unterschiedlichsten Sprachen der Welt beherrschten, aber weder Englisch noch Deutsch verstanden, das war Stress.

Und tatsächlich half ihr die kleine Spritztour über die Krummhörn, den Kopf freizubekommen. Der Blick über Meer und Wellen, der brausende Wind, der alle anderen Geräusche dämpfte – beides verdrängte die peinliche Situation von eben. Mit jedem Meter wurde sie ruhiger, ließ los.

Mit neuer Energie fuhr sie wenig später auf den Hof der Seehundstation zurück. Der Hunger trieb sie in die Küche, wo sie ihre Oma fand, die in einem Topf rührte.

»Hm, das riecht aber lecker.« Sie schnupperte. »Schnüsch, richtig?«

»Ja. Das ist die Vorspeise für heute Abend. Hattest du einen guten Tag?« Oma probierte den Eintopf. Zufrieden nickend hielt sie auch Fenja einen Löffel hin.

»Mhm, köstlich, Oma.«

Lotti drehte die Hitze herunter und wischte sich die Hände an der Schürze ab. »Sag mal, wo hast du denn den Fisch verstaut?«

»Im Kühlschrank in der Futterküche, drüben in der Scheune.«

Oma hob die Augenbrauen. »Da war noch genug Platz?«, fragte sie erstaunt. »Normalerweise lagern wir den Fisch ja im Kühlraum hinter der Garage.«

Fenja war gar nicht aufgefallen, dass es einen Kühlraum auf der Anlage gab. »Ja, es hat alles locker reingepasst. Soll ich es eben umräumen?«

»Du hast alles bekommen, oder?«

»Klar. Es war ja nur eine kleine Bestellung. Gerade mal einundzwanzig Fische. Ansonsten hättest du mich doch sicherlich auch zum Fischdepot im Hafen geschickt.« Den Laden hatte sie beim Spazierengehen entdeckt. Ein großer neuer Klotz, der anscheinend auf Massenabfertigung setzte.

»Was?« Jetzt guckte Oma so verdattert, dass jede Falte in ihrem Gesicht ein wenig tiefer zu werden schien. Dann ging ihr offenbar ein Licht auf. »Kilogramm, meine Dern, das waren einundzwanzig *Kilogramm.*«

»Oh.«

Oma Lotti lächelte. »Da werde ich morgen früh wohl noch mal selbst zu Fisch Hauke fahren. Pack den Fisch aber trotzdem in den Kühlraum, der Kühlschrank in der Scheune kühlt nicht mehr richtig, der muss erst repariert werden.«

Fenja schaute sie bedröppelt an.

»Mach dir keine Gedanken, mein Kind. Ich hätte es genauer

sagen müssen. Du kannst ja nicht ahnen, wie viel so ein Seehund pro Tag frisst und für wie viele Tage ich einen Vorrat anlegen wollte.«

Fenja hätte sich in den Hintern beißen können. Natürlich hätte Oma sich genauer ausdrücken können oder der Fischhändler hätte nachfragen können – immerhin hatte sie dort den von Oma geschriebenen Einkaufszettel über die Theke gereicht –, aber trotzdem stand sie jetzt da wie ein Volltrottel. Schon wieder!

Es wurmte sie besonders, weil sie als Konditorin geübt war, Bestellungen zusammenzustellen und Mengen zu berechnen. Normalerweise war sie es, die die Augenbrauen hochzog, wenn ein Azubi die Bestellung vergeigt hatte. Auch wenn sie eine nette Chefin war, manchmal vielleicht sogar zu nachsichtig.

Den Schlüssel der kleinen Kühlkammer, die hinter einem Ginsterbusch versteckt lag, fand sie an einem Haken über der Tür. Sie räumte den Fisch ein und machte sich wieder auf den Weg zum Haus.

Svens Stimme drang aus der Küche, und Fenja verdrehte die Augen. Der hatte ihr gerade noch gefehlt!

»Bist du sicher, dass du sie nicht gesehen hast?«, fragte Sven gerade, als sie im Türrahmen erschien. »Ich suche sie schon seit einer Stunde.«

»Redet ihr über mich?«, fragte Fenja. Ihr Versuch zu lächeln misslang. Immerhin hatte Sven sich heute schon einmal über sie beschwert.

»Nein, wieso sollte ich dich suchen? Du bist doch anscheinend sehr gut darin, mich ausfindig zu machen.«

Oma blickte ihn streng an. Das half, denn Sven fuhr etwas milder fort: »Jörn hat mir heute Morgen eine Stange für mein Boot gebracht. Die ist allerdings spurlos verschwunden. Hast du sie vielleicht gesehen?«

»Du hast ein Boot?«

»Ich restauriere ein altes Torfschiff. Jörn hat mir eine Spezialanfertigung gemacht. Er schwört, dass er die Stange draußen an den Stamm der Eiche gelehnt hat. Da ist sie aber nicht. Etwa einen halben Meter lang mit einer Spirale an einem Ende.«

»Geklaut hat sie dir wohl keiner«, sagte Oma beruhigend. »Du weißt doch, wie man sagt: In Ostfriesland gibt's keine Diebe, weil –«

»Man sie schon von hundert Kilometer Entfernung sieht. Ja, ja«, unterbrach Sven sie. »Das hilft mir jetzt aber auch nicht weiter.«

*Ach, du Schande!* Fenja wagte kaum zu atmen. Die Metallstange, die sie zum Umrühren der Farbe genommen hatte! Die sie danach achtlos in die Ecke gestellt hatte und die nun sicherlich voller eingetrockneter Farbe war ... Sven würde sie umbringen. Oder sie zumindest für den Rest ihres Aufenthaltes mit zynischen Sprüchen und beleidigter Miene nerven.

Fenja spürte, wie sie rot wurde. Auch das wurde langsam zur Gewohnheit. Wie ferngesteuert ging sie zum Kühlschrank. Dadurch konnte sie den beiden den Rücken zudrehen, während sie überlegte, wie sie sich aus dieser Situation retten könnte. Außerdem würde die kalte Luft die Hitze aus ihrem Gesicht vertreiben. Es reichte ihr. Sie war nicht der Typ, der leicht in Fettnäpfchen trat – drei an einem Tag, das war ein neuer Rekord.

»Es hat fast vier Wochen gedauert, um die Stange zu bekommen. Ohne sie kann ich nicht weitermachen. Hattest du heute Besucher hier, Charlotte?«

»Du weißt, dass ich keine Besucher auf den Hof lasse.«

Fenja schnappte sich einen Joghurt aus dem untersten Fach. Da war es wieder, dieses Klingeln in den Ohren, das alle anderen Geräusche um sie herum ausblendete. Fahrig kramte sie in der Besteckschublade nach einem Löffel. »Ich esse den in meinem Zimmer, ja? Ich muss noch was an meinem Laptop erledigen.«

Eine Minute später stand sie außer Atem vor der Futterkammer. Die Stange lehnte noch genau dort, wo sie sie stehen gelassen hatte. Natürlich war die Farbe eingetrocknet. Sie schnappte sich einen Lappen, um sie zu entfernen, aber es war zu spät. Die Farbe ließ sich nicht mehr abrubbeln. Das schlechte Gewissen drückte ihr schwer auf den Magen. Dass eine olle Stange so viel wert war … Sollte sie ihr Malheur vielleicht einfach zugeben?

*Niemals!*

Das Ding musste verschwinden. Dringend!

Wie viel Zeit blieb ihr wohl, bis Sven und Oma in der Küche fertig waren?

*Jetzt aber los!*

So schnell sie konnte, rannte sie mit der Stange in den Garten hinter die Büsche. Hier fand sie eine weiche Stelle im Boden, die sich leicht bearbeiten ließ. Mit bloßen Händen fing sie an zu graben. Zwar kam sie nicht besonders tief, aber egal, hier hinten würde eh keiner nachschauen. Sie klopfte die Erde mit den Füßen fest.

*Der Joghurt!* Sie lief zur Futterkammer zurück, sammelte den Becher ein und eilte in ihr Zimmer.

***

Verführerischer Grillduft wehte durch Fenjas offenes Fenster herein. Sie zupfte sich ihre Haare halbwegs in Form, schaute in den Spiegel und nickte zufrieden. Anschließend legte sie einen Hauch Make-up auf. Dazu wählte sie ein schlichtes Baumwollkleid. Gut angezogen fühlte sie sich sicherer. Und ein wenig Selbstsicherheit konnte sie brauchen, denn das schlechte Gewissen wegen der vermaledeiten Stange lastete immer noch auf ihr.

Draußen erklang Gelächter. Oma Lotti hatte anscheinend auch einige Leute aus dem Dorf zu ihrem Grillabend eingeladen. Wahrscheinlich alles Menschen, die sich seit dem Kindergarten kannten, eine eng eingeschworene Gemeinschaft von Einheimischen. Da würde sie, die weitgereiste Städterin, kaum reinpassen. Trotzdem würde sie alles geben, offen auf die Leute zugehen, den Abend genießen. Der Tag konnte eh nicht mehr schlimmer werden!

Nachdenklich trat sie vor die Tür, wo sie erstaunt stehen blieb. In den Bäumen hingen Lichterketten, die wie kleine Glühwürmchen leuchteten und für eine stimmungsvolle Atmosphäre sorgten. Darunter stand ein großer Tisch, auf dem so viel Essen stand, dass man damit die neunzehn Ortschaften der Krummhörn hätte versorgen können. Wann hatte Oma Lotti das denn alles noch auf die Beine gestellt?

Rund um den Tisch saßen etwa ein Dutzend lachende Menschen auf Holzbänken, darunter Janne und Oma Lotti. Fenjas Laune stieg wieder. Es war ein Bild wie aus einem ländlichem Werbeprospekt. Sven stand am Grill. Er trug Bluejeans, ein weißes Shirt mit offenem Kragen und hielt die größte Zange in der Hand, die Fenja je gesehen hatte.

Nee, ist klar, dachte sie, ein selbsternannter Grillmeister. Aber wer stellte sich bitte schön freiwillig mit weißem Shirt an den Bratrost? Auch wenn Sven darin zugegebenermaßen umwerfend aussah …

Oma Lotti hatte sich aufgebrezelt wie für einen Staatsbesuch. Sie trug ein langes dunkelgrünes Kleid aus Samt mit tiefem V-Ausschnitt. Ihre Fingernägel waren weinrot lackiert und passten farblich zu ihrem Lippenstift. »Fenja!«, rief sie erfreut und klopfte auf den freien Platz neben sich. »Setz dich zu mir.«

Zögernd gesellte sich Fenja zu der Gruppe an den Tisch. Unbeholfen kletterte sie auf die Bank, was in ihrem engen Kleid und in Anbetracht des Umstands, dass es nur eine schmale Lücke neben Oma gab, gar nicht so einfach war. Kaum hatte sie es geschafft, schob Oma Lotti ihr auch schon einen leeren Teller hin.

Fenja sah sich um. Ihr gegenüber saß ein älterer Herr, der einen braunen Cordanzug trug und sich so gerade hielt, als hätte ihm jemand einen Stock an den Rücken geklebt.

»Toll siehst du aus«, lobte Oma sie, und Fenja gab das Kompliment zurück. Oma winkte ab, aber es freute sie offensichtlich. Mit verführerischem Grinsen schob sie sich eine Olive in den Mund.

Fenja schmunzelte – Oma fand sich selbst auch hübsch, man merkte, wie sie es genoss, ihre Weiblichkeit auszuleben. Ohne Rücksicht auf Falten und Verluste. Das war bewundernswert. Zumal sie bei ihrer Arbeit mit den Seehunden zumeist auf praktische Kleidung angewiesen war.

Sie unterdrückte einen Seufzer. In den letzten Jahren hatte sie selbst kaum Gelegenheiten gehabt, sich ein wenig herauszuputzen. Bis auf ein paar halbherzige Dates hatte sie auch keine Männer getroffen, für die es sich gelohnt hätte.

»Die Weintrauben musst du unbedingt probieren. Dazu diesen Brie de Meaux, der passt prima«, riss Oma Lotti sie aus ihren wehmütigen Gedanken. Mit großer Geste schnitt sie ein handtellergroßes Stück von dem Laib ab, das sie mit bedeutsamem Blick auf Fenjas Teller legte.

Entgeistert schaute Fenja auf den stinkenden Käse. Während Oma weiterhin ungefragt Delikatessen auf ihren Teller schaufelte, wandte sich der Mann zu ihrer Linken zu ihr. Er war ein paar Jahre älter als sie und sah nicht schlecht aus, wenn man auf blonde Segler stand.

»Ich bin Jörn.« Er hielt ihr die Hand hin.

Bei Fenja fiel der Groschen. Jörn war Svens Freund, derjenige, der ihm die Stange für sein Boot gefertigt hatte.

»Hi, ich bin Fenja«, entgegnete sie nach kurzem Zögern. Hoffentlich merkte er ihr die Unsicherheit nicht an. Zwischen Jörns Beinen tauchte der wuschelige Kopf eines Golden Retrievers auf. »Oh, wer bist du denn?«

»Das ist Twix. Der wartet schon seit einer Ewigkeit auf seine Bratwurst. Aber Sven ist wieder mal ein richtiger Perfektionist, bei dem ist jede Bratwurst ein Kunstwerk und muss die Grillstreifen an genau der richtigen Stelle haben. Da dauert es schon einmal länger.«

Fenja sah zu Sven hinüber. Tatsächlich handhabte er die überdimensionierte Zange mit einer solchen Ernsthaftigkeit, dass sie grinsen musste. Schweißperlen standen ihm auf der Stirn und im Nacken. Er war so konzentriert, als würde er gerade einen Patienten am Gehirn operieren.

»Meine Güte, ich wusste gar nicht, dass Grillen eine Wissenschaft ist«, sagte sie, was wiederum Jörn zum Lachen brachte.

»Für Sven schon. Wenn der was macht, dann macht er es richtig. Du solltest mal sein Torfschiff sehen. Das war reif für den Schrott, als er es gefunden hat. Jetzt ist es bald wieder fahrtüchtig. Er hat es sehr liebevoll restauriert. Und er hat sich von niemandem helfen lassen, damit nur ja keiner sein Baby ruiniert.«

Fenja schluckte. »Ach, das Boot ... Ja, davon habe ich schon gehört.«

Jörn beugte sich verschwörerisch zu ihr herüber. »Wenn du den Brie nicht magst, schieb ihn unauffällig zu mir. Twix liebt Käse.«

»Auch wenn der nach alten Füßen riecht?«, flüsterte sie zwinkernd.

»Dann am liebsten.«

»Die nächste Runde ist fertig!«, rief Sven, und die Gespräche am Tisch verstummten. »Polnische Bratwurst, mit Knoblauch und Majoran gewürzt, und Münchner Weißwurst, untraditionell angegrillt. Außerdem meine Spezialität: in Scheiben geschnittene Pümmelwurst im Speckmantel.«

Die Show, die er abzog, war bühnenreif. Doch während die anderen erwartungsfroh zum Grill strömten, um sich ein Würstchen zu sichern, schnappte Fenja sich eine Bulette. Zum Glück schien niemandem aufzufallen, dass sie sich vom Grill – und von Sven – fernhielt. Dem musste sie nun heute wirklich nicht noch einmal nahe kommen!

Nach und nach kehrten alle zum Tisch zurück, bestens gelaunt und mit gut gefüllten Tellern.

»Zwischen Greetsiel und Rysum gibt's niemanden, der Sven die Grillgabel reichen kann«, verkündete Oma Lotti strahlend, den Teller voller Würstchen.

Die zarte Röte, die sich daraufhin auf Svens Wangen ausbreitete, fand Fenja beinahe süß. Hatte der verschrobene Kerl vielleicht doch seine guten Momente? Plötzlich stieg die Erinnerung an ihren Ex-Freund Torsten in ihr auf. Auch der hatte gerne gegrillt. Überhaupt hatten sie sich gut verstanden, aber eine Zukunft hatte die Sache nie gehabt. Sie wischte die Erinnerung beiseite, sie gehörte in die Vergangenheit, nicht in die Gegenwart.

Nach dem Essen gingen sie nicht auseinander, sondern holten noch ein paar Flaschen Wein hervor. Es war ein sternenklarer Abend, angenehm warm, und selbst der Wind schien sich schlafen gelegt zu haben.

Fenja bemerkte, dass Sven etwas abseits von den anderen stand. Schaute er in ihre Richtung, oder täuschte sie sich? Seine Haare waren vom Wind zerzaust, eine Seite des Hemdkragens stand hoch, was ihm etwas Verwegenes gab. Als fühlte er sich ertappt, drehte Sven sich abrupt um und schritt auf Jörn zu, der irgendwann aufgestanden war, um für Twix Stöckchen zu werfen.

Fenja setzte sich kopfschüttelnd näher zu Janne. Aus irgendeinem Grund verwirrte Sven sie mehr, als er sollte. Sie fand ihn merkwürdig und unnahbar, dann wiederum hatte er etwas an sich, das sie – gegen ihren Willen – in ihren Bann zog.

»Fenja!«, begrüßte Janne sie erfreut. Im Licht der unzähligen Glühbirnchen wirkte sie selbstbewusster und nicht mehr so blass. »Genießt du den Abend? Ich bin ja so froh, einmal wieder rauszukommen. Ist ja sonst nicht so viel los hier.«

Fenja nickte. »Was machst du denn sonst, wenn du nicht hier oder bei deinen Eltern auf dem Ferienhof bist? Oder studierst?«

Janne lachte. »Na ja, die Restauration alter Gegenstände nimmt viel Zeit in Anspruch. Und ich gehe gerne Klootschießen, aber unsere Gruppe ist im Laufe der Zeit immer kleiner geworden. In unserem Alter sind die meisten hier verheiratet und haben Kinder, um die sie sich kümmern müssen.«

»Da hast du wohl recht.« Ihr gegenüber saß eine braunhaarige Frau Ende dreißig, die mit einem Steak kämpfte, bis ihre Holzgabel brach. »Ups«, sagte sie und lachte. Dabei bildeten sich Grübchen auf ihrer Wange.

»Warte, ich bringe dir eine neue«, bot Fenja an und kletterte von der Bank herunter. Kurz darauf kehrte sie mit der Gabel zurück und reichte sie der Frau.

»Danke. Ich bin übrigens Yasmin, aber alle nennen mich Yas.«

»Yas arbeitet als Tierärztin im Ort«, erklärte Janne.

»Oh, schön, dich kennenzulernen. Versorgst du auch unsere Seehunde?«

Damit musste sie einen wunden Punkt getroffen haben, denn Yasmin guckte betroffen, während Janne den Kopf wegdrehte, als würde die Lichterkette vor ihrer Nase auf einmal ihre gesamte Aufmerksamkeit benötigen.

»Nein, leider nicht. Ich finde eure Arbeit großartig, aber deine Oma hat mich bisher nicht wegen eurer Pfleglinge kontaktiert. Und wenn ich sie deshalb anspreche, blockt sie ab.«

Bevor Fenja sich über das merkwürdige Verhalten ihrer Oma wundern konnte, sah sie, wie Twix an ihr vorbei- und auf Jörn zuschoss. Der Hund war lange zwischen den Büschen verschwunden gewesen, um sein Stöckchen zu holen, das er nun triumphierend im Maul hielt. Nur dass es kein Stock war, den er seinem Besitzer stolz vor die Füße warf, sondern eine über und über mit gelber Farbe verschmierte Metallstange.

»Hoppla«, sagte Jörn. »Die hatte ich aber anders in Erinnerung.«

# Kapitel 3

Der Mann erkannte den bunt bedruckten Lieferwagen der Robbenrettung schon von Weitem und winkte ihnen zu. Er war vielleicht Mitte vierzig, trug eine Hipsterbrille und einen rostroten Vollbart und hatte sichtlich Schwierigkeiten, die beiden Kleinkinder unter Kontrolle zu halten, die um ihn herumtobten.

»Guten Morgen«, begrüßte er sie und Sven fröhlich und wedelte mit einer Hand in Richtung Strand. »Ich bin Achim. Dort hinten ist der Seehund. Wie Ihre Kollegin mir am Telefon geraten hat, sind wir nicht näher rangegangen.«

»Wunderbar. Vielen Dank für den Anruf. Und auch, dass Sie Abstand gehalten haben.«

Fenja kniff die Augen zusammen, aber konnte nichts erkennen. Erst als sie zum Fernglas griff, entdeckte sie etwa vierhundert Meter entfernt einen kleinen grauen Heuler an der Uferlinie.

Weit und breit war kein anderes Tier in Sicht. Sie war froh über den Einsatz, aber auch ein kleines bisschen nervös. Sven hatte die gelbe Stange gestern Abend etwas erschrocken an sich genommen. Allerdings war er wahrscheinlich nur halb so erschrocken wie sie selbst gewesen, denn ihre Knie waren innerhalb weniger Sekunden zu Wackelpudding geworden. Er hatte kein Wort gesagt und die Stange nur wortlos weggepackt. Danach war er ohne jeglichen Kommentar in die fröhliche Runde zurückgekehrt, aber Fenja spürte, dass er Bescheid wusste, denn er vermied krampfhaft jeden Blick in ihre Richtung.

Während der Fahrt hatte er geschwiegen, und sie hatte nach den richtigen Worten gesucht, während im Radio ein nervtötender Popsong spielte. Doch die Fahrt war zu kurz gewesen, und nun hatte die verwaiste Robbe Vorrang.

»Wie lange beobachten Sie ihn schon?«, fragte Sven den Mann, der sich nachdenklich durch den Bart strich.

»Na ja, ich bin mit den Kids direkt nach dem Frühstück raus, und wir haben ihn auf dem Hinweg entdeckt. Da dachte ich mir aber noch nichts. Man liest ja immer, dass die Muttertiere meist nur auf Futtersuche sind. Aber als er auf dem Rückweg immer noch dalag, habe ich Sie angerufen. Also drei Stunden waren das bestimmt.«

Fenja kämpfte mit dem abgenutzten Klettverschluss der alten Plastikweste, die sie als Mitarbeiterin der Rettungsstation auswies. Oma hatte sie gebeten, Sven zu begleiten, und sie hatte keine vernünftige Ausrede parat gehabt. Ihre Gedanken wurden unterbrochen, als eine schmutzige Kinderhand an ihrem Shirt zupfte. »Du, Frau Polizei, kannst du dem Seehund helfen?« Das etwa vierjährige Mädchen schaute sie hoffnungsvoll an.

Fenja ging in die Knie, um der Kleinen auf Augenhöhe zu begegnen. Ihre Haare waren ebenso rot wie die ihres Vaters, mit dem Unterschied, dass ihre blauen Augen heller als das Meer strahlten und ihre Nase mit unzähligen Sommersprossen gesprenkelt war. »Natürlich können wir das. Aber ich bin keine Polizistin, sondern eine Tierretterin. Wir retten Seehunde und pflegen sie dann gesund. Und wenn sie noch klein sind, ziehen wir sie auf.«

»Der ist noch klein. Sooo klein«, sagte das Mädchen und deutete die Größe mit den Armen an. Demnach passte der Heuler in Oma Lottis geblümte Suppenschüssel. »Ist es gefährlich, eine Tierretterin zu sein?«, schob die Kleine hinterher und steckte sich den Daumen in den Mund.

»Gefährlich nicht. Aber aufregend.« Zumindest vermutete Fenja das. Sie konnte ja schlecht zugeben, dass sie bisher keinerlei Erfahrung darin hatte. Sven war in das Gespräch mit Achim vertieft, und sie hoffte, dass er nicht mitbekam, wie sie sich gerade völlig selbstverständlich als Profi verkaufte.

Das Mädchen strahlte. »Dann will ich das auch mal werden!« Es wandte sich zu seinem Vater um. »Papa, Papa, ich möchte doch nicht Astronautin, sondern Tierretterin werden!«

Nun freute sich auch Fenja. Jeden Tag eine gute Tat – und wenn nur ein kleines Mädchen durch ihr Mitwirken einen neuen Lebenstraum hatte. Manchmal bedurfte es schließlich solcher Begegnungen. Ihr eigener Wunsch, Konditorin zu werden, war entstanden, als sie dem Vortrag einer Bäckerin in ihrer Kirchengemeinde gelauscht hatte. Adla hatte damals unglaublich viel Lebensfreude ausgestrahlt, Fotos ihrer Sprösslinge im Kinderheim in Tansania gezeigt und würziges Essen an die Gemeinde verteilt, das so scharf war, dass Fenja es kaum hinunterbekam. Seitdem hatte sie sich immer gewünscht, durch die Welt zu reisen und Köstlichkeiten zu zaubern, die andere glücklich machten.

Als sie sich aufrichtete, merkte sie, dass Sven sie aufmerksam betrachtete. Mit einer Mischung aus Wohlgefallen und Wärme, die sie vorher noch nicht an ihm gesehen hatte.

»Ich gehe dann mal die Lage sondieren«, sagte er mehr zu sich als zu ihr, als sich ihre Blicke begegneten. Dann wandte er sich ab und ging auf den Heuler zu.

Fenja sah ihm nach. Was mochte er nur denken? Neugierig beobachtete sie, wie er sich dem Tier langsam näherte, sich hinhockte und es ansah, sich dann wieder erst langsam rückwärts, dann schnelleren Schrittes entfernte.

»Das Tier ist unterernährt und in einem schlechten Zustand«, sagte er, sobald er Fenja wieder erreicht hatte. »Wir müssen ihn mitnehmen. Bereit?«

Fenja nickte, obgleich sie sich alles andere als bereit fühlte.

Das Meer sah aus wie eine wild durchgeschüttelte Decke, die hier und da Falten warf, sich aufbäumte und dann wieder eine glatte Oberfläche bildete. Weit und breit waren keine anderen Seehunde zu sehen. Fenja schaute über das Wasser und fragte sich, wo die Mutter des Kleinen geblieben war. Ging es ihr gut? War sie krank und konnte ihr Junges nicht mehr versorgen? Die Augen des Heulers waren groß wie Wagenräder, und er schaute sie furchtsam an.

»Lass dich nicht von seinem süßen Äußeren blenden. Die können ganz schön beißen«, sagte Sven und reichte ihr ein Paar Handschuhe.

Der junge Seehund machte seinem Namen alle Ehre und heulte erbärmlich. Noch tagelang würde er nach seiner Mutter rufen, doch die würde nicht aus dem Meer zurückkommen. Fenja spürte, wie die Traurigkeit in ihr aufstieg, als der Kleine den Rücken hochdrückte und vor ihnen wegrobbte.

»Keine Angst, wir tun dir nichts«, sagte Sven und schnitt dem Tier den Weg ab.

Der Heuler schaute ihn mit großen Augen an, seine Barthaare zitterten. Fenja sah, wie er sich anspannte und wieder Anstalten machte zu flüchten.

»Jetzt.«

Das war das Stichwort, auf das sie gewartet hatte. Sie öffnete den Deckel des Bastkorbes und stemmte sich von hinten mit den Beinen dagegen, damit er nicht umfallen konnte. Sven erhob sich und packte den Seehund blitzschnell hinter den Flossen, um ihn hochzuheben und in einer fließenden Bewegung in den Korb gleiten zu lassen. Sobald er sicher darin lag, schloss sie den Deckel.

»Das war einfacher als gedacht«, sagte sie erleichtert. Die Anspannung fiel von ihr ab. Von jetzt an würde der Heuler nicht mehr hungern müssen und in der Gesellschaft anderer Jungtiere über den Verlust seiner Mutter hinwegkommen. Sie machten sich daran, den Spanngurt korrekt einzufädeln, um den Korb zusätzlich zu sichern. Das stellte sich jedoch als ziemlich schwieriges Unterfangen heraus. Der Spanngurt war uralt, die Ratsche so verrostet, dass sie sich kaum bewegen ließ.

»Die stammt bestimmt noch aus Omas Jugend«, witzelte Fenja, und Sven lachte.

»Ja, Charlotte ist sehr sparsam. Aber das muss sie auch sein.« Er wurde wieder ernst. »Es fehlt an allen Ecken und Enden.«

Fenja, die immer noch mit dem Verschluss kämpfte, horchte auf. »Wie meinst du das? Gibt es finanzielle Probleme?«

»Da musst du selbst mit ihr drüber reden.«

Gemeinsam schleppten sie den nun deutlich schwereren Korb über den Strand zurück. Der Heuler wog in etwa achtzehn Kilo, schätzte sie, denn er war etwas leichter als die großen Zwanzig-Kilo-Mehlsäcke, mit denen sie auf dem Kreuzfahrtschiff gearbeitet hatte. Es war weit bis zum Auto, und Fenja kam schnell ins Schwitzen, aber sie ließ sich nichts anmerken – eher würde ihr der Arm abfallen, als dass sie sich vor Sven die Blöße gab. Schwer atmend fixierte sie einen Punkt hinter den Dünen, an dem einige Möwen kreisten.

»Können wir mal kurz abstellen?«, fragte Sven in diesem Moment, und sie stieß erleichtert die Luft aus.

»Klar«, sagte sie lässig und vermied es, sich den schmerzenden Arm zu reiben.

»Das ist gut gelaufen. Es ist praktisch, eine Assistentin dabeizuhaben. Manchmal begleiten mich Janne oder ein ehrenamtlicher Helfer, aber oft muss ich die Notrufe allein übernehmen. Wie die meisten anstrengenden Arbeiten in der Station. Deine Oma würde es nie zugeben, aber sie kann einfach vieles nicht mehr selbst machen.«

Das erklärte zumindest teilweise, warum Svens Oberkörper so gestählt wirkte. Obwohl Sven seine Arbeit routiniert erledigt hatte, spürte Fenja, dass auch ihn das Schicksal des Kleinen berührte.

Am Auto der Seehundstation, einem alten Kastenwagen, wartete bereits der Vater mit seinen beiden Kindern auf sie. Neben ihm stand eine Gruppe Touristen, die sie freudig begrüßte. Sven zog eine Augenbraue hoch und seufzte, aber so leise, dass niemand es hörte. Die Touristen applaudierten, Fotos wurden geschossen.

Irritiert von dem plötzlichen Gewimmel um sie herum, scheiterte Fenja mit ihrem Versuch, einhändig den Autoschlüssel aus ihrer Hose zu holen.

Da stand auf einmal wieder das Mädchen vom Strand neben ihr. »Warte, ich helfe dir«, sagte die Kleine und zog den Schlüssel hervor.

»Danke.« Es gelang ihr, den Kofferraum aufzuschließen.

»Können wir den Seehund mal sehen?«, fragte ein rundlicher Mann mit knallrotem Gesicht, der sich direkt neben Fenja aufbaute.

»Das geht leider nicht«, antwortete Sven. »Der Heuler braucht jetzt vor allem Ruhe. Aber wenn Sie einen Moment Geduld haben, gebe ich Ihnen gerne einen Flyer unserer Station mit, falls Sie uns mit einer Spende unterstützen möchten.«

Der Mann sah enttäuscht aus, nickte aber.

Endlich war der Korb im Lieferwagen verfrachtet, und Fenja zog erleichtert die Autotür hinter sich zu. Sven verteilte derweil die versprochenen Flyer und beantwortete einige der Fragen über Seehunde, die die Leute um ihn herum stellten.

»Was geschieht jetzt mit dem Heuler?«

»Wir werden ihn in der Station versorgen und dann aufpäppeln. Wenn er groß genug ist, wildern wir ihn wieder aus.«

»Wie viel wiegt ein ausgewachsener Seehund?«

»Die Männchen können bis zu einhundertzwanzig Kilo erreichen, die Weibchen sind leichter.«

»Und wie lange können Seehunde unter Wasser bleiben?«

»Normalerweise tauchen sie nur für etwa fünf Minuten. Aber

sie können tatsächlich bis zu dreißig Minuten unter Wasser bleiben und Tiefen von bis zu zweihundert Metern erreichen. Das liegt daran, dass Seehunde nicht nur mehr Blut als Menschen haben, sondern ihre roten Blutkörperchen auch besonders groß sind. Damit können sie doppelt so viel Sauerstoff binden wie ein Mensch.«

Fenja beobachte amüsiert, wie immer mehr Fragen auf Sven einprasselten – er hatte ein lernwilliges und überaus interessiertes Publikum gefunden. Aber das war auch kein Wunder. Abgesehen davon, dass er gut aussah, besaß er auch einen gewissen nordischen Charme – wenn er denn wollte. Rau, direkt und authentisch. Außerdem konnte er offenbar gut mit Menschen umgehen.

Fenja zog eine Grimasse. Schade, dass er ihr gegenüber noch immer so ruppig war wie an ihrem ersten Abend. Hier, in seinem Element, schien er vor Energie überzusprudeln und wirkte beinahe sympathisch. Wie viel würde sie von seiner freundlichen Seite noch zu sehen bekommen, wenn sie ihm die Sache mit der Bootsstange beichtete?

Eine attraktive Frau trat einen Schritt auf Sven zu. Sie war Fenja eben schon aufgefallen, da ihr Dekolleté tief blicken ließ. Ihr hüftlanges schwarzes Haar floss wie Seide an ihrem wohlgeformten Körper hinunter, und sie hatte einen beneidenswerten Teint.

»Kann man dich in der Station auch antreffen?«, fragte sie mit honigsüßer Stimme.

»Auf der Seehundstation sind momentan keine Besucher zugelassen. Aber ich kann dir meine Telefonnummer geben – für Seehundfragen stehe ich immer gerne zur Verfügung.« Dabei strahlte Sven die Frau so freundlich an, dass es Fenja einen kleinen Stich versetzte. Er wirkte sonderbar unschuldig – merkte er gar nicht, dass die Frau mit ihm flirtete?

»Hm«, machte Fenja und drehte den Flyer hin und her. Das Design war altbacken, die Fotos verschwommen.

Sven setzte den Blinker, um in die Neu-Etumer Straße einzubiegen, und warf dabei einen flüchtigen Blick auf die Zettel in Fenjas Hand. »Ja, ich weiß. Wir brauchen dringend neue. Aber deine Oma meint, dafür ist kein Budget da.«

»Wird aber schwierig, damit neue Spender zu gewinnen.«

Sven zuckte mit den Schultern.

Sie biss sich auf die Lippen. Nachher in der Station würde es wieder viel zu tun geben, sie musste sich jetzt überwinden und ihr Missgeschick mit der Stange ansprechen.

»Sven?«, fragte sie mit dünner Stimme. »Ich möchte mich bei dir entschuldigen. Ich … Ich habe deine Stange benutzt, um einen Farbeimer umzurühren. Ich habe wirklich nicht gewusst, um was es sich dabei handelt. Das war ein Versehen, und es tut mir sehr leid.« Sie sank etwas tiefer in ihren Sitz. »Und viel schlimmer ist, dass ich es dir sofort hätte sagen müssen, als ich es herausgefunden habe. Normalerweise habe ich keine Probleme, meine Fehler einzugestehen, aber dieses Mal … ging das irgendwie nicht.«

Er schwieg. Sein Gesicht zeigte keine Regung.

Ihr Magen zog sich zusammen, sie hatte geahnt, dass man mit ihm nicht offen reden konnte. Sie seufzte. »Ich kann die Zeit leider nicht zurückdrehen, aber ich verspreche dir, ich werde es wiedergutmachen.«

So relaxt er auch tat, seine weißen Fingerknöchel verrieten seine Anspannung. »Und wie willst du das tun?«

Sie überlegte. »Zunächst werde ich noch einmal versuchen, die Stange zu reinigen. Vielleicht geht die Farbe mit ein bisschen Terpentin wieder ab. Falls das nicht klappt, organisiere ich dir eine neue.«

»Aha«, erwiderte er platt und kniff die Lippen zu einer dünnen Linie zusammen. »Wie du weißt, handelt es sich bei der

Stange um eine Spezialanfertigung. Die kann man nicht mal eben im Baumarkt kaufen.«

Wieder schielte Fenja unsicher in seine Richtung. Nervös drehte sie den Flyer der Seehundstation zu einer Rolle. Irgendwie würde sie das mit der Stange schon hinbekommen. Sie musste einfach. »Und heute nach der Arbeit lade ich dich zum Picknicken ein, wenn du magst. Einschließlich meiner legendären Erdbeertörtchen, die muss man probiert haben.«

Fast hätte sie sich die Hand vor den Mund geschlagen – der Vorschlag war ihr einfach rausgerutscht. Natürlich war er nicht der Erste, den sie mit Leckereien beschwichtigen wollte – das war einer der Vorzüge, die ihre Arbeit als Konditorin mit sich brachte. Aber noch nie hatte sie jemanden zum Picknicken eingeladen. Und schon gar nicht jemanden, der ihr gegenüber offensichtlich gewisse Vorbehalte hegte. Innerlich wappnete sie sich für eine ablehnende Antwort, doch Sven überraschte sie.

»Gut. Ab 18 Uhr habe ich Zeit. Aber besorg einen großen Korb, ich werde die Einladung schamlos ausnutzen und einen Riesenhunger mitbringen.« Er lachte. »Ich liebe Erdbeeren. Mach dich also auf was gefasst.«

In der Station übernahm Janne den Heuler, um ihn zu wiegen und zu füttern. Fenja beobachtete, wie sie behutsam die Magensonde anlegte, um ihm den Nahrungsbrei zu verabreichen. Anschließend wurde er ins Jungtierbecken gebracht, wo er kurz darauf zur Ruhe kam und friedlich einschlief. Er hatte bestimmt einiges nachzuholen. In den kommenden Tagen würden sie ihn bis zu fünfmal täglich füttern müssen.

Janne lächelte. »Der Kleine wird uns noch ganz schön auf Trab halten.«

Während Sven und sie für die Fütterungsvorbereitungen in der Futterkammer verschwanden, machte Fenja sich auf die Suche nach ihrer Oma. Zusammen reinigten sie eines der großen

Becken und kümmerten sich um eine defekte Pumpe, die sie erst auseinander- und dann wieder zusammenbauten.

»Dafür brauche ich keinen Klempner, die ziehen einen eh nur über den Tisch«, behauptete Oma Lotti, und tatsächlich funktionierte die Pumpe wenig später wieder – auch wenn noch ein paar Muttern auf dem Boden herumlagen, die ihren Platz nicht wieder gefunden hatten. Oma kickte sie in eine Ecke, in der schon andere Metallteile lagen.

»Sag mal«, begann Fenja vorsichtig, als sie auf den Hof traten und ihnen der herrliche Mittagswind um die Ohren pfiff, »wie finanziert sich die Seehundstation eigentlich?«

Oma grummelte etwas Unverständliches und bückte sich, um einen widerspenstigen Löwenzahn zwischen den Steinen herauszuziehen.

»Bekommst du staatliche Fördergelder? Gibt es eine Sponsorengruppe?«

Es dauerte fast eine Minute, bis Oma die gelbe Blume erwischt und sich ächzend aufgerichtet hatte. »Die Station wird ausschließlich von mir finanziert. Und das ist auch gut so. Ich will niemandem Rechenschaft schuldig sein.«

»Und warum darf Yas unsere Tiere nicht behandeln? Sie wirkte sehr kompetent.«

»Ich lasse mir nicht ins Handwerk pfuschen.«

»Sie schien ernsthaft an den Seehunden interessiert zu sein. Sie hat dir wohl auch eine E-Mail geschrieben.«

Oma legte den Kopf schief. »Die habe ich gelesen. Auch wenn sie einen guten Ruf hat, weiß ich selbst am besten, was für meine Tiere gut ist.«

Damit schien sich das Thema für sie erledigt zu haben. Eine steile Falte hatte sich zwischen ihren Augenbrauen gebildet, also beließ es Fenja dabei. Wahrscheinlich steckte noch irgendetwas anderes dahinter. So gerne Oma anderen half, sie schien ein Problem damit zu haben, selbst Hilfe anzunehmen. Nun, vielleicht hatte sie später die Möglichkeit, mehr herauszufinden. Sie würde ja noch fast zwei Monate in Greetsiel bleiben.

Sobald ihre Arbeit erledigt war, radelte Fenja in den Ort, um einzukaufen. Immerhin wollte sie mit einem anständigen Picknickkorb aufwarten. Dass Sven ein guter Esser war, freute sie; da konnte sie sich einmal wieder richtig austoben. Sie würde ihn mit Delikatessen vollstopfen, bis er ihr alles verzieh oder sein Hemd platzte. Dazu würde es herzhafte Blätterteigtaschen, die sie mit einer Pistazientomatencreme füllen würde, geben, Schaumrollen mit Marmelade, Pastéis de Nata und natürlich Erdbeertörtchen mit einem Schuss Rum. Sie würde ihm schon zeigen, was für eine hervorragende Konditorin sie war.

Pünktlich um sechs klopfte Fenja an Svens Tür. »Bist du so weit?« Nervös rieb sie ihre feuchten Handflächen aneinander. Hatte sie an alles gedacht?

»Ja. Komm ruhig rein!«, schallte es aus dem Zimmer.

Fenja holte tief Luft und trat ein. Der Raum war größer als erwartet und überaus ordentlich. Farbenfrohe Kunstdrucke von Susanne Pertiet schmückten die Wände, das Bücherregal war gut gefüllt. Sven stand vor einem Wandspiegel und schloss einen Knopf seines Hemdes. Die wilden Locken hatte er mit Haarspray gebändigt und in so etwas wie ein geordnetes Chaos gebracht, der Bart war frisch gestutzt. Er sah umwerfend aus.

Selbstzufrieden beobachtete er ihre Reaktion im Spiegel. *Verdammt*, dachte Fenja. Natürlich wusste er, wie gut er aussah. Selbst die schwarzhaarige Schönheit am Strand hatte sich für ihn interessiert. Sie räusperte sich, aber die Worte wollten nicht heraus.

»Wir können«, sagte Sven und drehte sich auf dem Absatz um. Galant hielt er ihr den Arm hin: »Habe die Ehre.«

Was war das denn? Reflexartig hakte Fenja sich bei ihm ein, aber nur für einen kurzen Moment, denn so passten sie nicht durch die Tür. Verlegen machte Fenja sich von ihm los und folgte ihm die Treppe hinunter und zu den Fahrrädern.

»Wir fahren nach Norddeich zum Strand«, verkündete sie, als sie aufgesessen waren. Hier hatte Fenja einen der Strandkörbe gemietet, von denen aus man einen herrlichen Ausblick über das Wattenmeer hatte. Am Horizont ließ sich die Insel Juist erahnen.

»Hast du einen Seehund da drin versteckt?«, fragte Sven und wischte sich die Stirn, nachdem er den Picknickkorb in den Sand gesetzt hatte.

»Nicht ganz. Lass dich überraschen.« Sie zwinkerte ihm verschwörerisch zu und packte den Korb aus, zuerst eine Wolldecke, dann eine Tischdecke, in die zwei Weingläser eingewickelt waren. Der Strandkorb stand in erster Reihe, hier waren sie völlig ungestört. War der Strand tagsüber oft rappelvoll, spazierte jetzt nur ein älteres Ehepaar in Richtung der Mole, und eine Familie packte ihre Sachen auf dem Spielplatz zusammen. Leicht schlugen die Wellen auf dem Sand auf, die Abendsonne ließ Tausende kleiner Lichtreflexe auf ihnen tanzen, die um die Wette funkelten.

Auf einmal war Fenja wieder verlegen. Das alles hier war viel zu romantisch. Eigentlich wollte sie sich bei Sven nur entschuldigen, ihn für das Durcheinander mit der Stange entschädigen; aber das hier sah fast nach einem bevorstehenden Heiratsantrag aus.

Sven schien von alldem jedoch nichts mitzubekommen, sondern machte es sich derweil im Strandkorb bequem. »Das ist echt merkwürdig«, sagte er und verschränkte die Arme hinter dem Kopf. »Ich bin hier aufgewachsen, und natürlich habe ich meine Kindheit wie alle anderen am Strand verbracht. Aber ich habe noch nie in einem Strandkorb gesessen. Das habe ich immer für eine Touristensache gehalten.« Er seufzte und schaute sie dann nachdenklich an. »Dabei ist das total schön. Man sollte vielleicht nicht zu schnell urteilen. Und seine Vorurteile ab und zu überdenken.«

Fenja verstand die Anspielung. »Das sehe ich auch so. Und es ist wirklich wunderschön hier. Möchtest du einen Markgräfler?« Sie hielt ihm den Rotwein entgegen und holte dann die zweite Flasche hervor. »Oder den Sangre de Toro?«

»Weißwein bitte.«

»Gute Wahl. Der passt besser zu den kalten Fischstäbchen.«

»Echt jetzt?« Svens überraschter Blick erheiterte sie ungemein.

»Natürlich nicht. Es gibt Hors d'œuvres.« Sie holte die erste Platte aus dem Picknickkorb und löste die Frischhaltefolie. »Tada! Guten Appetit.«

Sven zog eine Augenbraue hoch. »Ach, du meine Güte«, sagte er. »Und ich habe das mit den Fischstäbchen geglaubt.«

»Stimmt was nicht?« Sie schaute sich die Appetithäppchen genau an, von denen jedes einzelne liebevoll garniert war. Es gab Vollkorntoasties mit Radieschen, Aprikosen und Kräutern, Tarteletts mit Prosciutto, Erdbeeren und Ricotta, andere hatte sie mit Mango, Blauschimmelkäse, Feigen und Peperoni belegt. Es gehörte zu ihren Stärken, süße und herzhafte Noten so zu kombinieren, dass sie im Mund eine Geschmacksexplosion entfachten, bei der sich alles harmonisch zusammenfügte. Auf dem Kreuzfahrtschiff hatte sie jede Woche das *Sexy Fridays* organisiert, ein Candle-Light-Dinner, bei dem zu romantischer Musik Gerichte serviert wurden, denen man eine aphrodisierende Wirkung nachsagte.

»Nein. Alles gut. Das sieht nur wirklich abgefahren aus. Die sind ja viel zu schön, um sie zu essen«, unterbrach Sven ihre Gedanken. »Hast du die etwa selbst gemacht?«

Fenja grinste. »Das Auge isst schließlich mit. Aber bitte, greif zu, das ist nur die Vorspeise.« Zufrieden beobachtete sie, wie er sich das erste Häppchen nahm.

»Ja, ja, und Liebe geht durch den Magen. Mit mir ist gut Kirschen essen, und viele Köche verderben den Brei.« Er zwinkerte ihr zu, während er genussvoll in eine Traube biss, die mit Krokantschaum bestrichen war.

»Da musst du natürlich unbedingt deinen Senf zu geben«, konterte sie und lehnte sich zurück.

»Klar, immerhin geht es um die Wurst.« Der Krokantschaum tropfte in seinen Schoß. »Da haben wir den Salat!«

Lachend reichte Fenja ihm eine Serviette. »Jetzt sei keine beleidigte Leberwurst!«

»Das bin ich nicht. Bei mir ist nur Hopfen und Malz verloren.« Verschmitzt sah er sie an. »So, jetzt fallen mir keine Floskeln mehr ein.«

»Mir auch nicht. Du musst wissen, ich meide Floskeln normalerweise wie der Teufel das Weihwasser.«

»Na gut, diese Runde geht an dich. Aber sei gewarnt, ich revanchiere mich.«

Der Wind ließ nach, und es wurde noch ein wenig ruhiger um sie herum. Die Möwen hatten sich verzogen, und auch das Wasser verschwand mit der einsetzenden Ebbe.

»Mann, das schmeckt wirklich gut«, sagte er mit vollem Mund, während er bereits das nächste Häppchen musterte.

Fenja lächelte. »Ich bin Konditorin. Hat Oma das nicht erzählt?«

»Nein.« Er ließ den Finger über der Platte kreisen. »Ehrlich gesagt hat sie nie über dich oder deine Eltern gesprochen. Wenn es um Familie geht, lenkt sie immer schnell ab. Nach außen wirkt sie selbstbewusst und stark, aber ich denke, sie trägt einige wunde Punkte mit sich herum. Sachen, die nicht aufgearbeitet sind. Janne hat sie einmal auf ihren Sohn angesprochen, da war sie total aufgebracht und den Rest des Tages ein Nervenbündel.«

Von Sven ging ein angenehmer Duft aus, eine frische Mischung aus Eau de Toilette und Haargel, die gut an den Strand passte.

»Ja, das kann ich mir vorstellen.« Fenja griff ebenfalls nach einem Häppchen, behielt es aber in der Hand. »Mein Vater hat den Kontakt zu ihr vor vielen Jahren abgebrochen. Ist eine lange

Geschichte. Lass uns nicht darüber reden, es macht mich nur traurig.«

In Svens Augen leuchtete Mitgefühl auf. »Abgemacht«, sagte er zu ihrer Erleichterung. Er sah sie an und wies auf den Korb. »Du solltest eine Bäckerei in Greetsiel aufmachen. Kundschaft gibt es hier genug, und solche Leckerbissen würde man dir aus der Hand reißen.«

»Vielleicht. Aber mit so etwas habe ich keine Erfahrung. Ich kenne mich nur in Großküchen aus, in denen für mehrere Tausend Gäste gleichzeitig produziert wird. Immer unter Zeitdruck, alles perfekt durchgeplant, jeder nur ein Rädchen in einer gigantischen Maschine. Um eine Bäckerei zu führen, muss man nicht nur backen können, sondern sich auch in Geschäftsführung und BWL auskennen, sich um Personal, Ausstattung und anderen nervigen Kram kümmern.«

Ihre Hände trafen sich auf der Platte, als sie beide gleichzeitig nach demselben Stück griffen. Fenja zuckte zurück, aber Sven schob den Happen in ihre Richtung. »Der gehört definitiv dir. Immerhin bist du heute Abend die Floskelkönigin.«

»Welch Ehre.«

Ihr Handrücken kribbelte leicht, wo Svens Finger sie berührt hatten. Wie lange hatte sie schon keinen Mann mehr gespürt? Die Sache mit Torsten war jetzt knapp drei Jahre her, es kam ihr vor wie eine Ewigkeit.

»Bevor ich in der Seehundstation angefangen habe, war ich Imker. Bienen haben mich seit meiner Kindheit fasziniert. Ihre Tänze, ihre Koordinationsfähigkeiten, ihre Anmut. Das beruhigende Summen, wenn sie zwischen den Pflanzen schwirren. Und alles an Bienen ist ein Superlativ. Wusstest du, dass ein Kilo Honig etwa neunhunderttausend bis sechs Millionen Blütenbesuche braucht?«

Fenja schüttelte den Kopf. In ihrem vorherigen Job auf dem Kreuzfahrtschiff war der Honig in großen Zwanzig-Liter-Kanistern angekarrt worden, der nicht immer den internationalen Richtlinien der Honigproduktion entsprach.

Svens Ausdruck hatte sich verändert, war nun weicher und liebevoller, es war ihm anzusehen, dass die Bienen ihm am Herzen lagen.

»Warum hast du den Job an den Nagel gehängt?«

»Ich wollte nicht, ich musste. Ich habe eine Allergie entwickelt, die mit jedem Stich schlimmer wurde. Nach dem dritten Krankenhausbesuch hat mein Vater mich eindringlich gebeten, mich beruflich umzuorientieren. Jeder weitere Stich hätte zu einem anaphylaktischen Schock führen können. Und so bin ich bei Oma Lotti gelandet. Eigentlich wollte ich dort nur vorübergehend arbeiten, aber mittlerweile bin ich seit drei Jahren ihr Mann für alles. Und es gefällt mir gut.«

Nachdem sie sich über alle Leckereien des Picknicks hergemacht hatten – Sven hatte es tatsächlich geschafft, den Korb restlos zu leeren –, tranken sie gemeinsam Wein. Sven erzählte von seinem Torfschiff, Fenja von ihren Abenteuern auf dem Kreuzfahrtschiff.

»Ständig wechselten die Crew-Mitglieder, teils hatten wir Angestellte aus fünfzehn bis zwanzig verschiedenen Ländern. Da trafen die Kulturen aufeinander, aber richtigen Streit gab es selten. Nur einmal hatte ein Pole einem Filipino vorgeworfen, ihm das Handy geklaut zu haben, und es kam fast zu einer Prügelei. Kurz vor Setúbal hat der Pole sein Handy zwischen Matratze und Bettgestell gefunden und sich widerwillig entschuldigt.«

Es war deutlich kühler geworden, aber sie hatte ja zum Glück die Decke eingepackt, in die sie sich einkuschelte. »Ist dir gar nicht kalt?«, fragte sie Sven, der im T-Shirt neben ihr saß.

»Ein bisschen schon.«

»Ja, warum sagst du denn nichts?« Lachend schob sie die Decke von den Schultern und hielt ihm ein Stück entgegen. Tatsächlich rückte er näher und mummelte sich neben ihr ein.

Ihr eben noch so lebendiges Gespräch verstummte. Über ihnen leuchtete ein silberner Mond am wolkenlosen Himmel. Die Sternbilder waren klar erkennbar, und mittendrin huschte eine Sternschnuppe durch die Hochatmosphäre. Doch Fenja fiel kein Wunsch ein, Svens Nähe brachte sie aus dem Gleichgewicht. Sein Körper strahlte genau die richtige Wärme ab, die ihr fehlte. Dennoch hatte sie eine Gänsehaut, denn jedes Mal, wenn er ausatmete, konnte sie es auf ihrer Haut spüren. Die kleinen Härchen an ihren Armen und in ihrem Nacken standen ihr zu Berge. Wie gerne wäre sie jetzt noch mal achtzehn und frei von Sorgen …

# Kapitel 4

Etwas dröhnte und wummerte in der Ferne. Ein Feuerwerk explodierte in Fenjas Kopf. Stöhnend suchte sie nach dem Handy, bereit, es an die Wand zu werfen und damit zum Schweigen zu bringen. Im letzten Moment besann sie sich, sie brauchte ihr Handy noch. Schlaftrunken stolperte sie ins Bad, wo ihr ein Gespenst mit Wuschelhaaren im Spiegel entgegenblickte. Gestern Abend war eindeutig zu viel Wein geflossen. Wie war sie eigentlich ins Bett gekommen? Sie konnte sich nicht erinnern.

Auch die Ladung kaltes Wasser, die sie sich ins Gesicht spritzte, änderte nichts daran.

»Guten Morgen, Sonnenschein«, flötete Oma Lotti ihr entgegen, als sie die Küche betrat. Ächzend griff Fenja sich an den Kopf. Entweder sprach Oma heute lauter als sonst, oder der Lautstärkeregler in ihrem Kopf musste adjustiert werden.

Oma schien ihr Zustand nicht zu entgehen, denn sie stellte nicht nur eine große Tasse Kaffee vor ihr ab, sondern auch einen Teller mit Heringen.

Entsetzt starrte Fenja auf die Fische.

»Iss schon. Das hilft gegen den Kater. War es schön gestern Abend?« In ihrer Stimme lag eindeutig zu viel Neugier.

»Ich trinke nie wieder Wein.«

Oma grinste. »Ja, das habe ich mir auch schon oft vorgenommen. Das Geheimnis liegt darin, guten Wein zu trinken.«

Auf dem Tisch lag eine Broschüre. *Francesca van Wallen* stand auf der Titelseite, die eine Frau vor einem Landschaftsbild zeigte. Oma schob ihr die Broschüre zu. »Im Dorfkrug gibt es eine neue Ausstellung. Die wollte ich mir heute Nachmittag anschauen. Hast du Lust mitzukommen?«

»Klar.« Fenja war froh, dass Oma keine weiteren Fragen zum gestrigen Date – *Picknick*, verbesserte sie sich hastig in Gedanken – stellte. Skeptisch schaute sie auf den Hering, dann endlich wagte sie es doch, ein kleines Stück abzubeißen. Er schmeckte furchtbar sauer und war zusätzlich mit Kümmel gespickt, dem einzigen Gewürz, das sie mied wie ein Kapitän den Eisberg.

»Der Dorfkrug wird dir bestimmt gefallen«, sagte Oma Lotti. »Er ist unkonventionell und kreativ und lockert die konservative Stimmung hier in Greetsiel etwas auf.« Ihre Augen funkelten verschmitzt.

Oma hatte nicht zu viel versprochen. Schon von Weitem war der Dorfkrug unverwechselbar zu erkennen. Zwischen den klassischen friesischen Klinkerfassaden stach die blau-weiß gestreifte Front sofort heraus, ebenso der Rettungsring, der im Giebel hing. Auf dem Dach standen tönerne Möwen, von denen einige zwei oder drei Köpfe hatten.

»Das symbolisiert die Allgegenwärtigkeit der Möwen in Ostfriesland, ihre Verbundenheit mit der Fischerei und dass sie dir deine Pommes schneller aus der Tüte klauen, als du ›scheun'n schiet‹ sagen kannst«, erklärte Oma und lachte.

Das Haus befand sich in einer Nebenstraße, die zum Feld führte. Nicht nur die Fassade war auffällig. Auf den Bänken vor dem Café saß eine bunte Ansammlung Gäste aller Altersklassen. Fenja entdeckte regenbogenfarbene Strickmützen, Frauen und Männer in Wickelhosen und Hemden aus Hanf. Früher war der

Dorfkrug eine Kneipe gewesen, wie das Schild über dem Eingang verriet, jetzt tummelten sich hier Künstler und Freidenker.

Während Fenja sich noch begeistert umschaute, steuerte Oma bereits auf einen Tisch zu, an dem drei Senioren saßen. »Moin, ihr Halfmalls«, begrüßte sie die Gruppe fröhlich.

»Besser Halfmalls als Kluntjeknieper«, antwortete ein Mann in einem marineblauen Anzug, der mit Aufnähern einer Rockgruppe bestickt war. Er zwinkerte Oma zu und klopfte auf den Platz neben sich. »Setz dich zu mir, Lotti. Wen hast du uns denn da mitgebracht?« Sein weißer Bart war akkurat gestutzt, die Hände auffallend gepflegt.

»Das ist meine Enkelin Fenja, Henrik. Sie ist Konditorin und hat im Gegensatz zu euch Fischköppen tatsächlich schon die Weltmeere bereist.«

»Auf einem schwimmfähigen Croissant?«

Nun musste Fenja lachen. »Freut mich, euch kennenzulernen. Die Croissants habe ich an die Gäste verfüttert, das Schwimmen habe ich lieber dem Kreuzfahrtschiff überlassen.«

Das Gesamtalter der kleinen Truppe reichte aus, um bis zur Erfindung des Dampfschiffes zurückzureichen, aber mit der Energie, die die Rentner verströmten, konnte man wahrscheinlich ein kleines Kraftwerk betreiben. Auch Oma Lottis Haltung veränderte sich, als sie sich niederließ. Ihre Bewegungen waren lockerer, ihre Mimik entspannt, als wäre sie innerhalb weniger Sekunden um vierzig Jahre verjüngt.

»Früher bin ich auch zur See gefahren. Aber Ekke Nekkepenn hegte einen Groll gegen mich, weil ich mit der schönsten Frau an der Küste verheiratet war. Als er mein zweites Schiff kentern ließ, habe ich die Seefahrt an den Nagel gehängt und bin Maler geworden.«

Ekke Nekkepenn war eine Sagengestalt, die auf dem Meeresgrund ihr Unwesen treiben sollte, erinnerte sich Fenja. Ihr Vater hatte ihr die Geschichte Dutzende Male erzählen müssen, und der durchtriebene Meermann hatte ihr jedes Mal eine Gänsehaut in den Nacken getrieben. Wie Rumpelstilzchen hatte er junge Frauen zwingen wollen, ihn zu heiraten, es sei denn, sie errieten seinen Namen.

»Du lügst wie gedruckt«, sagte der Mann neben ihm, ein schmal gebauter Inder mit runder Hornbrille und pinkem Shirt.

»Alles wahr«, behauptete Henrik und zwinkerte Fenja zu. »Darf ich vorstellen: Das hier neben mir sind Ole und Raj. Raj kommt aus Chandrapur und arbeitet jetzt als Segellehrer auf Juist.«

Ein Mann in einem knöchellangen Dhoti nickte. »Und ich bin Ole und folge im Gegensatz zu Raj den Lehren des Hare Krishna. Ich bin Künstler, meine Fachbereiche sind das Filzen und Häkeln.«

Fenja bemerkte, dass Raj ein Grinsen unterdrückte. Offenbar hielt er Ole für reichlich verschroben.

Oma hingegen sprang Ole bei. »Bei Gelegenheit zeige ich dir die Mütze, die Ole mir letztes Jahr zu Weihnachten geschenkt hat. Die ist außergewöhnlich.«

»Außergewöhnlich kreativ?«, mutmaßte Fenja.

»Das auch. Sie besteht aus Hundehaar.«

Fenjas Augen weiteten sich.

Henrik lachte. »Habt ihr euch die Ausstellung angesehen?«

»Noch nicht«, antwortete sie, verwundert über den süßen Unterton in seiner Stimme. Allerdings bemerkte sie, wie Omas Wangen sich röteten.

Henrik zündete sich eine langstielige Pfeife an, aus unerfindlichem Grund war er sichtlich amüsiert. »Unten findet ihr Francescas Werke, oben hängen ein paar von meinen Bildern. Du solltest sie dir wirklich anschauen.«

Desinteressiert schlenderte Fenja durch das Erdgeschoss, vorbei an den düsteren Bildern, mit denen sie sich nicht recht anfreunden konnte, bis sie die Treppe entdeckte. Doch statt ihr hinaufzufolgen, blieb Oma stehen.

»Ich bin eine alte Frau, ich schaffe die Treppen heute nicht«, versuchte sie sich herauszureden und krümmte ihren Rücken. »Lass uns rausgehen und einen Tee trinken.«

»Du bist eine schlechte Schauspielerin, Oma!« Grinsend ging Fenja voran, und schließlich folgte Oma Lotti ihr doch brummelnd.

Henriks Werke waren schrill, direkt, aber nicht geschmacklos. Sein Pinselstrich saß, die Farben harmonierten. Die meisten seiner Werke zeigten Frauen in allen Lebenslagen, Alters- und Gewichtsklassen. Auf der Wand, die der Treppe gegenüberlag, hing ein metergroßes Aktbild, auf dem der Maler auf kein Detail verzichtet hatte. Es zeigte eine reife Dame, die sich auf einer Chaiselongue rekelte. Jetzt fingen Fenjas Wangen Feuer, denn sie erkannte das Gesicht des Models.

»Oma?«, fragte sie leise. »Bist du das?«

»Ich? Nein. Wie kommst du denn darauf?« Lottis Stimme klang ein wenig zu hoch. »Die Chaiselongue habe ich seit Jahren nicht mehr.«

*Ertappt*, dachte Fenja. Aber diese überraschende Entdeckung flößte ihr nur noch mehr Respekt für ihre Oma ein – immerhin zeigte sie ihren Körper nicht nur der Welt im Allgemeinen, sondern auch den Bewohnern von Greetsiel. Und das in einer Zeit, in der viele Frauen mit ihren Körpern haderten.

Am Eingang kaufte sie eine Postkarte mit dem Motiv des Bildes. Sie musste an die amerikanische Schauspielerin Mae West denken, die einst gesagt hatte: »Du lebst nur einmal, aber wenn du es richtig machst, ist einmal genug.«

Oma Lotti schien alles richtig zu machen.

***

Die Arbeit in der Seehundstation war anstrengend, aber sie erfüllte Fenja auch mit einem warmen Glücksgefühl. An den meisten Tagen ging es vor Sonnenaufgang los. Abends fiel sie erschöpft ins Bett und schlief sofort ein. Doch es gefiel Fenja, so viel Zeit mit ihrer Oma zu verbringen, und sie fühlte sich bestätigt, wenn sie einen Blick auf die zufriedenen Heuler warf, die munter in ihren Becken umherschwammen und sie mit ihren großen Augen freundlich ansahen.

Ab und zu ging sie morgens joggen oder trank mit Janne, die sich über die Abwechslung freute, einen Kaffee. Zu ihrer Freude war auch das Klingeln in ihren Ohren selten geworden – so beschwerlich die Aufgaben auch waren, es war nie auf die Art stressig, wie sie es in den Großküchen erlebt hatte, in denen selbst Toilettenpausen mit Stechuhren nachgehalten wurden.

Wann immer es ging, half sie ihrer Oma, denn Lotti schien zwar unermüdliche Energie zu haben, ihr fehlte jedoch offensichtlich inzwischen manchmal die Kraft. Auch in diesem Moment hielt sie schweißgebadet inne, während sie die leeren Marmeladengläser in die oberen Küchenschränke räumte. Schweratmend presste sie sich eine Hand auf die Brust.

Fenja, die dies beobachtet hatte, trat schnell näher. »Der neue Heuler in der C2 wirkt deprimiert«, log sie, um ihre Oma abzulenken und die Gläser schnell einsortieren zu können, während Oma nach dem Rechten schaute.

Sie ahnte, dass Oma Lotti viel zu stolz und stur war, um sich ihre Schwäche einzugestehen. Wenn sie daran dachte, dass sie ihre Oma bald wieder verlassen musste, erfasste sie ein mulmiges Gefühl. Es würde ihr schwerfallen, sie hier auf sich gestellt zurückzulassen. Jahrzehntelang war Oma Lotti der Motor der Seehundstation gewesen. Was würde aus ihrem Werk werden, wenn sie nicht mehr konnte?

Doch Fenjas nächster Auftrag stand bereits fest: In einem Monat würde sie wieder im Schiffsbug stehen und Blätterteigtaschen falten. Von Genua über Karthago und Salerno nach Pisa – eine Umrundung des Tyrrhenischen Meers.

»Hast du schon die Inventurliste für den Veterinärraum erstellt?« Svens Frage riss Fenja aus ihren Gedanken. Irgendwie schaffte er es immer wieder, aus dem Nichts aufzutauchen und sie aus dem Konzept zu bringen.

»Klar. Liegt auf der Ablage neben dem Tontopf.«

Seit ihrem Picknick hatten sie nur gelegentliche Worte gewechselt, es gab einfach zu viel zu tun. Die entspannte Stimmung, die im Strandkorb zwischen ihnen geherrscht hatte, war verflogen und einer routinierten Zurückhaltung gewichen.

Nach einigen Versuchen war es Fenja gelungen, die verschmierte Stange auf Hochglanz zu polieren, und der Zwischenfall war damit abgeschlossen. Seitdem herrschte Waffenstillstand.

»Sag mal, hättest du Lust, mich heute auf eine Fahrradtour zu begleiten?«, fragte Sven, während er sich eine Stulle schmierte. »Es ist schönes Wetter heute, und Janne hat sich bereit erklärt, die Nachmittagsschicht zu übernehmen.«

Er stand so nahe neben ihr, dass sie seinen besonderen Duft nach Sandelholz, Ingwer und Orange riechen konnte. Sofort stieg in Fenja die Erinnerung an den Strandkorb hoch, an Svens Wärme und daran, wie wohl sie sich in seiner Nähe gefühlt hatte. Von einer Sekunde auf die nächste ging ihr Puls hoch. Das Messer in ihrer Hand fing an zu zittern, also legte sie es aufs Brettchen, damit er es nicht merkte.

»Gerne«, antwortete sie. »Wohin soll es gehen?«

»Das verrate ich nicht.« Auf ihren fragenden Blick fügte er hinzu: »Es ist eine Überraschung.«

Sie fuhren über Pewsum und Upleward bis hinunter zum Leuchtturm Campen, der direkt vor dem Salzwiesen-Vogelschutzgebiet stand. Der Wind hatte eine leichte Röte auf Fenjas Wangen getrieben, sie liebte dieses frische Gefühl auf der Haut. Wie gut der weite Blick über die Felder tat, der alle innere Anspannung weichen ließ!

Der Campener Leuchtturm war keine Schönheit. Ein dürres Türmchen, umgeben von einem roten Metallgerüst. Dennoch gehörte sein Leuchtfeuer zu den stärksten in Deutschland, und er strahlte die einzigartige Stärke aus, die historischen Bauten so oft eigen war. Man spürte die Stürme, die er erlebt hatte, die Schiffe, die seinem Licht in der Dunkelheit gefolgt waren.

»Könntest du ein Foto von mir machen?«, bat sie Sven und drückte ihm ihr Handy in die Hand, um sich in Pose zu werfen. Lieber hätte sie ihn mit auf dem Foto gehabt, aber sie wollte es auf ihre Facebook-Seite hochladen, und die Reaktion ihrer Freunde konnte sie sich gut vorstellen. Ihre ehemalige Arbeitskollegin Praja würde sie umgehend mit Fragen löchern, ihre Schulfreundin Jean irgendeinen Kommentar zu ihrer tickenden biologischen Uhr abgeben – darauf konnte sie verzichten.

»Dass ich mit zweiunddreißig noch Single bin, heißt statistisch gesehen nur, dass ich meine erste Scheidung ausgelassen habe«, konterte Fenja in solchen Momenten, darauf bedacht, sich nicht anmerken zu lassen, wie sehr sie sich einen festen Partner wünschte. Auch wenn eine richtige Beziehung mit ihren Jobs nicht vereinbar war.

»Möchtest du den Turm ganz draufhaben, oder soll ich auf dich zoomen?«

»Den Turm bitte. Wie ich aussehe, weiß ich doch.«

»Drei … zwei … eins … jetzt!«

Sie sprang hoch und riss die Arme in die Luft. Es klickte.

Als er ihr das Handy zurückgab, schaute er sie prüfend an, etwas ging in ihm vor. Ihre Blickte trafen sich, und Fenjas Herz machte einen kleinen Hüpfer. Seine Augen waren so tief wie das Meer, aber rechts neben der Pupille befanden sich ein paar honigfarbene Sprenkel.

»Du magst Leuchttürme?«, fragte er, ohne sich abzuwenden.

»Ja. Sie haben etwas Geheimnisvolles. Mein Vater hat mir früher erzählt, dass sie einem ihre Abenteuer zuflüstern, wenn man fest das Ohr an ihre Wände drückt. Das hat mich immer fasziniert.«

»Und, funktioniert es?«

»Ich habe es als Kind geglaubt, und weißt du was? Mir war so, als wisperte eine Stimme ihre Geschichten. Aber ich hatte eine blühende Fantasie, da war das kein Wunder.«

Sven lächelte, und auf einmal verspürte Fenja große Lust, ihn zu küssen. Einfach so, ohne Vorwarnung. Was war nur in sie gefahren?

»Dann wird dir gefallen, was ich dir heute zeigen werde.«

Endlich drehte er sich weg, um wieder auf sein Fahrrad aufzusteigen, und sie war fast erleichtert darüber. Es war langsam besorgniserregend, was er mit ihrem Verstand anstellte.

Sie radelten am Wasser entlang und genossen den blauen Himmel, auf dem einzelne Wolkentiere herumbummelten und ebenso viel Zeit zu haben schienen wie sie selbst. Fenja hätte noch ewig weiterfahren können. In der Ferne erkannte sie jetzt die Umrisse des legendären Pilsumer Leuchtturms. Rund um die Deichkrone hatten sich Touristengruppen versammelt, die meisten schossen Fotos, andere schlenderten andächtig um ihn herum. Die Sonne stand hinter ihm, sodass er sich vor einem Strahlenglanz abhob. Ganz so, als würde ein Leuchtfeuer von ihm ausgehen wie in vergangenen Tagen.

Sein gelb-roter Ringelsockenanstrich und das kegelförmige Dach mit der roten Kugel auf der Spitze ließen ihn wie ein Kunstwerk aus Fondant erscheinen. Er stand erhöht auf dem Nordseedeich, rundherum wogten die Gräser auf den Wiesen im Wind. Friedlich grasende Schafe standen wie weiße Farbtupfer zwischen den grünen Halmen. Einst gebaut, um die Einfahrt in die Ems zu sichern, war der alte Turm seit über hundert Jahren stillgelegt.

»Wow!«, entfuhr es Fenja. »Der ist so schön, den muss ich mal backen.«

Sven lachte. »Ich glaube, das ist das Bizarrste, was jemals jemand über den Turm gesagt hat. Ich nehme an, du warst schon mal hier.«

Fenja nickte. »Dutzende Male. Ich hatte allerdings vergessen, wie beeindruckend er ist.«

»Komm mit.«

Sie gingen an dem Metallgitter vorbei, an dem Verliebte ihre Vorhängeschlösser befestigen konnten. Hunderte, wenn nicht Tausende von Schlössern hingen dort, in den meisten waren Namen eingraviert. Fenja lächelte bei dem Anblick. Jedes Schloss erzählte eine andere Liebesgeschichte, und das berührte sie. An der Tür blieb Sven stehen. Probehalber drückte er die Klinke herunter.

Fenja sah ihn fragend an. Soweit sie wusste, war der Leuchtturm für die Öffentlichkeit geschlossen, doch er ließ sich nicht beirren. Er zauberte einen Schlüssel hervor und steckte ihn in das Schloss.

»Treten Sie ein, junge Dame. Ihnen stehen ein spannender Aufstieg und ein unvergesslicher Ausblick bevor.«

Die alte Tür knarrte, als sie sich öffnete und den Blick auf das dunkle Innere freigab.

Staubige Luft schlug Fenja entgegen, und es dauerte ein paar Sekunden, bis sich ihre Augen an das Zwielicht gewöhnt hatten. »Woher hast du den Schlüssel?«

Statt auf ihre Frage einzugehen, schloss Sven die Tür hinter ihnen und nahm ihre Hand. »Damit du nicht fällst. Ich führe uns hoch.«

Sein Händedruck war kräftig und sanft zugleich. Wie in Trance lief sie hinter Sven auf der engen Wendeltreppe hinauf, darauf hoffend, dass der Weg kein Ende nahm.

Oben erwartete sie eine unglaubliche Aussicht. Weidende Schafe in den Dünen, das Hauener Tief, plattes Land und auf der anderen Seite hinter den Salzwiesen das dunkelgrüne Meer, auf dem in weiter Ferne Kutter kreisten. Kaum zu glauben, dass sie hier auf dem Leuchtturm nur zwölf Meter über dem Boden waren.

»Wow. Das ist wunderschön.« Begeistert drückte sie ihre Nase ans Glas des Panoramafensters. Wie oft hatte sie sich als Kind gefragt, wie es hier oben aussehen mochte.

Staub kitzelte sie in der Nase, und sie musste niesen. Sven reichte ihr ein Taschentuch.

»Danke. Jetzt musst du mir aber verraten, wieso du hier Zutritt hast.«

»Der Pilsumer Leuchtturm gehört der Deichacht Krummhörn. Aber meiner Familie gehört seit vielen Generationen das Land, auf dem er steht. Wir haben deshalb gewisse Nutzungsrechte, und ich helfe bei der Wartung. Von dem, was deine Oma mir zahlt, kann ich allein nicht leben, deshalb habe ich die Aufgabe gerne übernommen. Ich erledige auch regelmäßig Arbeiten für die Stadtverwaltung.«

»Aha, was denn genau?«, fragte sie interessiert.

»Alles Mögliche. Wasserqualität oder Erosion der Deiche prüfen. Mit Bauern über Zäune reden, Wartungsarbeiten aller Art. Die Mitarbeiter der Stadtverwaltung wissen, dass sie sich auf mich verlassen können. Und ich kann mir so etwas dazuverdienen. Zum Leben reicht's, ich brauch ja nicht viel.«

Er lächelte, aber Fenja merkte an seiner steifen Haltung, dass dies nicht sein Lieblingsthema war. Wie viel Oma Lotti ihm wohl zahlte?

Das Turmzimmer war tatsächlich frisch renoviert, an den Wänden stapelten sich Holzhocker, in der Ecke lehnte ein weißer Torbogen aus Metall, daneben standen ein paar Vasen.

»Hier finden regelmäßig Hochzeiten statt, richtig?« Sie wandte den Kopf zu ihm. Irrte sie sich oder wurde er gerade rot?

Lässig schnippte er ein paar Spinnweben von einer der Infotafeln, die ringsum aufgehängt waren. »Ja, das auch.«

Er strich ihr sanft über die Schultern und wischte einige

Spinnfäden fort. Sie hatte sie gar nicht bemerkt. Die letzte Hochzeit lag anscheinend schon eine Weile zurück.

»Und, wie sieht es aus? Möchtest du mir immer noch einen Leuchtturm backen?«

***

Am nächsten Morgen trank Fenja in aller Früh mit Janne ihren Tee. Sven kümmerte sich bereits um die Heuler, und die alten Leitungen im Haus verrieten, dass Oma unter der Dusche stand.

»Noch gut vier Wochen, und ich bin wieder auf See ...« Nachdenklich sah Fenja aus dem Fenster.

Janne musterte sie. »Schade. Du schienst hier angekommen zu sein«, sagte sie, und in ihrer Stimme lag ein Unterton, den Fenja nicht recht zuzuordnen wusste.

»Wir bleiben in Kontakt«, versprach sie ausweichend. »Und ich bin ja noch eine Weile hier. Sicher, dass du heute nicht mitkommen möchtest?«

Janne lachte. »Nee, da wäre ich nur das dritte Rad am Wagen. Macht ihr das mal ruhig zu zweit.«

Das Blut schoss Fenja in die Wangen. »Quatsch! Ich habe dich gerne dabei. Zwischen Sven und mir läuft nichts, was du durch deine Anwesenheit stören könntest. Wir interessieren uns nur beide für Vögel.«

»Sicher.«

Zugegeben, das war nicht ganz richtig. Fenja mochte Vögel, Sven hingegen war begeistert von ihnen. Generell liebte er alles, was Flügel hatte, egal ob Biene, Spatz oder Fledermaus, Hauptsache, es konnte fliegen.

»Du weißt schon, dass ihr zwei so unterschiedlich seid wie Gewürzgurken und Fischfrikadellen?«

Ja, das wusste sie.

»Und dass Sven das letzte Mal eine Freundin hatte, als er noch zur Schule ging? Er mag ein raues Äußeres haben, aber unter seiner harten Schale steckt ein weicher Kern. Er ist sehr verletzlich.«

Fenja biss sich auf die Lippen. Janne sprach aus, was sie nicht wahrhaben wollte: Bald würde ihr kleines Sommerglück zu Ende gehen, noch bevor es richtig begonnen hatte. Janne, Oma Lotti, die Seehundstation und auch Sven würden in weiter Ferne ihr Leben weiterleben, während sie in ewiger Unruhe die Meere durchkreuzte, ohne sie wirklich genießen zu können. *Auch ein Hamsterrad sieht von innen aus wie eine Karriereleiter,* dachte sie.

Später am Morgen fuhr sie mit Sven am Leyhörner Sieltief entlang bis an die Pütten der Warft Hauen. Seite an Seite drängten sie sich vor einen Schlitz in der Beobachtungshütte und bestaunten Goldfasane, Limikolen und ein paar Enten. Sven war ganz bei der Sache. Fenja hingegen hatte Schwierigkeiten, sich auf die Vögel zu konzentrieren, denn seine Nähe war viel zu aufregend. Es würde wehtun, weiterzuziehen, ohne ihn richtig kennengelernt zu haben.

»Das ist der schönste Ort von ganz Ostfriesland«, behauptete er und deutete begeistert auf einen Goldregenpfeifer, der das ölige Sekret aus seiner Bürzeldrüse im Gefieder verteilte. Direkt daneben knackte ein Austernfischer eine Strandschnecke. Es duftete nach Watt, Meer und Salz. Die Enge der schummrigen Hütte schuf eine gemütliche Atmosphäre, die Fenja entspannte und wohlig müde werden ließ.

»Lass uns noch ein wenig hierbleiben«, bat sie Sven, nachdem dieser sein Fernglas niedergelegt hatte.

»Heute mal kein Dwaggelmors?«, witzelte er und gab ihr einen freundschaftlichen Stoß in die Rippen.

Gerne hätte sie offen mit ihm über ihre Gefühle geredet, aber als er sie anschaute, fragend und mit einem Funken Hoffnung im Blick, wollten die Worte nicht über ihre Lippen kommen.

Ein paar Tage später nahm sie sich den Nachmittag frei, um zusammen mit Janne durch die Läden im Ort zu bummeln. Die Sohle ihrer Arbeitsschuhe löste sich inzwischen, und mehrere ihrer T-Shirts waren Robbenrettungs- und Putzaktionen zum Opfer gefallen.

»Das hier würde dir stehen.« Janne deutete auf ein grünes Poloshirt in einem Schaufenster, bevor sie in den Laden trat.

Fenja nickte. Lange würde so ein Shirt bei der Arbeit in der Seehundstation nicht halten. Aber es sah wirklich schick aus. Also folgte sie Janne und verschwand mit dem Poloshirt in der Umkleidekabine. Sobald sie es übergezogen hatte, kam sie wieder heraus und stellte sich neben Janne vor den Spiegel. Unentschlossen musterte sie sich. Die dunklen Ringe unter ihren Augen waren verschwunden wie der lästige Tinnitus, die Auszeit hatte ihr gutgetan.

Janne zupfte ihr den Kragen zurecht, sie war schweigsamer als sonst. Schließlich schien sie sich einen Ruck zu geben, denn sie fragte: »Sag mal, bevor du uns wieder verlässt: Meinst du, du könntest mir helfen, einen neuen Flyer für die Seehundstation zu designen? Ich habe eine Vorstellung davon, wie er aussehen soll, aber komme mit Photoshop nicht gut klar.«

»Oha, was hast du vor?« Sie drehte sich einmal im Kreis, das T-Shirt saß wie angegossen.

»Ich dachte, wir könnten die Seehundstation vielleicht bei den Touristen bewerben. Du weißt ja, wie unsere Werbematerialien aussehen, damit kommen wir nicht weit. Meine Eltern würden die Flyer sicherlich auf dem Ferienhof auslegen.«

Ihr Ton klang beiläufig, aber Fenja spürte, dass mehr dahintersteckte. »Komm.« Sie schlüpfte in die Kabine zurück und zog Janne mit sich. Forsch schloss sie den Vorhang hinter ihnen.

»Warum?«

»Wie meinst du das?«

»Janne, warum denkst du, dass das eine gute Idee ist? Oma

möchte keine Touristen auf dem Hof haben. Und ich weiß, dass du das weißt.«

Janne seufzte und setzte sich auf den runden Schemel in der Ecke der Kabine. Unglücklich schaute sie auf ihre Handflächen, als suchte sie dort etwas. »Es kommt zu wenig Geld rein. Die Station bekommt keine Fördermittel, und ohne Aufmerksamkeit gibt es auch wenig Spenden. Deine Oma finanziert alles mit ihren Ersparnissen und dem Erbe ihres verstorbenen Mannes. Das reicht nicht mehr lange. Alles verfällt, Renovierungen sind dringend notwendig. Aber Charlotte hört weder auf mich noch auf Sven. Sie will es nicht wahrhaben.«

»Hm.« Fenja schluckte. Dass Oma in Sachen Geschäftsführung einen Dickkopf hatte, überraschte sie nicht. »Auf mich wird sie genauso wenig hören – auch wenn ich eine ihrer nächsten Verwandten bin. Dafür ist sie viel zu eigenwillig.«

»Das glaube ich nicht. Seit du da bist, ist Charlotte wie verwandelt, richtig aufgeblüht. Wenn du ihr die Flyer vorlegst, würde sie wenigstens darüber nachdenken. Sie selbst hat keine Lust, Touristen herumzuführen. Aber ich könnte es machen. Auf eine Weise, die die Tiere nicht stresst und unseren Betrieb nicht einschränkt.«

Fenja dachte kurz nach. Es kam ihr falsch vor, Omas Zuneigung auszunutzen, auch wenn es der guten Sache diente. »Okay«, sagte sie schließlich. »Ich bin dabei. Aber wenn sie es partout nicht will, dann respektiere ich das.«

Janne nickte und hielt ihr den kleinen Finger hin – Fenja hakte ihren Finger ein. »Ehrenwort«, sagte sie feierlich und lachte.

Als sie wenig später gut gelaunt und mit einer kleinen Papiertasche aus dem Laden traten, fiel Fenjas Blick auf einen Mann, der sichtlich nervös an einem Baum stand. War das nicht Jörn? Richtig, zu seinen Füßen saß Twix, dem die Zunge seitlich aus dem Maul hing. Fenja hatte Jörn hin und wieder gesehen, wenn er sich abends mit Sven verabredet hatte, um an dessen Torfschiff zu arbeiten. »Sven kann stundenlang daran herumwerkeln, ohne dass man hinterher einen Unterschied sieht«, witzelte Jörn gerne, und Sven konterte dann: »Genau darin liegt die Kunst: es fahrtüchtig zu machen, ohne dass es seine Authentizität verliert.« Fenja hatte das Schiff nie gesehen, wollte sich aber auch nicht aufdrängen. Wenn Sven ihr das Schiff zeigen wollte, würde er sie bestimmt dazu einladen.

Ratlos kratzte Jörn sich am Kopf und schaute auf die Uhr. Als er Fenja und Janne entdeckte, hellte sich seine Miene auf.

»Ihr seid meine Rettung!«, rief er und eilte auf sie zu. »Könntet ihr vielleicht kurz auf Twix aufpassen? Ich habe verbummelt, dass ich einen Zahnarzttermin habe, und kann ihn schlecht mit in die Praxis nehmen.« Bittend schaute er Fenja an. Der Golden Retriever stupste sie hechelnd gegen das Knie. Wie konnte man da widerstehen?

»Klar, kein Problem«, sagte sie und griff nach der Leine.

»Ich nehme deine Tüte schon mal mit zur Station«, bot Janne an. »Dann hast du die Hände frei.«

Dankbar lächelte Jörn sie an. »Super. Ich schulde euch was.«

»Mir nicht«, sagte Fenja, aber so leise, dass er es nicht hören konnte. Sven hatte ihm nie erzählt, dass der Vorfall mit der Stange auf ihre Kappe ging. »Ich geh eine Runde mit ihm spazieren. Ruf mich an, wenn du fertig bist.«

Er diktierte ihr seine Nummer, während Twix an der Leine zerrte, es konnte ihm gar nicht schnell genug gehen. Jedes Mal, wenn er wieder zog, blieb Fenja stehen. Schnell verstand er, dass es so nicht weiterging, und nach ein paar Hundert Metern trottete er brav neben ihr her.

»Guter Hund.«

Einen Kilometer weiter machte er schlapp. Wie ein Sack Kartoffeln ließ er sich auf den Boden gleiten, rollte sich auf den Rücken und blieb liegen.

»Komm schon, wir haben noch eine Strecke vor uns.«

Twix bewegte sich keinen Zentimeter, stattdessen schloss er die Augen.

»Was hast du denn? Ich bin gerade mal warmgelaufen, und du hast immerhin doppelt so viele Beine wie ich.«

Endlich bequemte sich der Hund aufzustehen. Er schüttelte sich und folgte ihr gemächlich. Nach einer Weile erreichten sie das Naturschutzgebiet. Plötzlich sprang Twix, der eben noch tiefenentspannt vor sich hingedöst hatte, nach vorne und riss sich los. Es ging so schnell, dass Fenja erst reagierte, als er bereits im Gebüsch verschwunden war.

»Verdammt«, fluchte sie, schaute nach links und rechts, doch es war niemand zu sehen. Hier war Leinenpflicht, und zwar aus gutem Grund. Zahlreiche Vögel hielten sich in dem küstennahen Brut- und Rastgebiet mit seinen Biotopen auf – einen aufgebrachten Retriever, der tollpatschig über ihre Nester stolperte und ihnen nachjagte, konnten sie als Letztes gebrauchen.

»Twix! Bei Fuß!«, rief sie und stolperte hinterher. Der Boden war aufgeweicht, und Schlamm spritzte ihr bis ins Gesicht. Hinter einem Gebüsch wurde sie fündig. Seelenruhig lag der Hund vor einem Haufen Müll und nagte an einem Hühnerknochen. Er war kaum wiederzuerkennen, so verdreckt war sein ehemals goldenes Fell. Um ihn herum lagen Plastiktüten mit Essensresten, Dosen, Chipspackungen und anderer Müll.

Entsetzt entriss Fenja ihm den Knochen. »Aus! Das ist nicht für dich.« Beleidigt schnappte der Hund nach einem weiteren Stück Hühnchen in einer Pappschachtel. Aber sie ließ sich nicht beirren und zerrte Twix zum Weg zurück.

»Was hast du denn mit meinem Hund gemacht?«, fragte Jörn, als Fenja ihn eine halbe Stunde später vor der Zahnarztpraxis traf.

»Frag nicht. Er hatte jedenfalls viel Spaß. Geht's deinen Zähnen gut?«

Er nickte unglücklich und rieb sich die Wange. »Der hätte besser Abrissunternehmer werden sollen statt Zahnarzt.«

Twix' Ausflug ins Naturschutzgebiet verschwieg Fenja lieber.

Zurück in der Station suchte sie Sven, den sie am Beckenrand eines Heulergeheges fand, ein Tier in seinem Schoß, dessen Flossen großflächige Abschürfungen aufwiesen.

»Das ist Beethoven«, stellte Sven den Kleinen vor. Fenja betrachtete das zauberhafte Seehundjunge, das die größten Augen hatte, die man sich vorstellen konnte. Seehunde waren aber auch einfach die niedlichsten Tiere, die die friesische Küste zu bieten hatte.

»Könnte ich dich heute Abend mal entführen?«, fragte sie und beobachtete, wie Sven das Tier liebevoll untersuchte. Die sanften Berührungen schienen nicht zu seinen großen und rauen Händen zu passen. Gerade das faszinierte Fenja – Sven war hart im Nehmen, aber hatte sein Herz am rechten Fleck.

Skeptisch hob er eine Augenbraue. »Okay …?«

»Uh, uh, uh«, warf Beethoven ein.

»Nicht das, was du denkst. Ich habe eine Müllhalde im Naturschutzgebiet entdeckt und würde sie gern wegräumen. Aber ich brauche jemanden, der Schmiere steht.«

»Oha. Und warum rufst du dafür nicht bei der Stadt an? Die sind dafür zuständig.«

Verlegen schielte Fenja auf ihre Fußspitzen. »Na ja. Ich habe die Müllkippe abseits des Weges gefunden. Ziemlich weit drin. Jörns Hund ist mir weggelaufen, und ich kann schlecht erklären, was ich da mittendrin zu suchen hatte. Ich würde die Sachen gerne lieber selbst heimlich entsorgen.«

Jetzt hatte sie Svens ungeteilte Aufmerksamkeit.

»Jörns Hund? Mit dir wird es nie langweilig, was?« Aber er

schob den Heuler bereits zurück auf den Boden, stand auf und klopfte sich auf die Schenkel. »Soll ich meinen Tarnanzug mitbringen oder reicht eine Sturmmaske?«

Fenja zog eine Grimasse. »Das ist gar nicht lustig.«

»Ist es wohl«, entgegnete Sven.

***

Der Mond bewachte das flache Land, als sich zwei dunkel gekleidete Gestalten mit jeweils einem Jutesack über der Schulter einen Weg durch die Wildblumen suchten. Der Wind pfiff ihnen um die Ohren, ab und zu kamen Böen auf, die ihre Mäntel flattern ließen.

»Mann, ist das kalt!«, beschwerte sich Sven.

»Als waschechter Ostfriese müsstest du eigentlich an die Kälte gewöhnt sein«, stichelte Fenja, die genauso zitterte wie er. Das Adrenalin hielt sie wach. Was für ein Abenteuer, etwas Verbotenes zu tun, auch wenn es einem guten Zweck diente. Es dauerte eine Weile, bis sie die Stelle gefunden hatte.

»Hier, hier ist es«, sagte sie schließlich leise.

»Solche Schweine!«, schimpfte Sven. Das Licht seiner Taschenlampe glitt über den Abfall, der in einem Umkreis von mehreren Metern verteilt lag.

»Hoffentlich sieht uns hier keiner«, wisperte Fenja, während sie die ersten Teile einsammelte. Sie war froh, an ihre Plastikhandschuhe gedacht zu haben, denn der Müll stank erbärmlich. Nichts, was man gerne in der bloßen Hand hatte!

Gerade hatten sie ihre Arbeit beendet, als ein Scheinwerfer aus der Ferne auftauchte. Augenblicklich knipsten sie ihre Taschenlampen aus.

»Verdammt, da ist ein Fahrradfahrer«, flüsterte Fenja.

»Hat er uns gesehen?«

»Ich weiß nicht. Aber wenn, dann wird er sicher gleich die

Polizei rufen. Immerhin haben wir hier genauso wenig zu suchen wie der Müll.«

Das Licht kam näher, und sie drückten sich gemeinsam auf den sumpfigen Boden hinter dem Gebüsch. Svens Atem war dicht an ihrem Ohr. Feuchtigkeit drang durch ihre Hose, aber sie bewegte sich nicht.

Sven legte seinen Arm um ihre Schulter, und Fenja schmiegte sich näher an ihn. Nie hätte sie nach ihrem rumpeligen Kennenlernen gedacht, dass man mit Sven Pferde stehlen konnte.

Der Fahrradfahrer hielt kurz an, blieb stehen, fuhr weiter. Nach weiteren zwei Minuten war er aus ihrem Sichtfeld verschwunden.

Sven machte keine Anstalten aufzustehen, also blieb auch sie liegen. Obwohl es kalt, nass und ungemütlich war, fühlte es sich aufregend an, hier mit Sven mitten in der Nacht diese Aktion durchzuziehen, geborgen in seiner Umarmung und …

»Scheiße!« Hektisch sprang Sven auf und fuchtelte herum. »Irgendetwas hat mich gebissen.«

Er tanzte im Kreis, und Fenja erinnerte sich an seine Bienenallergie. Sofort rappelte sie sich auf und trat zu ihm. »Kann ich dir helfen?«

Er zog bereits seine Jacke aus, dann seinen Pullover. Darunter trug er ein Muskelshirt.

»Warte, ich habe es.« Fenja sammelte ein Tier von seinem Rücken. Eine Ameise.

Entgeistert starrte er sie an. »Das ist alles?«

Grinsend setzte sie das Tier ins Gras. »Jepp. Ein höchst gefährliches Insekt. Sollte man nicht unterschätzen.«

Dann realisierte sie, dass sie mit einem halb nackten Mann im Mondschein stand – einem Mann, der verdammt gut aussah.

Sven bemerkte ihren eindringlichen Blick, und bevor sie sich abwenden konnte, trat er plötzlich einen Schritt auf sie zu und legte seine Arme um ihre Taille. »Was soll's«, murmelte er und drückte sie fest an sich. Sein typischer Sven-Duft war überwältigend, und Fenjas Herz hüpfte, als er sie sanft erst auf das Haar, dann auf die Wange küsste.

Seine Lippen schienen den Weg zu ihren zu suchen, sie konnte ihn spüren, riechen und wollte ihn schmecken. Alles in ihr vibrierte vor Verlangen, und ihr Verstand war wie vernebelt. Sie schloss die Augen, bereit, sich fallen zu lassen. Doch er küsste sie nicht. Stattdessen schob er sie ein Stück von sich weg und murmelte: »Lass uns gehen. Mit den schweren Mülltüten wird es eine Ewigkeit dauern, bis wir zu Hause sind.«

***

Fenja wandelte abwesend durch die Station. Die Arbeiten gingen ihr routiniert von der Hand, den täglichen Plan hatte sie mittlerweile verinnerlicht. Doch ihre Gedanken waren woanders. Sie hatte immer gewusst, was sie wollte, aber nie, wohin sie gehörte. Ihre Heimat waren ihre jeweiligen Arbeitsstellen gewesen, wie ein rastloses Blatt im Wind war sie mal hierhin, mal dorthin getrieben. Konnte sie das ihr Leben lang so weiterführen?

Morgens war sie mit Janne im Watt spazieren gewesen, hatte das endlos weite, freie Panorama genossen, das alle Sinne stimulierte und einen sofort zum Träumen brachte.

Als sie nun zurück ins Wohnhaus trat, fand sie Oma Lotti in der Küche beim Kuchenbacken. Sie trug ein geblümtes Kleid, das ihr knapp über den Hintern reichte, und dazu schulterlange Ohrringe. »Na, mein Kind, magst du den Teiglöffel abschlecken?«

Fenja nickte begeistert. Wie vor so vielen Jahren setzte sie sich mit dem überdimensionierten Holzlöffel an den Tisch und genoss den süßen Teig.

»Henrik kommt nachher zum Kaffeetrinken vorbei. Wir haben ein paar Dinge zu bereden.«

Fenja grinste. Das erklärte Omas ungewöhnliches Outfit.

Mit einem Rums schloss Oma Lotti die Backofentür. »Ich packe euch Kindern ein paar Stücke Kuchen in den Kühlschrank, damit ihr auch etwas abbekommt.«

»Danke«, sagte Fenja und nickte. Offenbar wollte Oma mit ihrem Besuch nicht gestört werden. Das war ihr gutes Recht. Alt werden hieß nicht, auf Spaß verzichten zu müssen.

»Ist alles in Ordnung mit dir?«, fragte Oma sie, während sie durch die Glastür in den Backofen lugte.

»Ja. Wie kommst du darauf?«

»Einfach nur so. Du bist so … ruhelos.«

Fenja wollte widersprechen, aber Oma hatte recht. Unsicher verzog sie den Mund und seufzte. Es fiel ihr schwer, darüber zu reden.

»Läuft da was zwischen dir und Sven, oder hast du einen Freund?«

Fenja spürte, wie ihr Herz wummerte und sich gleichzeitig verschließen wollte. »Das mit Sven ist schwierig. Weißt du, ich knabbere noch an der Trennung von meinem Ex-Freund Torsten. Wir waren ein glückliches Paar, bis ich ihm vor drei Jahren erklärt habe, dass ich gerne einen ruhigeren Lebensstil haben möchte. In Buchholz in der Nordheide war gerade eine Konditorei zu verkaufen, das hätte alles gut zusammengepasst. Und ich habe ihm von meinem Kinderwunsch erzählt –« Sie brach ab.

Oma hob die Augenbrauen. »Was ist passiert?«

»Ich habe ihm an einem Freitag von meinen Plänen erzählt. Am Samstagabend habe ich ihn in flagranti mit einer Kollegin erwischt. Er hat sich nicht einmal die Mühe gemacht, sich zu entschuldigen. Stattdessen hat er mir vorgeworfen, ich hätte ihn mit meinen Plänen unter Druck gesetzt.«

»Gut«, sagte Oma ungerührt. »Gut, dass du den los bist. Solche Kerle sind das Letzte. Du hast was Besseres verdient.«

»So kann man es sehen.« Die Wahrheit war, dass sie sich von Herzen eine Zukunft mit Torsten gewünscht und sein Verhalten sie zutiefst verletzt hatte. Sie würde sich erst wieder auf jemanden einlassen, wenn sie sicher sein konnte, dass der es ernst mit ihr meinte.

»Du bist eine starke junge Frau mit einer hübschen Nase und einem eigenen Kopf. Du wirst schon jemanden finden, der zu dir passt.«

»Hm.«

Oma drehte sich zu ihr. »Und talentiert bist du auch. Ich habe mir deine Flyer angeschaut.«

»Und, was meinst du?«, fragte Fenja, dankbar für den Themenwechsel. Sie versuchte, in Lottis Gesicht zu lesen, aber die hatte ihr Pokerface aufgesetzt.

»Na ja. Das Design ist mir zu eindimensional, und ich hätte weniger maritime Farben gewählt«, sagte Oma schonungslos. Dann grinste sie. »Aber ich denke, der ist ganz brauchbar. Wenn Janne sich um die Führungen kümmern möchte, dann können wir das ausprobieren.«

Erleichtert atmete Fenja auf. Janne hatte nämlich bereits die Werbetrommel gerührt und sämtliche Gäste des Ferienhofs zu einer Führung am morgigen Tag eingeladen. Als sie es Oma erzählte, nickte diese.

»Probieren können wir es. Aber kein direkter Kontakt zu den Seehunden, hörst du? Wenn ich jemanden erwische, der einem Heuler den Kopf tätschelt, gibt's Ohrbattsen.«

»Natürlich, Oma. Du kannst dich auf uns verlassen.«

Eine riesige Last fiel ihr von den Schultern, das war besser gelaufen als erwartet. Jetzt lag allerdings eine weitere Aufgabe vor ihr: Sie musste sich darum kümmern, die Station auf Vordermann zu bringen, damit sie für die Besucher vorzeigbar sein würde.

Nachmittags radelte sie zur Gärtnerei und gab eine Bestellung auf. Draußen auf den Fensterbänken vor dem Wohnhaus sollten Begonien alle Ankommenden begrüßen, vor dem Haupteingang der Station wollte sie zwei Töpfe mit Engelstrompeten stellen.

»Nehmen Sie auch noch einen Bubikopf mit, den können Sie wunderbar auf dem Empfangstresen platzieren. Das wirkt gleich freundlich und einladender«, riet ihr die junge Verkäuferin. In der Pflanze steckte ein dekorativer Rettungsreifen auf einem Holzstab.

Sven sägte ein neues Willkommensschild in Form eines Seehundes zurecht, und Janne verbrachte den Nachmittag damit, die Büsche in der Einfahrt zu stutzen. Die ersten Besucher waren für den kommenden Nachmittag gebucht.

»Wir sollten den Gästen nach der Führung Kaffee und einen kleinen Snack anbieten«, schlug Janne vor. »Du bist doch Konditorin, vielleicht könntest du eine Kleinigkeit vorbereiten?«

Also machte Fenja Canapés, backte mit Schaum gefüllte Zimtrollen und räumte die Rumpelkammer neben der alten Rezeption leer. Wie lange hatte hier keiner mehr gesessen?

Sven half ihr, ein altes Sofa und ein paar Sessel herüberzutragen, einen niedrigen Couchtisch fand sie auf dem Dachboden.

»Ist richtig gemütlich«, stellte sie zufrieden fest und ließ sich in einen der Sessel sinken. »Hier könnte man glatt ein hübsches kleines Café einrichten.«

Sven schaute sie aufmerksam an. »Platz wäre genug. Und die Küche ist auch nicht weit weg.« Er deutete auf eine Wand. »Die müsste man allerdings einreißen, damit man eine bessere Blickachse hätte.«

»Das sollte kein Problem sein, sie sieht nicht wie eine tragende Wand aus. He, Finger weg von den Zimtrollen!«

Sven grinste ertappt und legte das Gebäck zurück. »Ich habe aber Hunger.«

»Wenn du möchtest, mache ich dir nachher Waffeln.«

»Mit Kirschen und Sahne?«

»Klar. Und einem Schuss Rum im Teig.«

»Gut, du hast mich überzeugt. Wie heißt es so schön? Die Waffeln einer Frau sind unschlagbar.« Er sah sie verwegen an, und um seine Mundwinkel zuckte es.

»Meine Güte, der war flach.«

»Aber witzig. Und deine Waffeln sind große Klasse.« An seinem Mundwinkel hingen ein paar Krümel – der eindeutige Beweis dafür, dass er vorher schon heimlich genascht hatte.

Sie waren allein in dem Raum, und ohne jede Vorwarnung schlug Fenjas Herz plötzlich viel lauter und schneller. Svens Wangen waren rot von der Anstrengung des Möbelschleppens, auf seiner Stirn pulsierte eine Ader. Wie gerne hätte sie sich zu ihm gesetzt und sich an ihn geschmiegt. Dort weitergemacht, wo sie an jenem Tag am Leuchtturm aufgehört hatten. Wieso nur war er in einem Moment so weich und liebevoll und im nächsten fuhr er eine Mauer hoch und wirkte vollkommen unnahbar?

Punkt fünfzehn Uhr hatte sich die Gruppe Besucher in der Seehundstation eingefunden. Janne war so aufgeregt, dass sie ihre Bluse falsch zugeknöpft hatte, aber dafür war sie umso motivierter. Binnen weniger Minuten waren die Gäste in die Welt der Seehunde eingetaucht.

»Der Seehund ist ein opportunistischer Jäger«, erklärte Janne, »das bedeutet, dass er alles frisst, was er findet. Egal ob Kleinkrebse, Schnecken, Fische, Muscheln – sogar Tintenfische. Er ist das letzte Glied in der Nahrungskette und hat daher bis auf den Menschen keine weiteren Feinde in der Nordsee.«

»Wie sieht es denn mit Krankheiten aus?«, fragte ein Herr um die fünfzig. »Man hört ja immer wieder, dass tote Tiere angeschwemmt werden.«

»Genau, das ist leider richtig. Seehunde stecken sich leicht mit dem Phocine-Morbillivirus an, auch bekannt als Seehundstaupe. Der führt zu einer Schwächung des Immunsystems, welches dann nicht mehr in der Lage ist, Sekundärinfektionen zu bekämpfen.«

Fenja merkte, wie die Gäste an Jannes Lippen hingen. Bisher hatte sie meistens eher schüchtern gewirkt, aber das hier schien genau ihr Ding zu sein. Sie strahlte eine mitreißende Energie aus, die alle in ihren Bann zog.

Am Ende der Runde hielt Janne vor dem Gehege, in denen zwei junge Kegelrobben untergebracht waren. »Und wer von Ihnen weiß, wie man das weiße Embryonalhaar nennt, das die Jungtiere in den ersten fünf Lebenswochen haben?«

»Lanugo!«, ertönte es wie aus einem Mund.

»Richtig! Ich denke, für heute haben wir genug gelernt. Meine Kollegin Fenja wird Sie jetzt noch in die gute Stube führen, wo es Snacks und Getränke gibt. Wenn es Ihnen gefallen hat, empfehlen Sie uns bitte weiter.«

»Bitte folgen Sie mir.« Fenja freute sich auf ihren Teil der Führung. Sie liebte es, andere mit ihren Backwerken zu verwöhnen, zu beobachten, wie die Pupillen der Verköstigten sich weiteten, weil sie von außergewöhnlichen Geschmacksexplosionen im Gaumen überrascht wurden, und wie die Leute sich hinterher die Finger leckten, weil sie nicht genug bekommen konnten.

»Wo habt ihr denn eure Spendenbox?«, fragte eine weißhaarige Frau. Fenja blickte sich um. Auf dem Regal im neuen Rezeptionsraum, zwischen Omas dekorativ aufgestelltem Geschirr, entdeckte sie eine Zuckerdose.

»Vielen Dank, Sie können gerne eine Spende hierlassen«, sagte sie erfreut und reichte der Dame die Dose.

»Wir möchten auch etwas spenden«, warf eine andere Frau ein, und die Dose machte ihre Runde. Als Fenja das Geld hinterher zählte, waren 250 Euro zusammengekommen. Hinzu kam das Eintrittsgeld für die Führung – es hatte sich gelohnt.

»Ihr macht das aber nicht, weil ihr Geldsorgen habt, Kinder?«, fragte Oma misstrauisch, als Fenja und Janne ihr wenig später von dem Erfolg berichteten.

»Nein, natürlich nicht«, log Fenja. »Das Geld gehört außerdem zu hundert Prozent der Seehundstation, nicht uns privat.«

»Zum Naturschutz gehört auch Aufklärung. Ich finde es wichtig, wenn möglichst viele Leute mehr über Seehunde lernen«, schob Janne einen Tick zu abgeklärt hinterher.

»Na«, sagte Oma mit zusammengekniffenen Augen. »Na.«

»Janne macht das super«, lobte Fenja ihre Freundin.

»Was sagen denn deine Eltern dazu?«, fragte Oma, und Janne verzog den Mund.

»Sie verstehen nicht, dass ich meinen eigenen Weg gehen will. Aber solange ich studiere, akzeptieren sie, dass ich mich nicht im Familienbetrieb einbringe. Danach wird es wohl schwierig werden.«

Nach der ersten Führung folgten ein paar Tage später eine zweite und eine dritte – jeder wollte hinter die Kulissen der so lange für die Öffentlichkeit unzugänglichen Seehundstation schauen, und es hatte sich herumgesprochen, dass Janne und Fenja ihre Gäste herzlich aufnahmen.

***

Wenn Fenja abends in den Spiegel schaute, erkannte sie sich kaum wieder. Ihre Haut hatte einen bräunlichen Teint bekommen, sie wirkte energetischer, selbst die Augen hatten mehr Ausdruck. Greetsiel mit seinen malerischen Giebelhäusern und der frischen Nordseebrise tat ihr gut. Die endlosen Spaziergänge im Watt am Morgen, die Rettungsaktionen mit Sven, die Botengänge im Dorf und auch die Arbeit mit Oma – wie anders war die friedliche Idylle auf der Krummhörn im Vergleich zu ihrem ruhelosen Leben bisher! Sollte sie ihren nächsten Auftrag absagen und ihren Urlaub verlängern?

Doch dann passierte etwas, das sie an dieser Überlegung zweifeln ließ. Als sie sich nach einem langen Arbeitstag abends aus ihrem Ölzeug schälte, erschien Sven im Türrahmen der Station.

»Sollen wir uns den Sonnenuntergang vom Leuchtturm aus

anschauen?«, fragte er. Sein warmes Lächeln tat gut. Es störte ihn nicht, dass sie nach Fisch roch, rissige Hände hatte und ihre Haare sich zu einem wilden Vogelnest auftürmten.

Sie freute sich auf die Zweisamkeit mit ihm, hoffte auf ein gutes ehrliches Gespräch und fragte sich, was er davon halten würde, wenn sie länger blieb. Wie zuvor radelten sie zum Leuchtturm und stiegen dann die Wendeltreppe hinauf in den Aussichtsraum.

»Du hast hier ordentlich durchgeputzt«, bemerkte Fenja. Ein halbes Dutzend Stühle waren mit weißen Überzügen versehen, vor dem Fenster stand ein schmales Rednerpult.

»Ja, es ist eine Hochzeit am Wochenende geplant.«

»Das sieht gut aus. So könnte ich mir auch vorstellen zu heiraten.« Sofort wurde sie rot – das war ihr einfach rausgerutscht.

Doch Sven griff nach ihrer Hand und zog sie an sich, um sie erst auf die Stirn, dann auf die Wange zu küssen. »Es wäre nicht der schlechteste Ort.«

»Mhm«, machte Fenja, unfähig sich zu bewegen. In ihrem Inneren tobte ein Sturm der Gefühle. Für einen Moment sah sie sich hier oben in einem ärmellosen Brautkleid stehen, das Gesicht hinter einem Schleier verborgen, in der zitternden Hand einen Blumenstrauß. Neben ihr, verführerisch duftend, Sven, seine verstrubbelte Frisur im Kontrast zu seinem schicken Smoking. Glücksgefühle stiegen in ihr auf, die alles andere verdrängten.

»Wie stellst du dir eigentlich deine Zukunft vor?«, fragte er sanft.

»Was? Wie meinst du das?« Sie betrachtete ihn abwesend, ganz in seine Berührungen vertieft.

»Möchtest du eine Familie gründen? Kinder haben?«

Erschrocken löste sie sich aus seiner Umarmung. Sofort war da wieder die Erinnerung an Torsten und den unseligen Abend, der alles verändert hatte. Nie wieder wollte sie einen Mann verlieren, indem sie ihm ihren Kinderwunsch aufdrängte.

»Nein«, log sie. »Das ist nicht so mein Ding. Vielleicht später mal. Bald bin ich wieder auf See, und wer weiß, wo ich danach lande. Ich habe zu viel um die Ohren, um mir darum Gedanken zu machen – jetzt will ich einfach nur mein Leben genießen.« Sie hoffte, dass ihn diese Antwort zufriedenstellen und beruhigen würde, und merkte gleichzeitig, dass sie die Gelegenheit verpasst hatte, mit Sven über einen längeren Aufenthalt auf der Krummhörn zu sprechen. Sie unterdrückte die Traurigkeit, die sie zu überrollen drohte.

Etwas in Svens Ausdruck veränderte sich. Seine Brauen wölbten sich, die Augen wurden dunkler. »Ja«, sagte er, »das habe ich mir schon gedacht.«

Schweigend schauten sie der Sonne zu, die sich ihren Weg in Richtung Horizont bahnte, sich nicht abbringen ließ von den kleinen Zuckerwattewölkchen, die über das Firmament tanzten und ihre Strahlen einfingen. Schließlich versank sie als roter Ball im Meer.

Fenja hatte sich wieder eng an Sven geschmiegt, und er hatte den Arm um ihre Schultern gelegt. Sie wünschte, sie könnte die Zeit anhalten, ihn ewig so nah spüren, in der vagen Hoffnung, dass später noch mehr folgen würde. Doch er schwieg, und als sie ihn unter dem Kinn kitzelte, entzog er sich ihrer Berührung.

»Lass uns gehen«, sagte er, ohne sie anzuschauen. »Wir müssen morgen früh wieder fit sein.«

Am nächsten Morgen traf sie Sven allein in der Küche beim Frühstück. Oma war anscheinend schon draußen beim Füttern. Gähnend schaute sie aus dem Fenster. Nebelschwaden lagen über dem Hof und ließen seine Konturen verschwimmen. Fenja zog ihre Strickjacke enger um sich und lächelte, als sie bemerkte, dass Sven sie beobachtete, aber sein Blick blieb kalt.

»Ich muss mich bei dir entschuldigen«, sagte er und rührte in seinem Müsli, bis es überschwappte. »Mein Verhalten dir gegenüber ist unentschuldbar. Du bist eine attraktive Frau, und ich hatte mich nicht unter Kontrolle. Wir sind uns viel zu nahe gekommen. Ich hätte dir keine Hoffnung machen sollen. Keine Ahnung, was mit mir los war, aber du bist einfach nicht die, auf die ich gewartet habe. Es tut mir wirklich leid. Ich hoffe, wir können trotzdem bis zu deiner Abreise vernünftig zusammenarbeiten.«

# Kapitel 5

Nachdenklich rührte Fenja durch die Marshmallows, die im heißen Wasserbad immer weicher wurden. Der Wasserdampf traf sie im Gesicht und vermischte sich mit der Träne, die ihre Wange hinunterkullerte. Was hatte Sven damit gemeint, dass er ihr keine Hoffnung hätte machen sollen? Hatte er das Interesse an ihr verloren? Hatte er eine andere in Aussicht? Sie kippte die Marshmallow-Masse in eine Schüssel und siebte Puderzucker darüber. Und wie sah es eigentlich mit ihren eigenen Gefühlen aus, war da Platz für einen Mann an ihrer Seite?

Janne trat in die Küche, und Fenja verdrängte die Gedanken.

»Hm, das sieht lecker aus, was wird das?«, rief sie und schnupperte in ihre Richtung.

Unauffällig wischte Fenja über ihr erhitztes Gesicht. »Das Fondant für den Seehundkuchen. Yas feiert zehnjähriges Praxisjubiläum und fand die Idee süß, den Kuchen in Form eines heimischen Wildtieres zu gestalten.«

Bewundernd beugte Janne sich über das Tablett mit dem Kuchen. »Wahnsinn, Yas wird begeistert sein.«

»Danke.« Fenja hatte schon immer ein Gespür für Formen gehabt, aber sie fand auch, dass ihr der Kuchen besonders gut gelungen war. Wenn sie traurig war, backte sie am besten.

»Vielleicht könnten wir solche Sachen verkaufen. Nicht

unbedingt Kuchen, aber zum Beispiel Seehunde aus Marzipan?«

Vorsichtig schnitt Fenja die Vanilleschote auf und schabte das schwarze Mark heraus. »Siehst du den Stapel Briefe auf der Arbeitsplatte? Darunter befinden sich zwei Mahnungen. Oma Lotti hat seit Monaten weder die Wasser- noch die Stromrechnung bezahlt. Wir sollten –« Sie brach ab, als Schritte im Flur erklangen.

Janne verstand und wechselte schnell das Thema. »Hast du nach Feierabend noch Lust auf ein bisschen Upcycling? Wir könnten Taschen aus den Planen herstellen, die ich in der Scheune gefunden habe. Oder wir nehmen uns den Schubladenschrank vor, in dem Charlotte die Spritzen für die Seehunde aufbewahrt.«

Mittlerweile hatte Oma Lotti die Küchentür erreicht, nickte ihnen müde zu und schleppte sich zum erstbesten Stuhl. Sie wirkte gebeugter und schwächer als sonst.

»Alles in Ordnung mit dir, Oma?«, fragte Fenja besorgt.

»Wat mutt, dat mutt. Mir macht die Hitze zu schaffen, es ist so ein heißer Tag.«

Fenja und Janne tauschten einen Blick aus. Das Thermometer zeigte keine zwanzig Grad. Omas Atem ging schnell, auf ihrer Stirn standen Schweißperlen.

»Hier.« Fenja reichte ihr ein Taschentuch, das sie zuvor mit Wasser benetzt hatte. »Möchtest du etwas trinken?«

Oma schüttelte den Kopf. »Könntet ihr nachher Fisch holen gehen und die Becken reinigen? Ich würde mich gern mit Henrik treffen. Wenn du wieder weg bist, geht das ja nicht mehr so einfach.«

»Natürlich, Oma.« Besorgt beobachtete sie Omas glasigen Blick. Schwerfällig erhob die alte Dame sich und marschierte mit kleinen Schritten aus der Küche.

»Sie sieht wirklich nicht gut aus«, flüsterte Janne.

***

Janne erklärte sich bereit, den Fisch zu holen, während Fenja sich um die Seehunde kümmerte. Zunächst wollte sie den Algenwuchs in Becken 3C beseitigen und suchte die passenden Mittel heraus. Mit einer voll beladenen Schubkarre fuhr sie über den Hof, als ein lautes, blechernes Knattern sie aus den Gedanken riss. Ein Motorrad fuhr die Einfahrt hoch, es war sicherlich genauso alt und klapprig wie sein Fahrer, dessen weißer Bart unter dem Helm hervorschaute.

»Henrik?«, fragte Fenja ungläubig, während der Mann den Motor abstellte.

»Na, mien lütt Schietbüdel«, begrüßte er sie und stieg ab.

»Schickes Gefährt«, entgegnete Fenja und beäugte skeptisch das Motorrad, das vor allem durch Staub und Rost zusammengehalten wurde.

»Das ist eine antike Rarität«, sagte Henrik und klopfte auf den Lenker. »Wie ich.« Er lachte. »Ist Charlotte im Haus?«

Er hätte nicht fragen müssen, denn in dem Moment öffnete sich die Haustür und Oma trat heraus, eine Hand lasziv an die Hüfte gelegt. Hatte sie eben noch kränklich und gebrechlich gewirkt, war sie nun eine Diva in ihrem Element. Ihre karmesinrote Lederjacke passte zu den kniehohen Stiefeln in Zinnober. Die langen Ohrringe klingelten im Wind und lenkten von dem neuen Brillenmodell auf ihrer Nase ab – es war genau das gleiche Modell, das Meryl Streep in *Der Teufel trägt Prada* trug. Nur ihre Knie wirkten noch etwas zittrig.

»Hallo, Henrik«, sagte sie mit einer rauchigen Schlafzimmerstimme, bei der sich Fenja die Fußnägel hochrollten.

»Äh«, sagte sie und fühlte sich furchtbar fehl am Platz.

Erhobenen Hauptes schritt Oma auf Henrik zu, der ihr auf sein Motorrad half. Das dauerte eine ganze Weile, denn Oma fiel es schwer, auf den Sitz zu klettern.

»Bist du bereit?«, rief er dann und startete den Motor.

Verdattert und entsetzt beobachtete Fenja, wie das Motorrad

den Hof verließ, nicht ohne einen Schlenker am Gully zu machen, der die Maschine gefährlich schwanken ließ.

»Was war das denn?«, fragte Sven, der wie aus dem Nichts neben ihr auftauchte.

»Ich bin mir nicht ganz sicher. Könntest du mich mal zwicken? Ich glaube, ich träume.«

Er schüttelte widerwillig den Kopf. »Du hättest sie nicht fahren lassen dürfen.«

Sein Vorwurf riss sie aus der Apathie. »Wie bitte? Was hätte ich denn machen sollen?«

Er zuckte mit den Schultern. »Keine Ahnung. Aber das sieht mir nicht nach einer guten Idee aus. Sie wirkt schon seit Tagen angeschlagen, und wenn sie mit einer Erkältung zurückkommt, wird ihr Immunsystem überfordert sein.«

Jetzt wurde Fenja wütend. »Aha. Und daran bin ich dann schuld? Oma hat wahrscheinlich ihr Leben lang gemacht, was sie wollte. Sie hat ihren eigenen Kopf und lässt sich von niemandem etwas sagen. Sie ist eben eine freie und unabhängige Frau, die sich ungern einschränken lässt.«

»Das scheint in der Familie zu liegen«, murmelte Sven und schickte sich an weiterzugehen.

»Wie meinst du das?«, rief sie ihm hinterher, aber Sven blieb nicht stehen.

Die nächsten Stunden arbeitete Fenja, ohne sich eine Pause zu gönnen. Sie machte sich Sorgen um Oma, ärgerte sich über Sven und fühlte sich von der Arbeit überfordert. Die Algen waren widerspenstig, der Beton bröckelte. Schließlich wollte sie das Wasser anstellen, um das Becken wieder aufzufüllen. Sie drehte den Hahn – nichts passierte. Versuchsweise kickte sie gegen die alte Leitung und rüttelte dann daran. Wieder nichts. Eine Vorahnung stieg in ihr auf. Sie lief zum Wasserhahn in der Waschküche, auch der funktionierte nicht.

»Verdammt.« Sie holte ihr Handy hervor und suchte nach Omas Nummer. Dann entschied sie sich um – Oma sollte eine unbeschwerte Zeit mit Henrik haben. Stattdessen googelte sie nach der Nummer der Wasserwerke.

»Hi, hier ist Fenja Jansen von der Auffangstation ›Seehund in Sicht‹. Wir haben hier ein Problem mit der Wasserversorgung.«

Sie hörte, wie der junge Mann am anderen Ende der Leitung etwas in seine Computertastatur eingab.

»Nein, es handelt sich um keinen Fehler. Wir haben mehrfach Mahnungen rausgeschickt, weil die Rechnungen nicht bezahlt worden sind. Heute wurde das Wasser abgestellt.«

Fenjas Wangen färbten sich puterrot, als sie sich an die Briefe erinnerte. »Hören Sie, ich verspreche Ihnen persönlich, dass wir die Rechnungen umgehend bezahlen. Aber bitte stellen Sie das Wasser sofort wieder an. Wir sind eine Tierrettungsorganisation für Seehunde, und ohne Wasser geht hier nichts mehr.«

»Das tut mir leid. Da muss ich erst mit meinem Chef sprechen, aber der ist gerade in einem Meeting. Kann ich Sie morgen früh wieder zurückrufen?«

»Nein, das können Sie nicht. Wir brauchen das Wasser heute.«

»Wie gesagt, mein Chef ist gerade nicht erreichbar. In dringenden Fällen wenden Sie sich bitte an die Feuerwehr.«

Fenjas Herz klopfte wild, als sie auflegte. Sie hatte gewusst, dass es schlecht um die Station stand – aber so schlecht?

Statt die Nummer der Feuerwehr zu wählen, überwand sie sich und rief Sven an.

»Hi Sven, wo steckst du?«, fragte sie ihn mit erstickter Stimme.

»Ich … ich … arbeite gerade mit Jörn an meinem Torfschiff«, antwortete er zögernd.

»Es handelt sich um einen Notfall. Könntest du kommen?«

Kurze Stille. Dann hörte sie lachende Stimmen im Hintergrund.

»Äh. Ich kann gerade echt nicht. Bitte ruf deine Oma oder Janne an.«

»Es ist wirklich –«

»Jetzt nicht, Fenja.« Er legte auf.

»Verflixt.« Ratlos schaute Fenja auf ihr Smartphone. Was nun? Janne hatte ihr Handy zum Laden im Mitarbeiterraum gelassen. Sie fasste einen Entschluss – sie würde das Problem lösen, und sie wusste auch, wie. Mit zittrigen Fingern entsperrte sie ihr Handy und suchte eine Nummer heraus. »Guten Morgen, mein Name ist Fenja Jansen, könnte ich bitte mit Herrn Schulz sprechen?«

»Haben Sie einen Termin?«

»Der Bürgermeister wird meinen Anruf sicherlich gerne entgegennehmen. Es geht um das neue Besucherzentrum in der Seehundstation.«

»Oh, na gut. Ich stelle Sie durch.«

Kurz darauf wurde sie verbunden.

»Guten Tag, Herr Schulz, schön, einmal mit Ihnen persönlich zu sprechen. Wie Sie wissen, sind wir gerade im Begriff, die Seehundstation interaktiver zu gestalten und den Besuchern von Greetsiel ein weiteres kulturelles und umweltbezogenes Erlebnis zu bieten«, sagte sie mit einer Stimme, süß wie Schokoladensoufflé.

»Sie sind Frau Jansen, die Enkelin von Frau Schepker, nicht wahr? Von dem Projekt ist mir nichts bekannt, aber das sind ja tolle Nachrichten. Wir suchen immer nach Möglichkeiten, den Ort für Touristen attraktiver zu machen, aber bisher war das Feedback von Seiten der Seehundstation, nun ja, eher verhalten. Was kann ich für Sie tun?«

»Wir haben bereits testweise Führungen angeboten und planen nun weitere Schritte. Unter anderem denken wir über ein Café mit Souvenirshop nach. Momentan habe ich aber ein anderes Problem, es gab da ein Missverständnis …« Sie erzählte dem Bürgermeister von dem abgestellten Wasser und schob die Sache auf Omas Vergesslichkeit. Eine halbe Stunde später rauschte das

Wasser wieder aus der Leitung, und Fenja konnte das Becken auffüllen. Jetzt erst wurde ihr die Tragweite ihrer Handlung bewusst. Sie hatte den Bürgermeister und damit das gesamte Rathaus – sehr wahrscheinlich gegen Omas Willen – in die finanzielle Misere der Seehundstation hineingezogen, die es, wenn es so weiterging, wahrscheinlich bald nicht mehr geben würde.

Resigniert ließ sie sich an der Wand heruntergleiten und schaute auf das sich langsam füllende Becken.

Ihre Pause währte nur kurz – Yas wartete auf den Kuchen, der direkt in die Praxis geliefert werden sollte. Fenja parkte am Ortsrand und ging die letzten paar Hundert Meter zu Fuß, vorbei an dem Souvenirladen und der Greetsieler Kirche, bis sie in den Kalvarienweg einbog, in dem sie Yas' Praxisschild schon von Weitem leuchten sah. Die schwarzhaarige Tierarzthelferin am Empfang, deren Namensschild sie als Francesca vorstellte, begrüßte sie freundlich, und kurz darauf stand Yas vor ihr. Heute trug sie einen weißen Kittel und streng zurückgebundene Haare.

»Hi Fenja, schön, dass du es so kurzfristig einrichten konntest. Dann zeig mal her.«

Fenja öffnete die Pappschachtel, und Yas entfuhr ein Schrei der Entzückung. »Wahnsinn! Der ist super. Und so viele Details!«

Alle Patienten drehten sich um und starrten sie an. Verlegen schaute Fenja auf ihre Schuhe. Im Gegensatz zu Oma mochte sie es nicht, alle Aufmerksamkeit auf sich zu ziehen.

»Francesca, könntest du den Kuchen in den Kühlschrank bringen?«, bat Yas die Tierarzthelferin und fragte dann Fenja: »Darf ich dich zur Feier heute Abend einladen? Außer den Mitarbeitern kommen auch ein paar Freunde und Bekannte vorbei. Falls du vorhast, weitere Kuchen zu verkaufen, ist das die beste Werbung.«

Sie überlegte. Etwas Abstand zur Seehundstation würde ihr guttun. »Gerne« antwortete sie und lächelte.

Punkt 19 Uhr stand sie vor der Praxis und drehte die Flasche Sekt unschlüssig in ihrer Hand hin und her. Drinnen spielte Musik, laute Stimmen schallten zu ihr heraus. Zwei ihr unbekannte Frauen rauschten an ihr vorbei und betraten das Gebäude. Hatte Yas nicht gesagt, dass es sich um eine kleine Feier handelte?

Sie gab sich einen Ruck und öffnete die Tür. Das Wartezimmer war mit silbernen und weißen Ballons dekoriert, die Rezeption diente als Buffettisch, und mehrere Stehtische waren im Empfangs- und Wartebereich aufgebaut, an denen munter plaudernde Gäste standen. Es waren ungefähr zwei Dutzend Leute gekommen, Fenja kannte niemanden von ihnen. Suchend schaute sie sich um, ob sie Francesca entdeckte, aber von der war nichts zu sehen.

»Fenja!«, ertönte es aus einer Ecke, und Yas stürmte auf sie zu. »Komm, ich stelle dich den anderen vor.«

»All up Steed, Yas?«, begrüßte sie eine hochgewachsene Frau an einem Stehtisch, deren rotes Etuikleid ihre langen Beine betonte.

»Ja, alles gut. Karin, das ist Fenja, die unseren grandiosen Seehundkuchen gebacken hat. Sie ist Konditorin. Fenja, das ist Karin, sie führt die Gaststätte Zwaantje am Hafen.«

Karin nickte ihr freundlich zu, beäugte sie jedoch zugleich skeptisch. »Bist du neu zugezogen?«, fragte sie unvermittelt.

»Nein, ich bin nur für ein paar Wochen hier«, antwortete Fenja und beobachtete, wie Karins flüchtiges Interesse versiegte.

»Ach so«, sagte sie und wandte sich wieder ihren Bekannten zu. »Wat hest du 'n Wull up Kopp«, sagte sie zu der Frau neben ihr, die in der Tat eine prächtige blonde Löwenmähne besaß.

Fenja hatte Probleme, den Dialekt zu verstehen. Normalerweise antworteten die meisten auf Hochdeutsch, wenn sie merkten, dass man nicht in der Krummhörn aufgewachsen war. Aber in geselliger Runde wurde darauf keine Rücksicht genommen.

»Och Heer ja, sabbel nich, dat geit!«, sagte eine Frau am Nachbartisch.

Als Yas kurz in einem anderen Zimmer verschwand, drehte

jemand die Musik lauter, und eine Frau brüllte ihrer Freundin zu: »Wenn de Katt ut Huus is, danzen de Musen up Disch!«

Fenja fühlte sich verloren und wusste nicht, wo sie anknüpfen sollte, da jeder bereits in ein Gespräch vertieft war. Einmal sprach sie ein schmalgesichtiger Mann an, aber sie verstand kein Wort und fragte nach. Daraufhin verzog er das Gesicht und brummte: »Schon gut, das ist ein Insider. Versteht man nur, wenn man von hier kommt.«

Die Krummhörner machten ihrem Ruf als eingeschworene, verschlossene Gemeinschaft alle Ehre. Wieder einmal verstand Fenja, wie schwierig es wäre, hier langfristig Fuß zu fassen. Selbst Yas, die seit Ende ihres Studiums in Greetsiel lebte, galt noch als Zugezogene, hatte es aber anscheinend leichter, da sie durch ihren Beruf täglich mit vielen Bewohnern in Kontakt kam, die auf sie angewiesen waren.

Nach einer Weile bemerkte Fenja eine müde wirkende Frau mit dunklen Augenringen, die es sich auf der lang gezogenen Couch mit einem Teller Kuchen bequem gemacht hatte. Spontan holte sie sich auch einen Teller und setzte sich zu ihr.

»Hi«, grüßte sie die Frau freundlich.

»Hi«, kam es knapp zurück. Die Frau gähnte und strich sich eine ihrer hellblonden Locken aus der Stirn. Sie war die einzige Besucherin ohne Make-up, und auch sonst war ihr Outfit mit Jeans und T-Shirt eher leger.

Schweigend mampften sie ihren Kuchen, bis Fenja schließlich aufstand. »Möchtest du auch einen Kaffee?«

»Danke. Gerne.«

Kurz darauf stellte Fenja zwei dampfende Tassen vor ihnen ab. »Ich glaube, wir sind die einzigen Kaffeetrinker«, stellte sie fest. In der Tat hielten die anderen Gäste entweder Sektgläser, Teetassen oder Wasserbecher in der Hand.

»Ah, das tut gut.« Die Frau nahm einen Schluck. »Genau das Richtige jetzt. Es war ein langer Tag. Ich bin übrigens Frida.«

Sie erzählte, dass sie vier Kinder hatte, zwei biologische, zwei adoptiert. »Keno und Ben sind aus dem Gröbsten heraus, aber Hans ist fünf und hat nur bunte Knete im Kopf. Er hält uns alle auf Trab. Und Mila –« Sie brach ab und rieb sich die Schläfen. »Die ist erst zwei und unser Sorgenkind. Ich hoffe, mein Mann kriegt die Abendroutine allein hin. Es ist abends besonders viel zu tun.«

»Das kann ich mir vorstellen. Bei vier Kindern kommt man bestimmt selten zur Ruhe.«

Frida lächelte sie an. »Danke. Manche Leute verstehen nicht, wie viel Arbeit das ist, und denken, ich bin ›nur‹ Hausfrau. Dabei habe ich einen Vierundzwanzigstundenjob, sieben Tage die Woche. Hast du auch Kinder?«

Fenja schüttelte den Kopf. »Noch nicht.« Sie dachte an das Gespräch mit Sven, und eine stechende Traurigkeit durchfuhr sie. »Erst einmal muss ich den Richtigen finden.«

»Der kommt immer dann, wenn man ihn nicht erwartet«, lachte Frida und stupste sie freundschaftlich in die Seite. »Du wirst schon sehen.«

»Es ist nicht ganz einfach«, erklärte Fenja und versuchte, den Gedanken an Sven beiseitezuwischen. Aber Frida schaute sie wissend an. »Nur Geduld. Alle Dinge sind schwierig, bevor sie einfach werden.«

In dem Moment kam Yas auf sie zu und hielt ihr auffordernd die Hand hin. »Kommt, ihr Süßen, lasst uns tanzen.« Hinter ihr im Raum bewegten sich bereits einige Besucher im Takt.

Frida schüttelte den Kopf. »Ich muss jetzt los. Danke für die Einladung, Yas. Und es war schön, dich kennenzulernen, Fenja. Bis bald!«

»Man sieht sich!«, rief Fenja noch, da hatte Yas sie schon zu den anderen geführt.

Fenja versuchte, ihren Rhythmus zu finden. Sie liebte es zu tanzen und hatte es schon so lange nicht mehr getan. Nun verging die Zeit wie im Flug, und als die Party sich auflöste und sie auf die Uhr schaute, war es kurz vor Mitternacht.

Am nächsten Morgen konnte Fenja Oma nicht finden. Normalerweise drehte sie eine Runde durch die Station, um sich anschließend mit den anderen in der Küche zum Frühstück zu treffen. Also war sie vielleicht noch unterwegs. Fenja entschied, schon einmal in die Küche zu gehen. Als sie in den Raum trat, duftete es himmlisch. Sven stand am Herd und wendete Spiegeleier.

»Hm, das riecht lecker«, sagte Janne, die bereits am Küchentisch saß. Sie schaute auf den leeren Platz neben sich. Ihre Haare waren nass, draußen regnete es. »Wo ist Charlotte?«

»War sie nicht bei dir?«, fragte Fenja.

»Nee, ich dachte, sie ist im Haus.«

Eine düstere Vorahnung stieg in Fenja auf, und ihr Magen zog sich zusammen. »Ich geh besser mal nachschauen.«

»Oma? Bist du da drin?« Zaghaft klopfte Fenja an die Zimmertür. Als niemand antwortete, trat sie ein. Ein muffiger Geruch schlug ihr entgegen, sie rümpfte die Nase. Oma lag im Bett, trotz der Hitze im Raum war sie unter mehreren Decken vergraben. Fenja rüttelte sanft an ihrer Schulter. Doch Oma schnaufte nur und drehte sich weg. Als sie ihre Hand auf Omas Stirn legte, fühlte sie, dass diese warm und feucht war.

»Ist sie krank?«, flüsterte Janne hinter ihr.

»Ich weiß nicht.« Sie öffnete das Fenster, um frische Luft hereinzulassen. Eine kalte Windbö drang ins Zimmer und erfasste die Gardinen. Auf dem Boden lagen Omas rote Lederstiefel zwischen anderen Kleidungsstücken. Ordnung war nicht unbedingt ihr Steckenpferd.

Noch einmal versuchte sie, Oma zu wecken. »Kannst du mich hören?«

Keine Reaktion.

Betreten schaute sie Janne an. »Ich denke, wir sollten einen Arzt rufen.«

Kaum hatte sie das gesagt, kam Leben in den Deckenberg. Kissen und Daunen wurden hin und her geschoben, dann richtete Oma sich auf. »Moin«, sagte sie und schaute von Fenja zu Janne. »Ich brauche keinen Arzt, mir geht es gut. Was macht ihr in meinem Zimmer in dieser Herrgottsfrühe?«

Verlegen deutete Fenja auf Omas Wecker.

»Oh, so spät!«, rief diese und schlug die Decken zurück.

»Bist du sicher, dass du nicht zum Arzt gehen möchtest?«, fragte Fenja, während sie ihrer Oma in der Küche eine Tasse Tee eingoss. »Du siehst nicht gut aus.«

»Ach, Quatsch! Ich bin spät ins Bett. Henrik und ich hatten viel Spaß.«

»Das kann ich mir denken«, brummte Sven, der seinen Kopf hinter einer Zeitung versteckte.

Fenja versuchte, sich das nicht bildlich vorzustellen. Durch das Küchenfenster sah sie, wie jemand die Einfahrt entlangkam. »Ich glaube, da kommt uns jemand besuchen«, sagte sie.

Oma reckte den Kopf. »Das ist die kleine Änni vom Metzgermeister. Die hat viele Sorgen, die Arme. Klappt alles nicht so, wie sie sich das im Leben wünscht.« Unbeholfen erhob sie sich. »Ich kümmre mich mal um sie.«

»Das macht sie oft, nicht wahr?«, fragte Fenja, als Oma mit Änni im Garten verschwunden war. Die »kleine Änni« war um die vierzig, Alter war eben eine Frage der Perspektive.

»Was meinst du?«

»Es kommen ständig Leute, die Rat bei Oma suchen.«

»Ja. Sie hat unkonventionelle Ansichten und ein offenes Ohr für jedermann.«

»Und trotzdem hält sie die Seehundstation so verschlossen. Das macht doch keinen Sinn.«

Sven ließ die Zeitung sinken. »In ihrer Welt schon. Sie mag Menschen. Sie mag Tiere. Das heißt aber noch lange nicht, dass sie beides vermischen möchte. Du magst Rotwein und Kakao, richtig? Auch in Kombination?«

Fenja starrte ihn entgeistert an. »Diese Art zu denken ist mir fremd.«

Sven lachte, aber es war kein freundliches Lachen. »Nach ein paar Wochen an einem Ort hat man gerade mal die Oberfläche angekratzt. Vieles hier ist nicht so, wie es auf den ersten Blick scheint. Das Wetter ist meistens schlecht, die Leute grummelig und verschlossen. Wie dir geht es vielen, die hier Urlaub machen. Erst sind sie schockverliebt, dann trifft sie die Realität wie ein Schlag.« Er schaute Fenja prüfend an, doch sie zeigte keine Regung. Seine Worte trafen sie, denn natürlich steckte mehr dahinter.

»Ich bereite den Wagen vor«, sagte er dann. »Bei dem starken Wind ist es nur eine Frage der Zeit, bis der erste Anruf wegen eines Heulers kommt.«

»Warte, ich komme mit.«

»Das ist nicht nötig. Schau mal auf den Wochenplan, du bist heute für Wartungsarbeiten eingeteilt.«

Verdutzt schaute sie Sven hinterher.

»Seit wann haben wir einen Wochenplan?«

Janne schob ihr ein Blatt Papier hin, das auf Svens Platz gelegen hatte. »Anscheinend seit heute Morgen.«

Entgeistert schaute Fenja auf den Plan, der fein säuberlich in Svens Handschrift verfasst worden war. Keine ihrer Schichten deckten sich mit Svens Arbeiten.

Der Wind pfiff durch die Ritzen der alten Scheune und suchte sich seinen Weg unter Fenjas Schutzkleidung. Mit klammen Fingern zwirbelte sie ein Stück Draht um ein Gestell, das sie nutzte, um darauf Körbe zum Trocknen abzustellen. Die Kälte von außen vermischte sich mit der von innen.

So schön es gewesen war, zu ihren Wurzeln zurückzukehren und Zeit mit Oma zu verbringen, so froh war sie nun, die Krummhörn bald hinter sich zu lassen. Fast wäre sie in Versuchung geraten, ihren Aufenthalt zu verlängern. Aber Sven hatte ihr klargemacht, dass sie hier nicht hingehörte, und der Abend bei Yas hatte ihr das ebenso bestätigt.

Am späten Nachmittag fuhr sie mit dem Fahrrad in die Stadt. Der Wind war so heftig, dass sie aufpassen musste, um nicht von einer Bö vom Rad geworfen zu werden oder es unabsichtlich in einen Graben zu lenken. Aber sie wollte die Natur in ihrer ganzen Kraft spüren, sich ablenken von ihren Gedanken und der Enttäuschung darüber, das, was sie zu finden geglaubt hatte, nun doch nicht zu haben.

Ein Auto hielt neben ihr.

»Soll ich dich mitnehmen?«, rief Jörn ihr entgegen.

Obwohl ihr dicke Regentropfen ins Gesicht klatschten, schüttelte sie den Kopf. »Nein, danke. Ich kann das Fahrrad hier nicht einfach liegen lassen.« Jörn schaute sie skeptisch an, sodass sie versuchte, das Thema zu wechseln. »Wie geht es mit dem Torfschiff voran, macht ihr Fortschritte?«

»Es geht. Wir haben schon eine ganze Weile nicht mehr daran gearbeitet.« Er tippte sich an die Stirn und fuhr das Fenster wieder hoch.

Fenja stutzte: Hatte Sven ihr nicht gestern erzählt, er würde mit Sven am Torfschiff arbeiten, als sie ihn wegen des Wasserproblems angerufen hatte? Was ging hier vor sich?

Als sie wenig später völlig durchnässt auf die Station einbog, stand ein Krankenwagen im Hof, daneben parkte der Notarztwagen. Der graue Himmel hing bedrohlich über dem Ziegeldach des Wohnhauses, und der Regen war stärker geworden. In der Ferne ertönte der erste Donner.

Oh nein! Hastig stellte sie das Fahrrad ab und lief im Eilschritt zum Haus. Sie machte sich nicht die Mühe, die Schuhe auszuziehen, sondern stürmte gleich in Richtung Wohnzimmer, aus dem sie Geräusche hörte.

Wasser lief an ihrem Friesennerz herunter und tropfte auf den Holzboden. Jedes Detail auf der Tapete im Flur schien deutlicher herauszustechen, als hätte sich die Zeit verlangsamt. Dass der Notarztwagen hier war, konnte nur bedeuten, dass es Oma Lotti schlechter ging, dass es ernst war!

Schnell streifte sie die Regenjacke ab, warf sie in eine Ecke und betrat das Wohnzimmer. Dort packte Janne mit verweinten Augen eine Tasche, Sven hockte neben einer Trage, auf der Oma gerade festgeschnallt wurde.

»Fenja«, schniefte Janne, »gut, dass du hier bist. Es ist etwas Furchtbares passiert. Setz dich besser.«

Sven schaute auf, und auch in seinem Blick stand Bestürzung, vermischt mit Trauer.

Fenja stürmte zu Oma, griff nach ihrer Hand und erschrak, da sie eiskalt war. Ihre Gesichtszüge wirkten seltsam entspannt, die Augen waren geschlossen. Der Boden unter Fenjas Füßen schien zu schwanken.

»Sie ist doch nicht …?« Sie konnte es nicht aussprechen, der Gedanke war zu furchterregend.

Der Notarzt zog einen Gurt fest. »Nein, sie lebt. Aber wir müssen sie umgehend ins Krankenhaus bringen. Sie hatte einen Herzinfarkt.«

# Kapitel 6

Fenja streichelte sanft über Omas gespenstisch kalte Hand. Die Gesichtszüge der alten Frau waren entspannt, die Wangen eingefallen. Ab und an hob und senkte sich ihr Brustkorb und verriet, dass sie nur schlief.

»Was soll ich bloß machen?«, flüsterte Fenja und schüttelte sich, als ihr die Augen zufallen wollten. Die Müdigkeit hatte sie nach der schlaflosen Nacht im Bethel Krankenhaus Norden eingeholt. Ihr Rücken schmerzte.

»Guten Morgen, Frau Jansen«, ertönte eine tiefe Stimme hinter Fenja und ließ sie zusammenzucken. Vorsichtig legte sie Omas Hand aufs Bett und drehte sich zu Dr. Hallen um, der ihr lächelnd eine Tasse Kaffee hinhielt.

»Oh – vielen Dank.«

Der Kaffee weckte ihre Lebensgeister. Der Doktor strahlte mit seinen besonnenen Bewegungen eine angenehme Ruhe aus und erschien ihr beinahe wie ein rettender Engel, der sie aus den düsteren Gedanken erlöste. Fachkundig betrachtete er die Aufzeichnungen der Nachtschwestern und untersuchte Oma Lotti.

Als er fertig war, nickte er zufrieden. »Ihre Großmutter ist stabil. Aber das war ein schwerer Herzinfarkt, und wir werden sie eine Weile zur Beobachtung hierbehalten müssen. Anschließend werden wir sie zur Rehabilitation überstellen, es sei denn, sie entscheidet sich für eine ambulante Weiterbehandlung.«

Fenja atmete auf. »Also muss sie nicht operiert werden?«

»Zu diesem Zeitpunkt sehe ich keinen Anlass dazu.« Er räusperte sich, während er mit seinem Stethoskop spielte. »Sagen Sie, Frau Jansen, wie sieht das denn nun mit Ihnen aus, also ich meine –« Er brach ab, holte Luft und setzte wieder an: »Sie haben doch erwähnt, dass Sie in ein paar Tagen abreisen wollten und –« Er kratzte sich am Kopf, und Fenja wunderte sich über seine plötzliche Verlegenheit.

»Meine nächste Tour sollte in vier Tagen losgehen. Auf der *Adrianna IV* rund um das Tyrrhenische Meer. Aber ich werde das heute noch absagen. Ich kann Oma jetzt unmöglich alleinlassen.«

»Hat sie keine weiteren Verwandten auf der Krummhörn?«

»Nein. Sie hat keine Geschwister, und ihre letzte Cousine ist vor drei Jahren gestorben. Mein Vater lebt mit seiner neuen Familie in Hamburg.« Für einen Moment überlegte sie, ob sie ihren Vater anrufen und ihm von Omas Gesundheitszustand berichten sollte. Dann entschied sie sich dagegen, denn Oma wäre das bestimmt nicht recht. So gern sie sich mit ihrem Sohn versöhnt hätte, es durfte nicht erzwungen sein. Fenjas Vater hatte mehr als einmal klargemacht, dass er keinen Kontakt zu seiner Mutter wollte.

»Das heißt, Sie bleiben in der Seehundstation«, stellte der Doktor fest. Auf seinen Wangen lag eine leichte Röte, und er schlug die Augen weit auf.

Versuchte er etwa, mit ihr zu flirten? Überrascht sah Fenja ihn an. Mit seinem energischen Kinn und den intelligent wirkenden Augen war er nicht unattraktiv. Seine augenscheinliche Unsicherheit ihr gegenüber ließ sie weich werden. »Ja«, sagte sie, gespannt zu hören, wie er darauf reagieren würde.

»Wissen Sie, ich gehe gerne am Meer spazieren und freue mich jedes Mal, wenn ich einen Seehund entdecke. Ich bin in

Rysum im Verein für Artenschutz engagiert, aber da geht es eher um Insekten und Pflanzen. Ich, äh … also wenn ich irgendetwas für Sie tun kann, auch außerhalb des Krankenhauses, dann lassen Sie es mich wissen, ja?«

Fenjas Blick fiel auf seine Hände. Kein Ehering. Sie musterte ihn nachdenklich und stellte fest, dass die Socken, die unter seiner leicht zu kurzen Hose hervorschauten, zwei unterschiedliche Blautöne besaßen. Ja, er war eindeutig Single.

Sie lächelte. »Das ist sehr freundlich. Momentan mache ich mir vor allem Sorgen um Oma – und die weiß ich hier in guten Händen. Mit der Seehundstation komme ich schon zurecht.«

Im Laufe des Morgens schauten viele Besucher in Omas Krankenzimmer vorbei, um sich nach ihrem Gesundheitszustand zu erkundigen. Fenja empfing sie an der Tür, weil Oma tief schlief. Einige kannte sie vom Grillfest, andere hatte sie in Greetsiel gesehen, manche waren ihr noch völlig unbekannt. Henrik hatte den halben Blumenladen leergekauft, die Rosen passten kaum in seine Arme. Immer wieder wischte er sich verstohlen über die Augenwinkel, als Fenja ihn auf dem Gang kurz über die Lage aufklärte. Auch Janne kam kurz vorbei. Sie brachte eine weitere Reisetasche mit allem, was Oma für die nächsten Tage benötigte.

Sie sah die schlafende Lotti liebevoll an. »Ich habe ihr Makeup, Schmuck und ein paar schicke Oberteile mitgebracht. Wie ich sie kenne, wird ihr das besonders wichtig sein, wenn sie wieder aufwacht.«

»Ja, Oma legt tatsächlich Wert auf einen guten Auftritt«, stimmte Fenja ihr zu und sortierte die Sachen in den Schrank. »Janne, ich habe Neuigkeiten«, sagte sie und zog Janne zur Tür. »Ich sage meine nächste Tour ab und bleibe erst einmal hier. Ich bringe es nicht übers Herz, jetzt zu fahren. Was hältst du davon: Wir erstellen einen Plan und räumen die Seehundstation gemeinsam auf. Bringen die Finanzen in Ordnung, erstellen einen Geschäfts- und Marketingplan und sorgen dafür, dass die Station zu neuem Glanz erblüht. Ich möchte, dass alles rundläuft, wenn ich irgendwann abreise.«

Die Trauer in Jannes Ausdruck verschwand und machte einem Leuchten Platz. »Das wäre wunderbar«, sagte sie leise, fast ehrfürchtig.

Als Letztes kam Sven vorbei. Während Fenja am Vorabend mit dem Krankenwagen mitgefahren war, war er in der Station geblieben, um sich dort um alles zu kümmern, und sie hatte ihn über Handynachrichten auf dem Laufenden gehalten. Zu ihrer Überraschung wirkte er dennoch äußerst aufgewühlt. Seine Wangen waren rot gefleckt, seine Bewegungen fahrig. Er trug einen schwarzen Anzug, der so gar nicht zu ihm zu passen schien, ihm aber außerordentlich gut stand. Trotzdem wirkte der Anzug fehl am Platz, immerhin war Oma noch am Leben.

Er stellte einen Topf mit einer weißen Orchidee auf das kleine Abstellschränkchen. »Omas Lieblingsblumen«, sagte er tonlos.

Fenja nickte und erstattete ihm einen ausführlichen Bericht, während er reglos aus dem Fenster schaute.

»Ich komme gegen Mittag, um dich abzulösen«, versprach er. »Ich muss vorher noch etwas erledigen.«

Die Stunden vergingen, aber Sven kam nicht wieder. Fenja döste ein, bis jemand sie sanft an der Schulter rüttelte. Dr. Hallen stand vor ihr. »Entschuldigen Sie die Störung, Frau Jansen, aber ich habe gerade Pause und dachte, Sie müssten ebenfalls Hunger haben. Darf ich Sie zu einem späten Lunch einladen?«

Langsam lichtete sich der Nebel in Fenjas Kopf, und sie schaute auf ihre Uhr. Halb zwei. In ihrem Magen klaffte ein gähnendes Loch. Unsicher schielte sie in Oma Lottis Richtung.

»Ihre Großmutter wird in der Zwischenzeit gut umsorgt werden, machen Sie sich keine Sorgen. Ich habe den Schwestern Bescheid gegeben, sie besonders im Auge zu behalten.«

Sein Versprechen beruhigte Fenja, und so schloss sie sich ihm guten Gewissens an.

Dr. Hallen führte sie an der Mensa und dem Bistro im Erdgeschoss vorbei und aus dem Krankenhaus heraus. Die Sonne schien, und die frische Luft tat ihr gut. Es kam ihr vor, als hätte sie in den vergangenen Stunden vergessen zu atmen. Schweigend gingen sie einige Schritte die Straße entlang, bis sie ein kleines italienisches Restaurant erreichten.

»Hier sind wir.« Dr. Hallen hielt ihr die Tür auf, und ein verführerischer Duft drang ihr entgegen. Das Innere des Restaurants wirkte sehr gemütlich. Die Tische waren mit rot-weiß karierten Tischtüchern eingedeckt, und Kerzen schufen eine behagliche Atmosphäre.

»Darf ich?« Dr. Hallen schob den Stuhl für sie zurück, damit sie sich setzen konnte. Er roch nach einem teuren Parfum mit einer Note von Bergamotte. Seine Schläfen waren ergraut, aber er war keine zehn Jahre älter als sie. Sein kantiges Gesicht hatte etwas Strenges, das durch die tief liegenden Augenbrauen verschärft wurde. Er erinnerte sie an die Offiziere aus Kriegsfilmen, die mit hinter dem Rücken verschränkten Armen eine autoritäre Ernsthaftigkeit ausstrahlten. Seine Bewegungen hingegen waren fließend und fein, wie man es von einem Doktor erwartete, und er lächelte sie so freundlich an, dass ihr ganz warm ums Herz wurde. Galant reichte er ihr die Speisekarte.

»Können Sie mir etwas empfehlen?«, fragte Fenja, der langsam etwas mulmig wurde. Die Angst nach Omas Herzinfarkt hatte sie betäubt, sie hatte sich über die Aufmerksamkeit des Arztes gefreut und angenommen, dass sie in die Cafeteria des Krankenhauses gehen würden. Wirklich bereit für ein romantisches Essen zu zweit war sie hingegen nicht. Die Trennung von Torsten und die merkwürdige Sache mit Sven machten ihr noch genug zu schaffen.

»Ja, klar. Ich kenne die Speisekarte in- und auswendig, das ist mein Lieblingsrestaurant«, sagte er stolz. Direkt darauf schlug er die Augen nieder. »Nur, dass ich hier normalerweise allein diniere. Der Ecktisch dort hinten ist mein gewöhnlicher Platz.«

Fenja schaute zu dem winzigen Tisch hinüber, der trotz Kerze im Halbdunkel stand. Mitleid durchströmte sie. Dr. Hallen mochte gut verdienen – aber mit Geld konnte man nicht alles kaufen.

»Deswegen genieße ich Ihre Begleitung heute besonders. Als Vorspeise empfehle ich das Oktopuscarpaccio auf Linsensalat und zum Hauptgang die Königsbrasse. Wenn Sie Wein mögen, dazu ein Glas Lugana. Als Dessert macht Giovanni eine unwiderstehliche Zabaglione.«

Fenja schluckte. Drei Gänge ... So lange hatte sie Oma nicht allein lassen wollen. Aber es wäre unhöflich, den Arzt jetzt sitzen zu lassen. Außerdem verbrachte er offenbar mehr Zeit allein, als ihm lieb war, da wollte sie ihn nicht derart unfreundlich abweisen.

»Die Königsbrasse klingt gut«, sagte sie, und er schien mit ihrer Wahl zufrieden. Im Schein der Kerze wirkten seine Augen tiefgründig und besonnen. »Was nehmen Sie?«

Statt ihre Frage zu beantworten, ließ er die Speisekarte sinken. »Können wir uns nicht duzen? Ich finde es so ungemütlich, sich beim Essen zu siezen. Ich bin Wilko.«

***

Er hatte sie ausgetrickst. Fenja war kurz zur Toilette verschwunden gewesen, und als sie wiederkam, war die Rechnung bereits bezahlt. Sie hatten sich gut unterhalten, und Wilko hatte keine Versuche gestartet, mit ihr anzubändeln, wofür sie dankbar war. Sie flirtete selten und war niemand, der sich leichtfertig auf Beziehungen einließ. Im Gegenteil, sie brauchte so viel Zeit, um einen Mann kennenzulernen, dass sie dadurch in der Vergangenheit schon einige Gelegenheiten verpasst hatte. Bis sie wusste, was sie wollte, hatte ihr Gegenüber oft die Geduld verloren.

Wilko hatte einfach nur von seiner Arbeit erzählt und sie von ihrer. Er war geschieden, seine beiden Kinder waren erwachsen und lebten in New York.

Es hatte keinen Anlass gegeben, ihm einen Korb zu geben, weil er nichts Zweideutiges – oder Eindeutiges – gesagt hatte. Nur die Sache mit der Rechnung fuchste Fenja. Sie wollte ihm nichts schuldig sein.

»Das geht schon in Ordnung«, versicherte Wilko ihr. »Habe ich gern gemacht.«

»Na gut«, willigte sie schließlich ein. »Aber dann revanchiere ich mich morgen zumindest mit einem Kaffee.« Noch während sie es aussprach, bereute sie es bereits.

Doch es war anscheinend genau das, was Wilko sich erhofft hatte. Zufrieden strahlte er sie an. »Das nehme ich gerne an.«

Fenja biss sich auf die Lippe – zwei Treffen an zwei Tagen, das konnte man auch als Dates missverstehen.

Nachdem sie sich von Wilko verabschiedet hatte, freute sie sich darauf, wieder zu Oma zurückzukommen. Die war mittlerweile wach und saß aufrecht im Bett.

»Hallo Fenja!«, rief sie ihr mit krächzender Stimme zu. »Ich hoffe, du bist hier, um mich abzuholen.« Sie hatte roten Lippenstift aufgelegt und sich ein buntes Tuch um die Haare gebunden. Auf den ersten Blick wirkte sie munter, doch ihre Augen konnten die Erschöpfung nicht verstecken.

»Hallo Oma, schön, dass es dir etwas besser geht! Soll ich dir etwas zu trinken holen?«

»Nein, ich habe eben erst unter Aufsicht von Schwester Antje ein Glas Wasser leeren müssen. Ach, jetzt guck doch nicht so bedröppelt. Du machst dir zu viele Sorgen, Kind. Mir geht es gut. Ein paar Tage Ruhe, und ich bin ganz die Alte.«

Fenja holte tief Luft und setzte sich zu ihr. »Oma, hör zu: Ich habe meine nächste Tour abgesagt, ich bleibe noch eine Weile bei dir, wenn es dir recht ist.«

»Ist gut, mein Kind. Darüber freue ich mich sehr.« Lächelnd lehnte Oma Lotti sich zurück. »Jetzt sag mal: Ist auf der Station alles in Ordnung?«

Bevor Fenja antworten konnte, klopfte es an die Tür, und Sven trat herein, um sie abzulösen. Er trug jetzt wieder Jeans und ein hellgraues T-Shirt mit dem Aufdruck einer Rockband. Sein Ausdruck war gehetzt. Er winkte ihr zu, und Fenja gab Oma einen Kuss auf die Wange und eilte zu ihm.

»C1 bis C3 sind fertig für heute, alle anderen müssen noch gereinigt werden. Die Pumpe hakt leider etwas, prüfe sie besser noch mal. Die Heuler müssen gewogen werden, und eine Einkaufsliste liegt auf dem Tisch. Ich hatte noch Privates um die Ohren und bin nicht hinterhergekommen. Schaffst du das?«

»Kein Problem.«

Svens Schultern hingen schlaff herunter, seine Arme schlackerten fahrig. Müde fuhr er sich über die Stirn und schloss die Augen. »Okay, alles Weitere ist dir überlassen«, sagte er leise. Er wirkte so traurig, dass Fenja ihn am liebsten umarmt hätte. Aber sie spürte, dass er das nicht zulassen würde.

»Mach dir keine Sorgen, Sven. Alles wird gut«, flüsterte sie. Bedrückt ging sie den langen Gang in Richtung Ausgang.

Kurz bevor sie die Stationstür erreicht hatte, stürmte eine weinende Krankenschwester an ihr vorbei, die sich ihre rote Wange hielt.

»Oh! Kann ich Ihnen …«

Da war die Schwester schon an ihr vorbei und in einem Personalzimmer verschwunden.

»… helfen?«, beendete Fenja ihren Satz.

In der Seehundstation kümmerte sie sich um die täglichen Arbeiten. Erst spritzte sie die verbliebenen Becken sauber, dann schrubbte sie den Boden. In einer Ecke hatten sich Algen gebildet, die sie mit einer Metallbürste bearbeitete. Der Gedanke an Sven ließ sie nicht los, er hatte untröstlich gewirkt.

Endlich war der unangenehme Teil der Aufgaben erledigt, und sie rührte das Futter für die Heuler an. Zuerst war Kleimoors dran, ein mopsiger Kerl, der aber äußerst fidel war. Normalerweise wurden die Heuler an ihren Becken gefüttert, aber Kleimoors hatte eine Wunde direkt über dem Auge, dort, wo sich ein Angelhaken verfangen hatte, und die musste täglich behandelt werden. Kleimoors konnte bereits ohne Magensonde fressen, schaffte es allerdings einfach nicht, sauber seinen Fisch zu verspeisen. Es kleckerte und spritzte, und Fenja sah nach der Fütterung aus, als wäre sie durch einen Fischbreiregen gelaufen.

»Du bist aber auch ein guter Esser«, lobte sie den Kleinen und notierte das Gewicht in dem Büchlein, das neben der Waage stand.

Janne betrat den Raum. »Fenja, warte, ich übernehme Kleimoors.«

Gemeinsam kümmerten sie sich um die anderen Tiere.

»Warst du schon einkaufen?«, fragte Fenja.

Zu ihrer Erleichterung nickte Janne. »Ich habe außerdem das Unkraut im Garten gezupft, den Kies geharkt und die Rezeption gewischt. Die Führungen habe ich für heute und morgen abgesagt, aber alles andere ist unter Kontrolle. Lass uns ins Haus gehen und eine Pause machen.« In Platt schob sie hinterher: »Ik mook uns eben en Koppke Tee.«

»Du bist die Beste.«

Janne grinste. »Ich weiß.«

Auf dem Esstisch lag ein halb eingestaubter Stapel mit Dokumenten. Ordner, Hefte, Briefe – geöffnet und ungeöffnet – und Berge von Rechnungen. Fenjas Augen weiteten sich. »Ui«, sagte sie.

Janne klopfte auf die Unterlagen. »Wir haben Arbeit vor uns.«

Fenja seufzte. Für ihren Geschmack war Janne viel zu enthusiastisch. Ihr selbst waren Finanzangelegenheiten ein Gräuel, Janne hingegen schien es gar nicht abwarten zu können, dass die beiden Teetassen vor ihnen standen und sie Fenja von ihren Erkenntnissen erzählen konnte.

»Charlotte reißt mir den Kopf ab, wenn sie erfährt, dass ich an ihrem privaten Schrank war. Aber das ist mir die Sache wert«, begann sie. »Also: Zuerst müssen wir alle Unterlagen durchgehen, um ein besseres Verständnis der Lage zu bekommen. Kontoauszüge, Rechnungen, Mahnungen und dergleichen. Ausgaben versus Einnahmen.« Sie seufzte. »Letzteres ist eine sehr kurze Liste.«

Sie machten sich an die Arbeit und sortierten die Belege. Einmal, als sie Svens Gehaltsabrechnung sah, musste Fenja schmunzeln. Oma bezahlte ihn mehr als fair. Sie schien zu wissen, was sie an ihm hatte. Darüber hinaus gab es allerdings wenig zu lachen, und nach einer Weile sprach Fenja aus, was beide dachten: »Das ist ein unglaubliches Durcheinander. Ich glaube, Oma hat kein gutes Händchen für Finanzen.«

Janne, die gerade ein paar Zahlen auf einem Zettel notiert hatte, nickte betrübt. »Geld interessiert sie einfach nicht. Und so ehrenhaft das sein mag, für die Nachhaltigkeit der Seehundstation ist das eine Katastrophe.«

»Sie hat bis jetzt durchgehalten.«

»Hat sie das?« Demonstrativ stand Janne auf, zog die Gardine vor dem Fenster zur Seite und deutete nach draußen. »Es gibt keine Stelle in der Station und den anderen Gebäuden, die nicht renovierungsbedürftig ist. Es ist nur eine Frage der Zeit, bis alles in sich zusammenfällt. Und vielleicht ist diese Zeit bald gekommen.«

Als wollte sie Jannes Worte bekräftigen, fiel in diesem Moment die Gardinenstange herunter. Janne kämpfte sich unter dem weißen Stoff hervor, während Fenja sich auf die Lippe biss. Sie war Konditorin, verflixt noch mal, und keine Buchhalterin, das hier war nicht ihr Fachbereich!

»Ich wünschte, Sven würde uns unterstützen«, sagte sie und

schnippte mit dem Finger gegen einen Briefumschlag. »Aber der ist momentan einfach nicht zurechnungsfähig.«

Janne zuckte kaum merklich zusammen. »Das ist ja auch kein Wunder«, sagte sie leise.

»Warum? Es ist schließlich *meine* Oma, die im Krankenhaus liegt, und trotzdem schaue ich in die Zukunft und versuche, die Situation proaktiv anzugehen. Er hingegen ist kaum ansprechbar, wirkt abweisend und fahrig. Kannst du dir vorstellen, dass er in einem Traueranzug ins Krankenhaus gekommen ist? Als wäre Oma schon tot.«

»Du weißt es nicht?« Janne setzte sich ihr gegenüber, ein kummervoller Ausdruck lag nun auf ihrem Gesicht. »Hat er es dir nie erzählt? Der Anzug hatte andere Gründe. Heute ist der Todestag seiner Mutter. Frederike ist im Kindbett gestorben. Er hat sie nie kennengelernt, leidet aber trotzdem unter dem Verlust, ebenso wie sein Vater Hajo. Du kennst ihn wahrscheinlich: Er fährt als Kapitän des Ausflugsschiffes *Robbenglück* zur See. Hajo hat nie aufgehört, Frederike zu lieben. Jeden ersten Freitag im Monat hält er mitten auf dem Meer, läutet die Schiffsglocke und wirft einen Strauß Rosen ins Wasser. Zu Ehren von Frederike. Sie wurde damals in einer Seebestattung beigesetzt.«

Stille. Nur das Ticken der Küchenuhr tönte durch den Raum. In der Ferne knarzte eine Tür, die der Wind schwingen ließ. Fenja glaubte, ihr eigenes Herz pochen zu hören, so ruhig war es. Ein schlechtes Gewissen machte sich in ihr breit, hüllte jeden letzten Winkel ihres Bewusstseins ein. Sie hatte Sven unrecht getan, dabei kämpfte er gerade mit seinen eigenen Dämonen. Er hatte so traurig ausgesehen, bestimmt litt er mehr, als er es jemals zugeben würde. Vielleicht konnte sie ihm helfen – und er ihr. Sie musste sich unbedingt mit ihm aussprechen.

***

Am nächsten Tag traf sie sich mit Wilko in einem modernen Café, das unweit des Krankenhauses in einer Nebenstraße lag. Sie hatte es vor allem deshalb ausgewählt, weil es klare Linien und ein nur wenig schmuckvolles – oder romantisches – Ambiente besaß. Ein Treffen in der Krankenhauscafeteria hatte er mit dem Hinweis auf neugierige Kollegen abgelehnt.

Sie wollte es möglichst schnell hinter sich bringen, damit sie ihm nichts mehr schuldete und Wilko nicht mit überstürzten Erwartungen an sie herantrat, denen sie nicht gerecht werden konnte. Sie trug dezente Farben und hatte sich für eine Bluse mit hohem Kragen entschieden.

Wilko schien ihr Outfit dennoch zu gefallen. »Hübsch siehst du aus«, begrüßte er sie, die Stimme eine Nuance zu tief, um als rein freundschaftlich durchzugehen, und ließ sich wieder in seinem Korbstuhl ihr gegenüber nieder. Als sie ebenfalls an dem kleinen Tisch Platz genommen hatte, reichte er ihr einen Zettel, auf dem er eine Handynummer notiert hatte.

»Eben kam eine Frau vorbei, die Frau Schepker, also deine Oma sprechen wollte. Sie stellte sich als Wenx Hellwig vor und schien nicht von hier zu sein. Allerdings war sie recht nachdrücklich und, ehrlich gesagt, auch anstrengend. Deine Oma schlief, und ich habe kein gutes Gefühl bei der Sache. Es ist wichtig, dass sie keinen unnötigen Stress hat. Vielleicht möchtest du dich um die Angelegenheit kümmern?«

In Fenjas Kopf schrillte eine Warnglocke, der Name kam ihr bekannt vor. Wo hatte sie ihn nur schon einmal gehört? Es wollte ihr nicht einfallen.

Sie bestellten zwei Stücke Mandarinentorte und dazu Kaffee. Als beides serviert wurde, nahm sie genüsslich einen Schluck aus der köstlich duftenden Tasse, während sie mit einem Ohr Wilko zuhörte, der von seinem Segelschiff schwärmte. »Wenn das Meer morgens im Stillen liegt und die Schleier langsam weichen, das ist eine ganz besondere Zeit. Die Sonne scheint größer vom Bootsdeck aus, und alle Farben sind intensiver. Das musst du gesehen haben.« Hoffnungsvoll schaute er sie an, aber sie reagierte nicht darauf. Stattdessen klaubte sie sich die Sahnehaube von ihrem Kuchen und versenkte sie in ihrem Kaffee.

»Wilko«, setzte sie dann an. »Ich möchte ganz offen sein. Ich –« Weiter kam sie nicht, denn eine wohlbekannte Stimme räusperte sich hinter ihr.

»Entschuldigt die Störung.« Es war Sven. »Guten Morgen, Dr. Hallen. Hallo Fenja.« Er fixierte sie, als suchte er etwas in ihrem Blick. Auf seinem Rücken trug er einen riesigen Rucksack. »Du bist nicht ans Telefon gegangen, und eine der Schwestern hat mir verraten, wo du steckst. Ich habe einen wichtigen Termin. Könntest du bei Charlotte vorbeischauen und dann das Handy übernehmen, falls Anrufe zur Heulerrettung reinkommen?«

»Na klar, kein Problem.« Neugierig scannte sie den Rucksack, aus dem ein bunter Stoffstreifen hervorguckte.

»Guten Morgen, Herr Steenblock«, sagte nun auch Wilko. Er klang deutlich kühler als zuvor. »Frau Schepker ist gut versorgt, es besteht kein Grund für Fenja, unser kurzes Kaffeetrinken abzubrechen.«

Fenja schüttelte den Kopf. »Das ist nett, Wilko. Aber wenn ich Svens Arbeit in der Station übernehme, dann sollte ich wirklich sofort los, um Oma wenigstens einen guten Morgen zu wünschen.«

»Wilko?«, wiederholte Sven verdutzt, ohne den Blick von ihr abzuwenden. »Man ist also schon per Du?«

Fenja zog die Augenbrauen hoch. Was sollte das denn? Nun, egal! Sie winkte den Kellner heran, um zu zahlen. Aus dem Augenwinkel sah sie, wie sich kleine Gewitterwolken auf Wilkos Stirn zusammenbrauten.

Draußen vor dem Café kramte sie ihren Fahrradschlüssel hervor. Wilko war trotz der kurzen Entfernung zum Krankenhaus mit dem Auto hier, es war Zeit, sich voneinander zu verabschieden.

Sven hatte sich ein paar Meter entfernt an eine Hauswand gelehnt, und Fenja fragte sich, was er hier noch machte, wenn er doch einen wichtigen Termin hatte. Sie wurde aus ihm einfach nicht schlau.

Der Doktor rang mit seiner Contenance, als Sven eine Melodie zu pfeifen anfing. Wilko verdrehte die Augen und schloss die Faust um seinen Autoschlüssel so fest, dass die Haut weiß wurde. Dann jedoch schnaubte er, trat auf Fenja zu und griff nach ihrer Hand. »Vielen Dank für die Einladung, auch wenn unser Treffen leider kurz war.« Seine Hand war kalt und sehnig, sie spürte Hornhaut an seinem Zeigefinger. Unruhig schaute Wilko zu Sven hinüber, der mittlerweile verstummt war. Seine Stimme wurde leiser. »Du bist wirklich eine ganz besondere Frau, Fenja. Du bist attraktiv, nett, hast Humor, und ich bewundere deinen Tatendrang. Ich würde dich wirklich gerne wiedersehen. Darf ich dich am Wochenende zum Segeln einladen? Nur du und ich und das Meer.«

Er stand so nahe vor ihr, dass sie sein Parfum riechen konnte und glaubte, seine Unsicherheit spüren zu können. Es tat ihr weh, ihn zu verletzen, aber es musste sein. Es war besser, jetzt ehrlich zu sein, damit er sich nicht zu viel erhoffte.

Doch bevor sie antworten konnte, schlenderte Sven zu ihnen herüber. »Ich muss jetzt los«, sagte er, als wäre das eine wichtige Nachricht. Er hielt ihr das Handy hin, auf dem die Robbenmeldungen eingingen.

»Okay. Tschüss«, sagte Fenja kurz angebunden. Ihr wurde die Situation mit jeder Sekunde unangenehmer. Was war das? Ein Hahnenkampf? Sie nahm das Handy und steckte es in die Tasche.

Sven bewegte sich jedoch nicht vom Fleck, und Wilko schaute sie fragend an. Er wollte eine Antwort, legte eine Hand auf ihren Unterarm. Sie atmete langsam aus und straffte die Schultern. »Ich weiß dein Angebot sehr zu schätzen, Wilko. Aber im Moment ist mir das alles zu viel.«

Sie entzog sich seinem Griff und sah die Enttäuschung in Wilkos Miene. Fieberhaft suchte sie nach Worten – sie konnte schlecht erwähnen, dass sie gerade erst heftig enttäuscht worden war, wenn Sven direkt neben ihr stand.

*Sven.* Ihre Stirn legte sich in Falten, als sie bemerkte, wie er abschätzig die Nase rümpfte und anschließend den Kopf schüttelte, als würde er ihr kein Wort glauben. Wie kam er dazu? War er nicht derjenige gewesen, der sich entzogen und klargemacht hatte, dass aus ihnen nichts werden würde? In ihrem Magen rumpelte es, als die Erinnerungen an ihre gemeinsamen Streifzüge in ihr aufstiegen, und ein schmerzhafter Stich durchzuckte sie. Wie konnte er es wagen, ihr das Herz zu brechen und sich jetzt zwischen Wilko und sie zu stellen?

Wilko hatte den Kopf gesenkt, was seine leicht abstehenden Ohren noch ein wenig mehr betonte. Seine Schultern hingen herunter, und er wirkte verloren. Jetzt tat er ihr leid, und sie fühlte sich schuldig. Sie hatten sich gut verstanden – vielleicht würde es irgendwann eine bessere Gelegenheit geben, sich näher kennenzulernen. Wie aus weiter Ferne hörte sie ihre Stimme, als sie hinzufügte: »Aber wir können gerne in Kontakt bleiben und darüber reden, wenn es meiner Oma besser geht.«

Svens Augen schienen sich zu verdunkeln, seine Mimik aber blieb unbewegt.

# Kapitel 7

Die nächsten Tage vergingen wie im Flug und schienen nicht genug Stunden zu haben. Fenja rotierte zwischen Krankenhaus, Seehundstation und Greetsiel und fuhr bis nach Nessermersiel, um einen verlassenen Heuler einzusammeln. Meistens schlief Oma, wenn sie im Krankenhaus vorbeischaute. Henrik hatte es sich in einer Ecke in ihrem Zimmer gemütlich gemacht und hielt geduldig Wache. Die Zeit vertrieb er sich, indem er entweder durch Künstlermagazine und Ausstellungskataloge blätterte oder auf seinem Zeichenblock herumkritzelte.

»Ist das eine Blumenvase?«, fragte Fenja und deutete auf seine aktuelle Skizze.

Henrik grinste und drehte das Papier zu ihr herum. Es handelte sich tatsächlich um einen Blumenstrauß, aber er steckte nicht in einem Gefäß, sondern bedeckte spärlich die Konturen einer nackten Frau. Er lachte, als sie rot anlief. »Das ist alles Natur. Wir sind alle nackt, auch wenn wir uns hinter einer Schicht Kleidung verstecken. Dabei sind unsere Körper so schön.« Während er das sagte, betrachtete er Oma Lotti liebevoll.

»Sie ist so etwas wie deine Muse, richtig?«

Henrik nickte bedächtig. »Das kann man so sagen. Ich mag kein Salvador Dalí sein, aber sie ist meine Gala.« Er stockte kurz, um Luft zu holen. »Garlef hat sie nicht gut behandelt. Dabei ist sie der beeindruckendste Mensch, den ich kenne. Eine Schale hart wie Beton und ein Herz so weich wie Apfelmus.«

Obwohl Oma schlief, trug sie Lippenstift. Trotzdem wirkte sie zerbrechlich und blass. Die Venen auf ihrem Arm stachen blau hervor und ließen sie älter erscheinen, als sie war.

»Danke, dass du dich so gut um Oma kümmerst. Das rechne ich dir hoch an«, sagte Fenja. Müde rieb sie sich die Stirn. »In der Station gibt es viel zu tun. Ich möchte, dass alles in geordneten Bahnen verläuft, wenn sie nach Hause kommt.«

»Das mache ich gerne. Ich denke, sie holt viel Schlaf nach.« Er strich sacht über Oma Lottis Arm. »Bevor du auf die Krummhörn gekommen bist, hat sie pausenlos gearbeitet und sich nie eine Pause gegönnt. Ich hoffe nur, ich kann diese olle Schrapnelle von ihr abhalten, die ständig nach ihr fragt.«

»Wenx Hellwig?«

Henrik guckte verdutzt. »Ja, genau. Kennst du sie?«

»Nein, Wilko hat mir von ihr erzählt.«

»Wilko?«

»Dr. Hallen.«

»Soso.«

Sie schnappte sich ihre Handtasche und suchte nach dem Zettel mit Frau Hellwigs Nummer. »Ich rufe sie nachher an und finde heraus, was sie von Oma will.«

In der Seehundstation setzte Fenja sich an den Computer und widmete sich dem Programm für Schulkinder, das sie sich gemeinsam mit Janne ausgedacht hatte. Sie wollten gezielte Führungen für sie anbieten, am besten unterrichtsbegleitend.

Erleichtert fuhr sie den Computer herunter, als Sven zum Mittagessen rief. Er kochte einfach, aber gut. Heute gab es Spiegeleier auf gebratenem Vollkornbrot.

»Schmeckt überraschend gut«, gestand sie und hielt sich zurück, nach dem Salzstreuer zu greifen.

»Soll das ein Kompliment sein?«, fragte Sven gereizt, wie so oft in letzter Zeit.

»Ja.«

»Na dann.«

Janne schaute unglücklich zwischen ihnen hin und her. »Lass uns nachher noch an den Gartenmöbeln arbeiten«, lenkte sie ab. »Wir sollten das gute Wetter nutzen. Könntest du in der Zwischenzeit den Schuppen entrümpeln, Sven?«

Sven nickte nur.

»Gut, dann ist es abgemacht«, sagte Fenja betont fröhlich und widmete sich ihrem Essen.

Die Seehundstation hatte sich in eine Baustelle verwandelt. Vor dem Haus stand ein großer Container, und jedes Mal, wenn Sven ein altes Gerät oder anderes Gerümpel hineinwarf, schallte es laut über den Gulfhof.

Systematisch ging er die Gebäude durch, räumte auf, sortierte aus, entsorgte. Währenddessen strichen Fenja und Janne Wände, reparierten Gehege, richteten die Rezeption und das Konferenzzimmer neu ein und versuchten, der zahlreichen Spinnweben Herr zu werden, die schneller auftauchten, als man sie wegwischen konnte. Finanziert hatte Fenja das Ganze mit ihren Ersparnissen.

»Bist du dir sicher?«, hatte Janne, die sehr sparsam war, vor jeder Ausgabe gefragt. »Du hast hart für dieses Geld gearbeitet. Dieser Farbeimer kostet sechzig Euro, möchtest du nicht lieber einen günstigeren nehmen?«

»Das ist die Farbe mit der höchsten Deckkraft. Wenn ich etwas mache, dann richtig. Auf dem Meer kann ich eh nichts ausgeben, und mein Traum von einem eigenen Haus und Geschäft ist ohnehin in weite Ferne gerückt.« *Außerdem habe ich dem Bürgermeister ein Café und einen Souvenirshop versprochen*, erinnerte sich Fenja, *und was man verspricht, das sollte man halten.*

Immer wieder setzte sie Kaffee für sich und Tee für Janne auf.

Sie arbeiteten bis spät in die Nacht und legten sich erst schlafen, als die Schleiereulen auf Beutezug gingen.

Als Fenja am nächsten Morgen früh um sieben ins Büro kam, saß Janne bereits wieder am Computer. Ihre blonden Haare waren ungekämmt, ihre Wangen wirkten hohl.

»Der Bildschirm ist unscharf«, behauptete Janne, den Kopf in die Hände gestützt.

Fenja kniff die Augen zu. »Nee, ich kann alles lesen, du bist einfach zu müde. Wir sollten heute früher Schluss machen.« Sie nahm Janne die Maus ab und begutachtete ihre Arbeit. »Der Flyer sieht gut aus. Der lockt bestimmt Touristen an. Sobald er gedruckt ist, verteile ich ihn in Pensionen, Geschäften und an allen Sehenswürdigkeiten wie dem Nationalparkhaus, dem Mühlenladen und der Manningaburg.«

Janne nickte. »So machen wir es. Ich rufe nachher auch noch ein paar Leute aus dem Ort an, um die Werbetrommel zu rühren. Den Bandleader der Dwaarsbüngel, diesen Andy, der beim *Safaricamp* im Fernsehen mit dabei war, den Bürgermeister und Frau Dr. Bleeker von der Gemeindeverwaltung. Je mehr Leute wir für uns gewinnen können, desto besser. Die Seehundstation muss zugänglicher werden.«

Sie sprach nicht aus, was sie beide dachten – nämlich, dass Oma das bereits vor Jahren hätte tun sollen.

»Den Bürgermeister kann ich selbst übernehmen«, bot Fenja an, »zu dem hatte ich bereits Kontakt.« Ihr Wecker klingelte – das war ihr Zeichen dafür, dass die Brötchen fertig waren. Sie öffnete den Backofen, und ein herrlicher Duft strömte ihr entgegen.

»Da komme ich wohl grade richtig.« Sven sah ebenso geschafft aus wie Janne und sie selbst, aber seine Wangen leuchteten rot und frisch. Er streifte seine Jacke ab und hängte sie über einen Stuhl. »Ist kühl draußen«, sagte er.

Fenja schaute ihn eine Sekunde zu lange an, und ihr Herz

schlug schneller. Sein dunkler Rollkragenpullover stand ihm gut.

»Du backst wirklich hervorragend«, sagte er wenig später und biss in eines der Brötchen, die Fenja ihm reichte.

Das Lob freute sie und stimmte sie gleichzeitig traurig – vor nicht allzu langer Zeit hatte sie für ihn einen Picknickkorb voller Delikatessen kreiert. Es kam ihr vor, als wäre es eine Ewigkeit her. Aber er wollte sie nicht, und seine Zurückweisung hatte ein Loch in ihr Herz gerissen, das furchtbar brannte.

Nach dem Frühstück half sie ihm, einen verletzten Heuler zu versorgen. Sie hielt das zappelnde Tier, während Sven dessen Temperatur maß und eine Tinktur vorbereitete.

»Sag mal«, fragte er, ohne dabei aufzusehen, »das mit Dr. Hallen und dir …« Seine Haltung wirkte angespannt.

»Ja?«, entgegnete Fenja scharf. »Was ist damit?«

Sven zögerte, legte den Messtrichter neben die Ablage, sodass er auf den Kachelboden fiel. Zum Glück war er aus Plastik. »Ach nichts, vergiss es.« Er biss sich auf die Unterlippe.

Nachdem sie die Küche aufgeräumt hatten, fuhr Fenja mit dem Rad in den Ort, um ein paar Besorgungen zu machen. Als sie ihre Handtasche öffnete, fiel ein Zettel heraus.

*Wenx Hellwig*, las sie, und reflexartig zerknüllte sie den Zettel. Dann strich sie ihn wieder glatt, holte sich eine Cola und setzte sich am Hafen auf einen Poller. Mal sehen, was die Frau wollte. Kurz entschlossen nahm Fenja ihr Handy aus der Tasche und wählte die Nummer.

»Hallo?«

Die Stimme klang so schrill, dass Fenja das Handy etwas weiter vom Ohr entfernt hielt. »Hi, hier ist Fenja Jansen, die Enkelin von Charlotte Schepker.«

»Oh. Vielen Dank für Ihren Anruf. Das ist ganz wunderbar, Sie kennenzulernen, ich freue mich wirklich außerordentlich.«

Fenja glaubte zu spüren, wie Sirup aus dem Lautsprecher tropfte, so süßlich klang die Dame am anderen Ende der Leitung auf einmal. »Sie haben Ihre Nummer im Krankenhaus hinterlassen. Was kann ich denn für Sie tun?«, fragte sie.

»Treffen Sie mich heute um 15 Uhr am Flinnerke, und ich erzähle es Ihnen direkt. Sie wissen, wo das ist?«

»Ja. Aber ich –«

»Wunderbar! Bis dann.« Damit legte sie auf.

Verwundert schaute Fenja auf ihr Handy. Wer war diese Frau, und was um Himmels willen wollte sie?

Das Flinnerke war ein schickes Boutiquehotel, das viele Politiker und die Hautevolee anzog, was bei einem Zimmerpreis von knapp 350 Euro für die Nacht auch wenig verwunderlich war. Von außen betrachtet war es eine schicke Jugendstilvilla, die den Charme der Belle Époque mit der Klarheit von nordischem Design und ostfriesischer Gastfreundschaft verband.

Punkt 15 Uhr stand Fenja in der Lobby zwischen vergoldeten Marmorsäulen und Medici-Vasen und schaute an sich hinunter. In diesem edlen Ambiente schämte sie sich ihrer Bluejeans und des löcherigen Shirts, dessen ausgefranster Kragen von der harten Arbeit zeugte, die sie jeden Tag in der Station verrichtete.

Doch bevor Fenja den Rückzug antreten konnte, öffnete sich die Aufzugtür, und heraus trat eine schlanke Frau Mitte vierzig mit strenger blonder Kurzhaarfrisur, schwarz gerahmter Wayfarer-Brille und gebräuntem Teint. Sie bewegte sich auf Fenja zu, als würde sie über einen Laufsteg gehen, und ließ die Pailletten auf ihrer Strickjacke im Licht des Kronleuchters funkeln.

Mit jedem Schritt wurde ihr Lächeln breiter, bis Fenja schließlich glaubte, einem Hai gegenüberzustehen.

»Hallo, meine Liebe, schön, dass Sie es einrichten konnten.«

»Guten Tag«, antwortete Fenja und reichte ihr zaghaft die Hand. Wenx Hellwigs Händedruck war so schlüpfrig wie der eines Fisches.

»Lassen Sie uns ins Lesezimmer gehen, da sind wir um die Uhrzeit ungestört. Ich lade Sie auf einen Espresso ein.«

Widerspruchslos folgte Fenja ihr. Ein Concierge nickte ihr zu und schaute sie fast mitleidig an. Sie ließ sich gegenüber von Wenx Hellwig in einen geräumigen Ohrensessel gleiten, der so weich war, dass er sie zu verschlingen schien.

»Darf ich fragen, woher Sie meine Oma kennen?«, wagte Fenja einen Vorstoß.

»Oh, natürlich. Ich habe Ihre Oma in den letzten Jahren öfter besucht. Sie ist eine außerordentlich souveräne Frau.«

Etwas an dem Satz klingt erzwungen, fand Fenja. »Und in welcher Beziehung stehen Sie zu ihr?«, bohrte sie nach.

Wenx Hellwig lachte. »Sagt Ihnen der Name Bekendorp etwas?«

Fenja schüttelte den Kopf, und Wenx Hellwig schnippte enttäuscht einen Fussel von der Sessellehne. »Das ist eine der reichsten Familien Hamburgs. Ehemalige Gewürzhändler, Sie wissen schon, altes Geld. Jedenfalls sind die Bekendorps im Besitz eines Ingenieurbüros in Harvestehude, nahe der Außenalster. Der Bau ist legendär und hat alle Grenzen moderner Architektur gesprengt. Lesen Sie keine Tageszeitungen?«

Fenja schüttelte den Kopf und fragte sich, worauf Wenx Hellwig hinauswollte. Plötzlich ging ihr ein Licht auf. »Moment. Harvestehude, das sagt mir etwas. Gab es wegen des Projekts nicht zahlreiche Proteste, weil ein beliebter Park mit Hundewiese dafür geopfert werden musste?«

Jetzt schaute Wenx Hellwig beleidigt. »Ein paar Querulanten gibt es immer. Und der Park wurde nur verkleinert, nicht devastiert.«

Das hatte Fenja anders in Erinnerung. Wochenlang hatten die

Zeitungen über die Demonstrationen berichtet. »Und was hat das alles mit meiner Oma zu tun?«

»Ich habe das Projekt in Harvestehude finanziert. Ich bin Investorin, wissen Sie.«

Zu ihrer offensichtlichen Enttäuschung war Fenja wenig beeindruckt. Es zuckte um Frau Hellwigs Augenwinkel, als sie weitersprach: »Ich möchte die Seehundstation kaufen und in ein avantgardistisches Wellnesshotel mit Naturbezug verwandeln. Greetsiel wird immer populärer, aber ein modernes Resort fehlt noch. Eine herrliche Marktlücke, die unbedingt geschlossen werden muss. Und mit den Seehunden zieht man distinguierte Familien aus den Städten an. Die bringen Geld in die Region. Ich habe Ihrer Großmutter bereits vor einiger Zeit von meiner Idee erzählt.«

Während sie sprach, hatte sie sich immer weiter vorgebeugt, sodass sie nun aussah, als würde sie sprungbereit auf einer Skischanze hocken.

Instinktiv lehnte sich Fenja immer weiter zurück, bis sie ihren Kopf fest in den Sessel presste. Es arbeitete in ihr. Jetzt war ihr klar, warum ihr der Name Hellwig so bekannt vorgekommen war. Sicher hatte Oma ihren Vorschlag abgelehnt. Geld war ihr nie wichtig gewesen, die Seehunde schon.

Trotzdem war sie neugierig geworden. Die Station hatte eine ausgezeichnete Lage und war großzügig gebaut, sie konnte sich gut vorstellen, dass sich die ehemals prachtvollen Gebäude des Gulfhofs für ein Hotel eigneten.

Wenx Hellwig schob ihr einen zartrosafarbenen Ordner hin. »Nehmen Sie die Unterlagen mit, und schauen Sie sich meinen Vorschlag in Ruhe an. Darin befinden sich Pläne zum Umbau, und Sie sehen genau, was ich vorhabe. Die Seehundstation wird erhalten, bekommt aber einen neuen Rahmen.«

Fenja zwang sich zu einem Lächeln. »Wir nehmen Heuler auf und behandeln vor allem die schweren Fälle. Das sind keine

Haustiere, sondern wilde Seehunde, die ihre Ruhe brauchen.« Auch bei den Führungen achteten sie darauf, die Tiere keinem Stress auszusetzen. Ein Hotel mit andauerndem Tourismusbetrieb würde kaum die nötige ruhige Umgebung bieten können.

»Da muss natürlich umstrukturiert werden. Schließlich möchten die Besucher nicht mit offenen Wunden oder anderen unästhetischen Dingen belästigt werden.« Wenx Hellwig wedelte unwirsch mit der rechten Hand, als müsste sie eine lästige Fliege verscheuchen.

Fenja zog sich der Magen zusammen. Was die Frau sagte, war so falsch, dass sie sich am liebsten die Ohren zugehalten hätte, um es sich nicht länger anhören zu müssen. Aber sie riss sich zusammen. »Wie Sie wissen, ist die Seehundstation momentan nicht im besten Zustand. Was denken Sie denn, was das Grundstück wert ist?«

Wenx Hellwig lächelte wieder ihr Haifischlächeln. Dann holte sie ein Stück Papier hervor und schrieb eine Zahl darauf. Stumm reichte sie es Fenja.

Die sah es und erblasste. Das war deutlich mehr, als sie erwartet hatte. Davon würde Oma sich ein hübsches kleines Häuschen kaufen können und ihren Alltag bis zum Ende ihres Lebens finanzieren können. Wenn da nicht die Seehunde wären … Aber wenn Oma aus dem Krankenhaus kam, würde sie kürzertreten müssen, und die Station war pleite, ihre Zukunft ungewiss. So unsympathisch diese Wenx Hellwig ihr auch sein mochte – vielleicht war das gar keine schlechte Idee.

»Meine Oma hält nichts von Ihrem Vorschlag, richtig?«

Wenx Hellwig aalte sich selbstbewusst in ihrem Sessel. »Ertappt.« Ihre Augen verengten sich zu Schlitzen. »Aber Sie«, fuhr sie fort, »*Sie* stehen der Sache offen gegenüber. Das spüre ich. Weil es eine gute Perspektive für Ihre Großmutter ist. Mit dem Geld, das sie von mir bekommt, kann sie vielen Tieren helfen. Wenn ihr danach ist, kann sie die anderen Seehundstationen unterstützen oder meinetwegen auch Orang-Utans in Sumatra sponsern. Oder sie schmeißt Kunstgalas und Benefizveranstaltungen. Möglichkeiten hat sie dann jedenfalls genug. Reden Sie mit Ihrer Oma, überzeugen Sie sie. Klassische Win-Win-Situation.«

Am liebsten hätte Fenja ihr eine gepfeffert. Gleichzeitig war sie beeindruckt, wie gut Wenx Hellwig recherchiert hatte.

»Wissen Sie, ich wünsche mir auch, dass die Seehundstation renoviert wird«, sagte sie so ruhig, wie es ihr möglich war. »Vieles fällt langsam auseinander, und ebenso wie Sie sehe ich das Potenzial, alles etwas moderner zu gestalten. Aber die Seehunde müssen im Fokus bleiben. Deren Wohl hat höchste Priorität.«

»Ach, die paar Tierchen, die Sie betreuen, meine Güte! Das ist doch eher eine private Spielerei. Immerhin gibt es die großen Stationen in Norden und Friedrichskoog. Man kann es mit der Tierliebe auch übertreiben. Ein, zwei hübsche Tiere zum Vorführen, das zieht Gäste an und reicht völlig aus.«

Nun reichte es endgültig. Ruckartig stand Fenja auf. »Danke für das Gespräch. Aber ich muss Sie leider enttäuschen. Meine Oma fällt ihre Geschäftsentscheidungen selbst, und ich habe nichts damit zu tun. Trotzdem möchte ich Sie nachdrücklich bitten, sie in Ruhe zu lassen, solange sie sich noch von ihrem Herzinfarkt erholt.«

»Seien Sie nicht stur. Früher oder später wird die Seehundstation schließen müssen, und dann wird mein Angebot nicht mehr so großzügig ausfallen.«

»Soll das eine Drohung sein?«, fragte Fenja und ballte ihre Fäuste.

»Nein, natürlich nicht. Das ist eine Prognose.« Würdevoll erhob sich Wenx Hellwig aus ihrem Sitz. »Ich denke, wir zwei sind dann für heute durch. Melden Sie sich bei mir!«

Mit Wut im Bauch fuhr Fenja zurück auf die Seehundstation. Janne und Sven verschwieg sie das Treffen. Es hätte sie nur unnötig aufgebracht, und sie mussten sich auf ihre Arbeit konzentrieren, damit Wenx Hellwigs Vorhersage nicht wahr wurde. Jede Ablenkung würde sie zurückwerfen oder ihren Enthusiasmus stoppen. Sie brauchten schwarze Zahlen, einen Plan, eine Vision.

Um sich abzureagieren, verputzte sie eine Wand und wischte den Kühlraum aus. Danach fühlte sie sich seltsam leer. Erschöpft ging sie in das Gehege von Heuler Walsemar, der einfach nicht wachsen wollte. Sie setzte sich zu ihm und streichelte ihm über den Kopf. Der Kleine blieb ruhig an ihrer Seite liegen und schien ihre Gegenwart zu genießen. »Was soll ich nur machen?«, fragte sie den Seehund, der sich gerade auf seinen Rücken rollte und sie mit großen Augen ansah. »Und was soll aus euch werden?«

# Kapitel 8

Unruhig wälzte Fenja sich hin und her. Wieder einmal fand sie keinen Schlaf, während sie versuchte, das Durcheinander in ihren Gedanken zu sortieren. Ihr Kopf tat weh, selbst Aspirin und ein halber Liter Wasser hatten nicht geholfen. Vergebens schlug sie im Dunkeln nach einer Mücke, deren Summen sie verrückt machte. Also stand sie wieder auf, zog sich an und schlich ins Büro. Sosehr sie die Arbeit am Computer hasste, es gab kaum etwas, das sie müder werden ließ. Sie öffnete das Schreibprogramm und überflog die Zeilen, die sie bisher getippt hatte. Janne hatte angefangen, die uralte Website zu überarbeiten, das Umschreiben der Texte aber war Fenjas Arbeit.

»Fenja?«, hörte sie eine Stimme wie von Weitem, und sie schreckte hoch.

»Was machst du denn hier?«, fragte sie schlaftrunken und sah in Jannes besorgtes Gesicht.

Diese schüttelte den Kopf. »Das wollte ich dich gerade fragen. Hast du etwa hier geschlafen?«

Verwirrt schaute Fenja sich um und stellte fest, dass sie immer noch im Büro saß. »Ich glaube schon«, antwortete sie heiser. Es war hell, die Uhr zeigte 6:30 Uhr. Auf dem Bildschirm sah Fenja Dutzende von Fenstern, die sie anscheinend im Schlaf mit ihrer Wange geöffnet hatte.

Ein paar Minuten später schob Janne ihr einen Kaffee hin. Fenja gähnte und streckte sich. »Ich finde nachts keine Ruhe«, gestand sie.

»Das solltest du aber.« Janne sah sie besorgt an. »Vielleicht kann Dr. Hallen dir Schlaftabletten verschreiben.«

Fenja seufzte bekümmert, Wilko ließ ihr ohnehin schon viel zu viel Aufmerksamkeit zukommen, sie wollte ihn darin nicht noch bestärken. Tatsächlich ließ er ihr fast täglich Blumen oder andere Kleinigkeiten wie Schokolade oder exquisite Teemischungen durch eine Krankenschwester oder einen Pfleger überbringen. Das brachte Fenja in Verlegenheit, und als sie es ihm gesagt hatte, hatte er sie nur traurig angeschaut und gemeint: »Lass das mal meine Sorge sein. Du kannst ein wenig tröstende Zuwendung brauchen, und ich möchte, dass du weißt, dass ich an dich denke. Keine Sorge, ich verspreche mir nichts davon.«

Das war ebenso wahr wie die Legende der Erdmantjes, die angeblich das Grab des letzten Friesenkönigs Radbod bewachten, aber Fenja beließ es dabei. Sie hatte alles gesagt, was gesagt werden musste, Wilko musste seine eigenen Entscheidungen fällen. Und ein klein wenig genoss sie es auch, dass er sich um sie kümmerte. Die Arbeit in der Station war anstrengend, und es gab immer neue Herausforderungen. Gestern hatte erst der Rasenmäher, dann die elektrische Heckenschere ihren Geist aufgegeben. Da war Wilkos tröstende Aufmerksamkeit Balsam für die Seele.

Nach dem Frühstück fuhr Fenja wie jeden Tag zum Krankenhaus. Doch ihre Oma war bereits zu einer Untersuchung abgeholt worden, und so fand sich Fenja auf einmal allein in ihrem Krankenzimmer wieder. Wie lange es wohl dauern würde? Würde es sich lohnen, auf Oma zu warten? Sie überlegte schon, wieder nach Hause zu fahren, als sich die Tür öffnete und Wilko seinen Kopf hereinstreckte.

»Ach, Fenja, gut dass du hier bist«, sagte er. »Hast du einen Moment?«

»Eigentlich nicht«, begann Fenja. »Wenn die Untersuchung länger dauert, fahre ich zwischendurch besser wieder zur Station und komme später wieder. Es ist so viel –«

»Fenja, deiner Großmutter geht es nicht gut«, unterbrach Wilko sie und sah sie mitfühlend an. »Ihre Gefäße sind verstopft, und ich sehe langfristig Komplikationen. Wir werden entgegen unserer ersten Planungen eine Stentimplantation durchführen müssen, gefolgt von einer kardiologischen Reha. Das ist mit Risiken verbunden. Außerdem ist es ein zeitaufwändiger Rehabilitationsprozess, da sie danach drei Wochen in der Rehaklinik in Leer bleiben muss. Ich habe schon mit ihr geredet, und sie ist einverstanden. Es tut mir leid.«

Fenja spürte, wie Tränen in ihr aufstiegen. Als Wilko nach ihrer Hand griff, ließ sie es geschehen.

»Es wird alles wieder gut, Fenja«, versprach er. »Egal, wie es ausgeht, du bist nicht allein.«

Er zog sie an sich, und sie versank in seinen Armen. Die Müdigkeit, die mangelnde Perspektive und die Enttäuschung, dass es nicht so lief wie erhofft – das alles holte sie in diesem Moment ein. Mit geschlossenen Augen schienen ihre Sorgen ein wenig weiter weg zu sein. Wie sehr wünschte sie sich, dass es Sven wäre, der sie in seinem Arm hielt. Das hätte alles einfacher gemacht.

Wilkos Parfum hüllte sie ein wie eine Wolke und verdrängte den Gedanken an Sven. Lautlos weinte sie, spürte, wie sein Kittel feucht wurde, und hörte Schritte an ihnen vorbeigehen. Wilko klopfte ihr sanft auf den Rücken und murmelte beruhigende Worte. Hoffentlich würde Oma den Eingriff unbeschadet überstehen …

Im Hintergrund näherten sich Schritte, dann hörte sie Sven fragen: »Ist etwas passiert?«, und eine Krankenschwester, die ihn wegführte.

»Bis zur Klinik in Leer fährt man eine gute Dreiviertelstunde«, verkündete Janne mit steinernem Gesicht. Auch sie hatte geweint, als Fenja ihr von Omas bevorstehender Operation berichtet hatte, aber jetzt war der Arbeitsdrang in ihr geweckt. »Ich kann montags bei ihr vorbeischauen, wenn du Mittwoch fährst und Sven dann entweder Freitag oder Samstag nach dem Rechten sieht.« Geschäftstüchtig trug sie ihre Namen in den Kalender ein.

»Du magst Tabellen, Kalender und Datenbanken«, stellte Fenja fest.

»Ja. Sie haben etwas Beruhigendes und Verlässliches an sich.« Das brachte Fenja auf die Idee: Sie würde Oma ein Stück von ihrem frischen Hefezopf mitbringen. Ab dem Abend musste Oma für die OP fasten, aber es blieb genügend Zeit für ein letztes Essen ganz nach ihrem Geschmack.

Sie rief Wilko an, und er gab ihr grünes Licht. »Sieh aber zu, dass es die Schwestern nicht mitbekommen, die sehen so etwas nicht gern«, riet er.

Also schmuggelte sie die Tupperdose mit dem Hefezopf in einer Sporttasche in Omas Zimmer. Als sie den Raum betrat, stand Oma blass vor dem Spiegel und drehte sich in ihrem Nachthemd hin und her. »Scheußlich sieht das aus«, fand sie und brachte Fenja damit zum Lachen.

»Das ist kein Laufsteg, Oma, und du bist attraktiv wie immer.«

Gefällig nickte Lotti ihrer Enkelin zu und deutete auf einen Karton, der in der Ecke stand. Fenja merkte, dass ihr Finger zitterte. »Bring mir das«, bat sie Fenja. In der Box befand sich ein schwarzes Samtkleid.

»Das ist schön«, staunte Fenja und holte es vorsichtig heraus.

»Das ist für meine Beerdigung gedacht. Aber ich möchte es vorher schon tragen, das wäre sonst zu schade. Hilfst du mir beim Umziehen?«

»Deine Beerdigung ist noch lange hin. Bis dahin brauchst du

ein neues Kleid«, versuchte Fenja, die Stimmung aufzulockern, aber ihre Oma konnte nicht antworten, denn sie hatte sich beim Ausziehen in ihrem Nachthemd verheddert.

Fenja ließ das Kleid sinken und sprang ihr zur Seite.

»Das ist lecker«, sagte Oma, als sie ein paar Minuten später auf dem Bett saßen und gemeinsam den Hefezopf probierten.

»Hier, nimm dir noch ein Stück«, bot Fenja an und riss eine Ecke ab.

Oma hob abwehrend die Hand. »Danke, das war genug. Wenn de Muus satt is, smeckt dat Mehl bitter.«

Also schob Fenja sich das Stück selbst in den Mund. »Hast du Angst vor der OP?«, fragte sie kauend. Draußen leuchtete ein blauer Himmel mit hübschen kleinen Schäfchenwolken. Nur einzelne Sonnenstrahlen fanden ihren Weg ins Zimmer und kitzelten Fenja an der Nase. Wie gerne hätte sie Omas Tasche gepackt und wäre mit ihr draußen spazieren gegangen! Hätte dabei gequatscht und ein Eis gegessen – genau wie früher. Ohne Sorgen.

»Nein. In meinem Alter hat man keine Angst mehr«, antwortete Oma und schaute sie fest an. »Ich habe nicht immer die richtigen Entscheidungen getroffen, aber ich habe mein Leben in vollen Zügen genossen. Wenn es vorbei ist, ist es vorbei. Bis dahin mache ich mir keine Gedanken. Und richtig alt ist man ohnehin erst, wenn man nicht mehr gegen den Wind radeln kann.«

Fenja verkniff sich einen Kommentar, denn so unbeschwert Oma auch tat – dass sie das Samtkleid für ihre Beerdigung gekauft hatte, sprach Bände. Sie musste allerdings zugeben, dass es gut zu Oma passte: Der gewagte Schnitt sparte nicht mit Reizen. Oben herum war es eng und schulterfrei, nach unten hin wurde es weiter. Trotz ihres Alters war Oma eine schöne Frau und stolz zugleich. Auch ihr Vater machte sich viel aus seinem Aussehen, aber bei ihm war es eine Frage des Prestiges und der gesellschaftlichen Schicht, in der er sich nun bewegte.

Ihr Blick fiel auf einen Fotorahmen, der gestern noch nicht

hier gestanden hatte. Das Bild zeigte Oma im rauschenden Hochzeitskleid, allerdings war die linke Hälfte des Fotos abgeschnitten; dort hatte offensichtlich einmal Garlef gestanden.

Sie fuhr mit dem Finger über den Rahmen, und Oma lächelte. »Ich sah so schön aus damals, schau dir mal meine Haut an und meine Haare. Hach!«

»Du bist froh, dass er nicht mehr da ist«, sagte Fenja leise. »Ohne ihn geht es dir besser.«

»Natürlich. Er war ein hoffnungsloser Trinker. Wegen seiner elenden Sauferei hat dein Vater die Krummhörn verlassen. Fiete hat ihm offen gesagt, was er von ihm hält, und Garlef hat ihn daraufhin rausgeworfen. Ich hätte mich auf Fietes Seite stellen sollen, aber ich habe den Fehler gemacht, mich rauszuhalten. Das hat er mir nie verziehen. Und ich mir auch nicht.« Sie schluckte und sah Fenja traurig an. »Ich stand zwischen ihnen und wollte es beiden recht machen. Das geht aber nicht immer – manchmal muss man jemanden verletzen, um jemand anderem seine Loyalität zu beweisen. Als Garlef starb, habe ich erst richtig angefangen zu leben. Manchmal merkt man erst im Nachhinein, welche Mauern einen zurückgehalten haben.«

Fenja beugte sich vor und gab ihrer Oma einen Kuss auf die Wange. »Ich bin froh, dass du letztlich deinen eigenen Weg gefunden hast. Und du siehst immer noch schön aus, aber ich glaube, das weißt du auch.«

Oma lächelte und tätschelte Fenjas Hand. »Nun lass uns von was Schönem reden. Was machen denn meine Heuler?«

Sie unterhielten sich eine weitere halbe Stunde, dann verstaute Fenja die letzten Reste des Hefezopfes, gab Oma einen Kuss auf die Wange und verabschiedete sich. »Ich denke morgen früh während der OP an dich. Ich habe dich lieb, Oma.« In ihrem Hals saß ein dicker Kloß, als sie sich noch einmal zu ihr umdrehte und winkte, bevor sie die Tür hinter sich schloss.

Im Flur traf sie auf Schwester Silke, eine robuste Frau in den

Vierzigern mit einem Silberblick. »Kommen Sie mal mit, Frau Jansen«, sagte sie mit einem verschwörerischen Zwinkern. Hinter dem Rezeptionstresen stand eine Schachtel mit hellgrüner Schleife, auf deren Karte Wilko eine Nachricht hinterlassen hatte: *Für Fenja. Alles wird gut.*

Verlegen packte Fenja die Schachtel in ihre Sporttasche. »Sie können die Box auch gleich hier öffnen«, bot die Schwester ihr an. Die Neugier quoll ihr förmlich aus allen Poren. Aber Fenja ahnte, dass sie das besser in Ruhe machte.

Abends, als Janne unermüdlich an ihren Marketingmaterialien arbeitete und Sven eine letzte Runde durch die Station drehte, zog sie sich in ihr Zimmer zurück und streifte die Schleife der Box ab. Behutsam öffnete sie den Deckel und holte das bizarr geformte Objekt heraus. Es war eine Muschel. Keine der Herz- oder Miesmuscheln, wie man sie an der Nordsee fand, sondern eine Riesenstachelschnecke mit gestreiftem Gewinde und ausgezackten Stacheln, die im Indopazifik verbreitet waren.

»Wow«, entfuhr es ihr, und instinktiv hielt sie sich die Muschel ans Ohr. Mit geschlossenen Augen lauschte sie dem Rauschen, das so sehr an Wellen erinnerte, die gegen eine Steilküste schwappten. Wie schön wäre es, jetzt am Strand zu liegen, die nackten Füße im Sand, und es gäbe nichts zu tun, außer dem Meer zu lauschen …

In der Box lag auch ein Umschlag. Fenja zog einen Scheck heraus, der auf die Seehundstation ausgestellt war, und erblasste, als sie den fünfstelligen Betrag sah. Im Umschlag steckte auch eine Karte.

*Abenteuer beginnen, wo Pläne enden. Vertraue auf dein Gefühl und den Zauber des Ungewissen. Ich zähle auf dich und weiß, was in dir steckt. Bitte weise meine Spende für die Seehundstation nicht zurück, sie kommt von Herzen, und ich kann sie steuerlich absetzen. Dein Wilko*

»Oh nein!«, entfuhr es Fenja, und sie legte die Muschel in die Box zurück. Eine so hohe Summe konnte sie nicht ruhigen Gewissens annehmen. Morgen würde sie ihm Muschel und Scheck zurückgeben und ihm noch einmal klar sagen, dass sie kein Interesse an ihm hatte.

# Kapitel 9

Die Sonne ging über dem alten Gulfhof auf und vertrieb die Schatten, die Fenja quälten. Obwohl sie am vergangenen Abend bis kurz vor Mitternacht die Finanzen durchgegangen war, hatten sie Albträume geplagt. Ihre Stirn fühlte sich fiebrig an, die Hand, in der sie den Kaffee hielt, zitterte leicht. Sie hatte sich auf die Mauer neben dem Gartenschuppen gesetzt, um den Kopf freizubekommen, bevor die Arbeit wieder begann.

Wenx Hellwig hatte sie seit mehreren Tagen nicht mehr kontaktiert, aber es war keine gute Stille. Vielmehr fühlte es sich an, als wäre der Sturm, der bisher um sie herum getobt hatte, bedenklich ruhig geworden, bevor er erneut zu einem tosenden Gebrüll ansetzen würde. Die plötzliche Windstille war nahezu unheimlich.

Wie auf ein Stichwort kam eine Bö auf und verursachte Fenja eine Gänsehaut. Wenx Hellwig hatte nicht gewirkt, als würde sie schnell aufgeben. Ihr fröstelte, und sie ging in die Küche, um sich eine Schale Müsli zu machen.

»Moin Fenja«, sagte Janne gedämpft und wies mit bedeutsamer Miene zur Eckbank.

Dort saß Sven mit starrem Blick und rührte roboterhaft in seinem Tee. Seine Haare standen in alle Richtungen ab, das T-Shirt war übersät mit Öl- und Wasserflecken. Auch wenn er zum Anbeißen aussah, merkte Fenja sofort, dass es ihm nicht gutging. Als sie ihn begrüßte, schien er sie kaum wahrzunehmen.

»Lass nur«, meinte Janne, die gerade den Herd scheuerte. »Er braucht ein paar Minuten, um runterzukommen. Der Morgen ging nicht gut los, das Filtersystem hat heute Nacht endgültig den Geist aufgegeben. Und er kann es nicht reparieren, denn unter anderem ist der Motor der Pumpe durchgebrannt.«

»Oh nein.« Fenja setzte sich bedröppelt zu ihm, und als er endlich aus seiner Starre erwachte und einen Schluck Tee trank, fragte sie: »Wie viel kostet es, ein neues Filtersystem zu installieren?«

Er nannte den Preis, und Fenja wurde blass. »Zwölftausend Euro?«, fragte sie tonlos.

»Ja, ich weiß. Das können wir uns niemals leisten.« Fragend schaute er sie an, wohl wissend, dass sie bisher einen Großteil der Ausgaben mit ihren Ersparnissen finanziert hatte. Er wirkte ernsthaft verzweifelt. Und sie konnte es nur allzu gut nachvollziehen. Auch ihr taten Arme und Beine weh, sie war ausgelaugt. Aber sie wusste, dass Sven nicht aufgeben würde. Er hing an der Station und den Tieren und setzte alles daran, sie am Laufen zu halten. Und auch Janne schien mit jeder neuen Aufgabe über sich hinauszuwachsen. Fenja konnte die beiden nicht im Stich lassen. Sie brauchten dringend eine Lösung. *Wilkos Scheck!*

Fenja atmete durch. »Es ist alles in Ordnung. Du organisierst eine neue Pumpe, ich kümmere mich um die Rechnung«, sagte sie.

Sven stieß die Luft aus. Jetzt erst bemerkte sie die Schweißperlen, die ihm die Schläfe hinunterrannen. »Danke«, sagte er, und die Wolken auf seiner Stirn verschwanden.

Janne schaute sie fragend an, und Fenja zwinkerte ihr zu, darauf hoffend, dass sie das als Antwort akzeptierte. Das tat sie zum Glück auch, denn ihr Handy klingelte und lenkte sie ab.

Nach dem Frühstück blieben sie noch eine Weile am Tisch sitzen und besprachen den Tag. »Der neue Eingangsbereich sieht gut aus«, erklärte Janne, »ebenso der Gruppenraum. Auch der Garten hat sich gemacht, die neuen Möbel passen gut zwischen den Rhododendron und die Azaleen. Könntest du heute den Pavillon aufbauen, Sven? Ich arbeite weiter im Büro und plane unter anderem die Führungen für nächste Woche. Fenja, wenn du dich um die Seehunde kümmerst und später Fisch holst, sollten wir unser Pensum für heute schaffen. Hat sich mit dem Bürgermeister etwas ergeben?«

Siedend heiß fiel Fenja ihr Versprechen ein. »Ich rufe ihn gleich noch einmal an.« Sie schnappte sich ihr Handy und ging raus, um sich auf die Bank unter den Apfelbaum zu setzen. Angespannt tippte sie die Nummer und hoffte inständig, dass Herr Schulz sich an sie erinnern würde.

Er tat es. »Welch willkommene Abwechslung, Frau Jansen. Was kann ich für Sie tun?«, begrüßte er sie, als sie ihn direkt nach dem Frühstück endlich anrief.

»Ich wollte Ihnen ein Update zur Seehundstation geben. Die Umbauarbeiten laufen gut, der Zulauf durch Touristen wird von Woche zu Woche stärker, da wir die Führungen jetzt täglich anbieten.«

»Das ist großartig. Dann wird die Seehundstation sicherlich bald zum beliebten Ausflugsziel. Was haben Sie denn noch alles geplant?«

Fenja überlegte. Janne hatte Marketingmaterialien zusammengestellt, Flyer, eine Broschüre, Visitenkarten zum Auslegen. Über Führungen für die Schulklassen verhandelten sie gerade. Viel mehr gab es nicht zu sagen. Aber sie spürte, dass sie mit mehr aufwarten musste.

»Wie Sie wissen, bin ich Konditorin. Deshalb wollten wir eine Genehmigung zum Verkauf von Lebensmitteln beantragen und Produkte im hauseigenen Laden anbieten.« Sie überlegte. »Eine

Art Café, aber mit süßen Souvenirs zum Mitnehmen. Seehunde aus Marzipan, Leuchttürme aus Schokolade, alles, was schmeckt und gut aussieht.«

»Das klingt vielversprechend. Wenn Sie eine Eröffnungsfeier planen, lassen Sie es mich wissen. Ich komme gerne, um ein paar Worte zu sagen, das bringt Ihnen die lokale Presse ins Haus.« Er hustete und entschuldigte sich gleich darauf. »Trockene Luft hier. Ich telefoniere schon den ganzen Tag, um das Hafenfest vorzubereiten. Das ist jedes Mal mit großen Hindernissen verbunden. Da fällt mir ein – vielleicht wäre das was für Sie.« Er machte eine Pause, und Fenja hörte, wie er etwas trank. »Der katholische Kinderchor ist mit seinem Mehlpütt-Stand abgesprungen, da er vom Päpstlichen Ehrenkaplan persönlich zum Vorsingen ins Erzbistum Paderborn eingeladen worden ist, das hat natürlich Vorrang. Für uns bedeutet das allerdings eine Lücke, denn der Stand war direkt neben der Haupttribüne eingeplant, in der ersten Reihe am Sielzufluss. Möchten Sie ihn nicht übernehmen? Sie könnten Ihre Produkte für das Café ausprobieren. Nach all den Renovierungsarbeiten nehme ich an, dass die Station eine Finanzspritze gut vertragen würde. Außerdem können Sie Flyer auslegen oder ein Banner aufhängen.«

»Das würden wir sehr gerne machen.« Fenja schaute über den Hof, der gerade hell erleuchtet wurde, weil die Sonne sich hinter einer Wolke hervorschob. »Ich habe bereits Ideen, wie wir die Gäste mit einer Mischung aus kulinarischen Köstlichkeiten und lokalen Spezialitäten verwöhnen können«, improvisierte sie und spürte, wie das Adrenalin durch ihren Körper pumpte. Das Hafenfest zog Tausende von Besuchern an, die Standplätze waren heiß begehrt. Die Wahrscheinlichkeit, hier als Neuzugang verkaufen zu dürfen, war in etwa so groß, wie in den Sommerferien neben dem Liegestuhl einen faustgroßen Bernstein zu finden. Langsam fügte sich alles zusammen. Geduld war die geheime Zutat für ihr Rezept, die Station zu retten.

Nachdem sie das Telefonat beendet hatte, saß sie für eine Minute ruhig auf der Bank. Nur ihre Hände zitterten so stark, dass sie das Handy neben sich legte. Dann sprang sie auf und tanzte wie wildgeworden unter dem Apfelbaum.

»Was ist los?«, rief Janne ihr zu, die gerade an ihr vorbeistakste. Fenja griff sie bei den Händen und wirbelte sie herum. »Du bist ja verrückt«, lachte ihre Freundin und ließ sich im Kreis drehen.

»Nein, das bin ich nicht«, japste Fenja, »aber es gibt Hoffnung, und das tut gut.«

Es war, als hätte sich ein schweres Gewicht von ihren Schultern gelöst. Das Fest war ein Anfang. Federleicht schwebte sie durch die Gänge, fütterte Seehunde, versorgte die Wunden der Tiere und sortierte zwischendurch den Medizinschrank. Am späten Vormittag holte sie das Fahrrad aus der Scheune, um bei Fisch Hauke Hering kaufen zu gehen.

»Wo ist Sven?«, fragte sie Janne, die gerade mit dem Laubbläser im Hof zugange war.

»Was?«, schrie diese und stellte das Gerät ab.

»Ich wollte mir Svens Luftpumpe ausleihen, mein Reifen ist zu platt. Weißt du, wo der wieder steckt?«

Janne zuckte mit den Schultern. »Er meinte, er muss für zwei Stunden weg. Du kannst meine Pumpe haben.«

»Wie jetzt, weg? Das hat er heute Morgen nicht erwähnt.« Sie konnte nicht sagen, ob es Neugier oder Misstrauen war, das sich da in ihrem Bauch regte. Er verschwand öfter, ohne ihnen zu erzählen, wohin.

»Ehrlich gesagt habe ich keine Ahnung. Er hat versprochen, heute Abend länger zu arbeiten, und aus seinem Privatleben halte ich mich raus. Wahrscheinlich ist er bei seinem Torfschiff.«

»Geht mich ja auch nichts an«, antwortete Fenja, den Blick in die Ferne gerichtet. Tief in ihr drin rumorte es. Verdammt, sie konnte sich einreden, was sie wollte – sie war immer noch nicht über ihn hinweg.

Zwei Stunden später radelte sie die Landstraße entlang, den Korb voller Fisch, das Herz voller Hoffnung. Sie freute sich auf das Hafenfest, das sicherlich einen Wendepunkt für die Seehundstation bedeuten würde. Die Sonne schien wärmer als sonst, und der Himmel war strahlend blau. Die Aussicht auf das Fest beflügelte sie, und fast glaubte sie, ihr Rad habe den Beton verlassen und sie würde fliegen. Erst hinauf in den Himmel, dann zu den Sternen. Nach all dem Alltagsrealismus gönnte sie sich ein paar Tagträume. Ihre Gedanken waren weit weg, als sie einen anderen Radfahrer überholte, der einen gigantischen Rucksack auf dem Rücken hatte. Er kam ihr verdächtig bekannt vor.

»Sven?«, fragte sie überrascht.

Der Radfahrer schwenkte hastig den Lenker herum und schaffte es, das Vorderrad in den Graben zu lenken. Wie in Zeitlupe kippte er vom Rad und landete auf dem Rücken. Mit dem riesigen Rucksack sah er aus wie eine zappelnde Schildkröte, die sich nicht allein umdrehen konnte.

»Warte, ich helfe dir.« Sie streckte ihm die Hand entgegen.

»Ist schon gut.« Er wirkte ernstlich erschrocken und rappelte sich langsam hoch. Dann tastete er nach hinten und schien beruhigt zu sein, dass der Rucksack keinen Schaden genommen hatte.

»Hast du dir wehgetan?«

»Nein.« Er klopfte sich den Hosenboden sauber.

Die folgende Stille war so unangenehm, dass Fenja händeringend nach einem unverfänglichen Gesprächsthema suchte. »Wie geht es mit dem Torfschiff voran?«

»Gut. Wie kommst du denn jetzt darauf?«

»Ich dachte, da kommst du gerade her.«

Schweigen.

Fenja knibbelte an dem abblätternden Lack ihrer Fahrradklingel, dann hob sie den Blick und schaute Sven ratlos an. Jetzt bemerkte sie die rote Farbe an seinem Hemdkragen. *Erwischt*, dachte sie. Das war eindeutig Lippenstift. Ihr Magen zog sich zusammen. Aber sie sprach ihn nicht auf ihre Beobachtung an.

Gemeinsam fuhren sie zurück zum Hof, ihre gute Laune war verflogen. Sie wurde noch schlechter, als sie Wilkos Mercedes vor der Rezeption der Seehundstation parken sah. Und Wilko selbst lehnte lässig an der Motorhaube, mit Schuhen so blank poliert, dass sie jeden Sonnenstrahl reflektierten wie eine glatte Wasseroberfläche. Er trug eine schicke Bundfaltenhose, dazu einen grauen Pullunder mit V-Ausschnitt. Fenja hätte drauf gewettet, dass er aus zertifizierter Bio-Baumwolle war. Dann wiederum schämte sie sich, denn Wilko war immer freundlich zu ihr gewesen, und sie ließ gerade ihren Frust über Sven an ihm aus. Wenn auch nur gedanklich.

Sie stoppte ihr Fahrrad neben ihm, während Sven sich zur Begrüßung an die Stirn tippte und weiterfuhr.

»Hi, Fenja«, sagte Wilko und fuhr sich mit den Fingern durch die leicht schütteren Haare. Dann rümpfte er die Nase.

»Hi, Wilko. Sorry, ich war gerade Fisch kaufen. Und davor habe ich mich um die Seehunde gekümmert. Halt lieber etwas –« Weiter kam sie nicht, denn Wilko drückte ihr zur Begrüßung einen Kuss auf die Wange.

Reflexartig schaute sie in die Richtung, in der Sven verschwunden war, aber von ihm war nichts mehr zu sehen. Warum konnte er sich nicht mal eine Scheibe von Wilko abschneiden?

»Ich wollte mal vorbeischauen und mir die Station angucken. Würde das gehen?«

In Fenja regte sich das schlechte Gewissen. Sosehr sich Wilko auch aufdrängte, letztendlich meinte er es nur gut. Ohne seinen großzügigen Scheck müssten sie bald aufgeben. »Klar, ich kann dich gerne herumführen und dich unseren Flossenfüßern vorstellen, wenn du magst.«

Sie stellte das Fahrrad ab und führte ihn durch die Scheune zu den Becken.

Begeistert schaute Wilko sich einen Heuler an, den Sven erst vor wenigen Tagen aus dem Watt geholt hatte. »Die sind echt putzig«, befand er. »Kann ich mir den aus der Nähe anschauen?«

»Das geht leider nicht. Es ist essenziell, dass der Kontakt zu Menschen minimal bleibt. Bei unseren Führungen halten wir immer Abstand. Wenn Heuler zu zahm werden, behindert das den Auswilderungsprozess, denn halbzahme Seehunde meiden ihre Artgenossen und haben es schwer. Deshalb werden in Dänemark zum Beispiel keine verwaisten Heuler mehr ausgewildert.«

»Was machen die Dänen denn mit den Heulern, die sie finden?«

Fenja strich sich mit dem Finger über die Kehle.

»Oh.«

»Ja.«

Wilkos eben noch glänzende Schuhe waren mit einer Schicht aus Staub und Schlamm bedeckt, und an seinem Ärmel klebte nun etwas Maschinenöl. Wo hatte er sich den Fleck denn geholt? Nun, egal. Irgendwie gefiel er ihr so direkt besser.

»So, das war es. Jetzt hast du unsere Station kennengelernt«, sagte Fenja, nachdem sie ihn herumgeführt und mit einer flüchtigen Umarmung vor seinem Wagen verabschiedet hatte.

»Ich hoffe, dass meine Spende einen Unterschied machen kann«, sagte Wilko und schloss die Fahrertür auf. Er winkte und fuhr dann los.

»Welche Spende?«, fragte Sven dicht hinter ihrem Ohr.

Fenja sprang erschrocken zur Seite. Wo kam der nur wieder her? Sie drehte sich zu ihm um. *Transparenz und Ehrlichkeit sind die besten Waffen*, entschied sie. »Wilko spendet regelmäßig für Tierschutzorganisationen, und dieses Mal hat er sich für uns entschieden. Dank ihm können wir uns das neue Filtersystem leisten.«

Sven schnaubte verächtlich.

»Du brauchst gar nicht so die Nase darüber zu rümpfen. Mir gefällt das auch nicht, aber was hätte ich tun sollen? Die Spende ging an die Seehundstation, die konnte ich schlecht ablehnen. Und ohne Wilko säßen wir gehörig in der Patsche. Er hat ein großes Herz für Tiere.«

»Glaubst du im Ernst, der interessiert sich für die Seehunde?«, fragte Sven und schaute ihr direkt in die Augen.

»Ich habe bis jetzt keinen Grund, daran zu zweifeln«, entgegnete Fenja fest.

Abends sortierte sie mit Janne Unterlagen, aber sie war nicht ganz bei der Sache. »Was ist?«, fragte Janne, als sie wiederholt einen Ordner falsch einsortierte.

»Meinst du, Sven hat eine neue Freundin?«

Janne hielt in der Bewegung inne. Ihre Stimme wurde ganz weich, als sie nach Fenjas Hand griff und sie streichelte: »Du bist nicht über ihn hinweg, richtig?«

Fenja schüttelte den Kopf, änderte ihre Meinung, nickte. »Nachdem er heute so geheimnisvoll verschwunden ist, hatte er Lippenstift am Kragen.«

Janne kniff die Augen zusammen. »Bist du sicher?«

»Ja.«

Janne schob die Unterlagen zur Seite und umarmte ihre Freundin. Der Duft ihres Apfelshampoos stieg Fenja in die Nase. »Ich weiß nicht, wie das ist, Liebeskummer zu haben, Fenja. Ich war noch nie so richtig verliebt. Aber das mit Sven war ganz sicher ein Missverständnis. Er ist nicht der Typ, der mit irgendwelchen Frauen rummacht.«

Fenja legte ihren Kopf an die Schulter ihrer Freundin und schloss die Augen. Sie kannten sich erst kurze Zeit, und doch hatte Fenja das Gefühl, dass Janne sie verstand wie wenige andere Menschen. Sie hatte mit Janne nie wirklich über ihre Gefühle für Sven gesprochen, und doch schien sie zu fühlen, was in ihr vorging. Auch Sven hatte sie mehrfach überrascht. Er war nie der, der er zu sein schien. Und dass er etwas vor ihr verbarg, dessen war sie sich sicher.

***

»Oh nein.« Fenja drückte den Anruf weg.

»Ist es schon wieder diese Investorin?«

»Ja. Wenx Hellwig. Es ist das dritte Mal, dass sie heute anruft.« Ratlos kratzte sie sich am Kopf.

»Blockiere einfach ihre Nummer«, riet Janne ihr.

Fast wäre Fenja in Versuchung geraten, doch sie hörte auf die Stimme der Vernunft. »Früher oder später muss ich sie zurückrufen. Sonst wird sie sich direkt an Oma wenden.«

»Falls sie sie findet.«

Das war ein gutes Argument, denn Oma befand sich seit einigen Tagen auf der Station in Leer. Es ging ihr den Umständen entsprechend gut, aber sie brauchte Ruhe.

Auch wenn es Fenja schwerfiel, rief sie Wenx Hellwig dieses Mal zurück.

»Haben Sie sich meine Pläne angeschaut?«, fragte die Investorin ohne Umschweife.

»Ja.«

»Und, sind Sie nun davon überzeugt, dass der Verkauf im Interesse Ihrer Großmutter ist?«

Wo sollte Fenja ansetzen? Wenx Hellwig würde nie verstehen, dass wilde Seehunde keine Goldhamster waren und dass es im Leben mehr gab als schnöden Mammon. Menschen wie sie waren geblendet vom lockenden Schein des Geldes.

»Warum versuchen Sie es nicht mit einem anderen Gulfhof?

Es gibt doch genug in der Gegend, und im Prinzip sind sie alle ähnlich aufgebaut.«

Die Investorin stieß die Luft aus. »Ja und nein. Das Problem ist, dass alle anderen Gulfhöfe, die infrage kämen, unter Denkmalschutz stehen. So etwas umzubauen ist mit strengen Auflagen und hohen Kosten verbunden.«

Es überraschte Fenja nicht, dass Wenx Hellwig kein Interesse daran hatte, Schützenswertes zu erhalten.

»Ich kann gleich nach meinem Meeting zur Seehundstation kommen, um Ihnen meine Visionen vor Ort zu erläutern. Ihre Fantasie braucht vielleicht nur einen kleinen Schubser«, bot Hellwig ihr an.

*Einen Schubser für meine Fantasie. Pah!* Die indirekte Beleidigung nahm Fenja persönlich, denn als Konditorin hatte sie ihren Einfallsreichtum unzählige Male bewiesen. Doch auch davon abgesehen war die Vorstellung, dass Wenx Hellwig den Boden der Seehundstation mit ihren Louboutins entweihen könnte, unerträglich.

»Sie müssen sich meine Ideen einfach anhören«, drängte sie nun. »Das sind Sie Ihrer Großmutter schuldig.«

Fenja zog die Augenbrauen zusammen. »Wir können uns im Café Laudatio treffen. Um 14 Uhr. Aber ich habe nur eine halbe Stunde Zeit, und ich mache das nur, wenn Sie mir im Gegenzug versprechen, meine Großmutter und mich danach in Ruhe zu lassen.«

Wenx Hellwig versprach es.

Das Telefonat hatte Fenja aufgewühlt. Am meisten ärgerte es sie, dass sie die Investorin nicht einschätzen konnte. Auch wenn die Frau mitunter schmeichlerisch klang, so hatte ihre Stimme auch einen drohenden Unterton gehabt.

»Wie ist es gelaufen?«, fragte Janne.

»Sie hat drei Reihen Zähne«, wich Fenja aus.

Janne lachte. »So schlimm?«

»Der einzige Grund, warum sie einem nie den Rücken zudreht, ist, damit man ihre Rückenflosse nicht sehen kann«, entgegnete Fenja und schnitt eine Grimasse. Wenx Hellwig hatte tatsächlich bedrohlich viel Ähnlichkeit mit einem Hai.

Um Punkt 14 Uhr schwang die Ladentür des Café Laudatio auf, und die Investorin rauschte herein, diesmal in ein weißes Designer-Kostüm gekleidet. Fenja hatte sich bereits an einen Tisch gesetzt und trug eine ausgetragene Arbeitshose und ein legeres Karohemd. Bei ihrem letzten Treffen hatte Wenx Hellwig sie auf perfide Art mit ihrem Modestil beeindruckt, das würde dieses Mal nicht mehr passieren.

Sie begrüßten einander, und schon im nächsten Satz referierte Wenx Hellwig mit euphorischer Stimme ihre Pläne für die Seehundstation. »Also, sehen Sie …« Sie klappte den Laptop auf und startete eine Power-Point-Präsentation. »Das ist die Station in ihrem derzeitigen Zustand, und hier sehen Sie Schritt für Schritt …«

Als die Investorin die Präsentation beendete und den Bildschirm schwarz stellte, reckte Fenja das Kinn vor. Einige der Ideen waren wirklich nicht schlecht, aber das Wellnesshotel hatte nicht im Entferntesten noch etwas mit einer Tierrettungsstation zu tun. Viel schlimmer noch fand Fenja, dass Omas Blumengarten in dem Entwurf einer betonierten Fläche mit Liegestühlen gewichen war, in deren Mitte eine kalt wirkende Stahltulpe als Designelement thronte.

»Wie Sie sehen, ist meine Idee nachhaltig, solide geplant und ganz in Ihrem Interesse. Die Seehunde sind weiterhin Bestandteil der Station, nur dass sie in regelmäßigen Vorführungen den Gästen vorgestellt werden und ihre Gehege auch für Besucher besser zugänglich und einsehbar sind. Das lockt die Gäste in Scharen an! Als Köchin haben Sie sicherlich gelernt, dass die Zahlen am Ende des Tages stimmen müssen«, sagte Wenx Hellwig wie selbstverständlich, schlug die Beine übereinander und schaute sie derart hochnäsig an, dass Fenja das Blut in den Adern kochte.

»Ich schlage vor, Sie konzentrieren sich auf ein anderes Projekt«, sagte sie mit falscher Ruhe. »Ich werde meiner Großmutter nicht zum Verkauf raten. Die Seehundstation ist kein Zirkus und wird es auch nie werden.«

»Das ist nicht Ihr Ernst.« Wenx Hellwig schlug den Deckel ihres Laptops schlagartig zu. Am Nebentisch tuschelten ein paar Leute.

Fenja winkte dem Kellner, um zu zahlen. Demonstrativ hielt sie ihm den Zwanzig-Euro-Schein hin: »Ich zahle zusammen. Stimmt so.«

Wenx Hellwig hatte rote Flecken auf den Wangen, die ansonsten blutleer wirkten. Ihre Augen funkelten böse, als sie zischte: »Das werden Sie bereuen. Sie glauben doch wohl nicht, dass ich mich von einer ortsfremden Köchin abwimmeln lasse. Ich habe bereits in dieses Projekt investiert. Wissen Sie eigentlich, was es kostet, solche Pläne erstellen zu lassen?«

Fenja schnappte sich ihre Tasche. »Das ist mir herzlich egal. Und ich bin Konditorin, nicht Köchin.«

Ihr Puls raste, doch nach außen hin gab sie sich weiterhin ruhig. Dieser Hellwig würde sie den Triumph nicht gönnen, zu sehen, wie sehr sie sie aufgebracht hatte.

Es dauerte eine Weile, bis Fenja ihren inneren Frieden wiederfand. Um das Gespräch zu verdauen, setzte sie sich in eine Fischbude im Hafen und knabberte an einem Backfischbrötchen. Von ihrem Platz aus konnte sie in die Küche schauen, ein ihr vertrauter Anblick. Sie beobachtete, wie ein Lieferant die Hintertür öffnete und Möwen sich um die Fischabfälle im Mülleimer stritten. Sie schaute dem Koch beim Frittieren zu, verfolgte die geübten Handgriffe, mit denen er Lachs, Zander und Kabeljau panierte. Rhythmisch wie ein Tanz.

Und auf einmal erschien ihr alles ganz einfach. So unangenehm das Treffen mit Wenx Hellwig auch gewesen war, es weckte eine Seite in ihr, die ihr neu war. Bisher hatte Fenja sich in der Defensive gefühlt, doch das war jetzt vorbei.

»Ab heute gehören meine Entscheidungen mir«, erklärte sie dem Backfischbrötchen, aus dem Remoulade tropfte. »Niemand kann mich stoppen«, versprach sie der Flasche Wasser auf dem Tisch. »Ab heute wird alles anders.«

# Kapitel 10

Zaghaft folgte Fenja der Schwester durch die Station, vorbei an abgestellten Betten, Wäschebergen und einer Putzkolonne, die etwas aufwischte, das Fenja sich nicht genauer anschauen wollte. In den Fluren roch es nach Desinfektionsmittel. Der Weg nach Leer war zwar etwas weiter als zum Krankenhaus in Norden, aber sie war froh, dass sie hier keine Gefahr lief, Wilko zufällig über den Weg zu laufen.

»Wir mussten Frau Schepker aus organisatorischen Gründen verlegen, sie ist jetzt im zweiten Stock«, erklärte ihr die Schwester und öffnete die Tür zum Treppenhaus. Das obere Stockwerk sah genauso aus wie das untere. »Einfach immer geradeaus, es ist Zimmer fünf, das liegt auf der rechten Seite.«

Kurz darauf schlüpfte Fenja in Omas Zimmer und zog die Tür hinter sich zu. Jemand hatte die Vorhänge zugezogen, es war stickig und dunkel in dem kleinen Raum. Sie tastete nach dem Lichtschalter und erschrak, als sie Oma aufrecht im Bett sitzen sah.

»Hallo Oma, was machst du hier im Dunkeln?«

Omas Gesicht war leichenblass.

»Ist alles in Ordnung mit dir, brauchst du einen Arzt?«

»Nein, es ist alles gut. Ich mag nur dieses Neonlicht nicht. Das tut in den Augen weh. Und im Dunkeln kann ich besser nachdenken.«

»Ich habe dir frische Blumen mitgebracht.« Besorgt wedelte Fenja mit den orangefarbenen Germini, zwischen denen sich winzige Kamillenblüten versteckten.

»Danke, die sind schön. Im Schrank findest du eine Vase.« Kraftlos zupfte sie ihr Kissen gerade, jede Bewegung wirkte schwer und mühsam. »Wie geht es in der Station voran? Kommt ihr ohne mich zurecht?«

Fenja nickte zögerlich. Oma wusste nichts von all den Renovierungsarbeiten, den Führungen und den Plänen, die Station auszubauen. Auch das kaputte Filtersystem hatte sie verschwiegen – wie alles andere, das sie aufwühlen konnte. »Am Freitag entlassen wir zwei Heuler auf der Waddenooger Sandbank.«

Sofort hatte sie Omas ungeteilte Aufmerksamkeit. Selbst ihre faltige Haut schien sich zu glätten, als sie die Schultern straffte. »Du musst vorher den Wetterbericht prüfen, hörst du? Und stellt sicher, dass Niedrigwasser herrscht. Mit welchem Schiff fahrt ihr raus?«

»Mit der *Robbenglück*.« Endlich fand sie die Vase im Schrank unter einem Stapel T-Shirts und füllte sie mit Wasser auf.

»Gute Wahl. Auf Kapitän Hajo ist Verlass. Sagtest du Freitag?«

»Ja.«

»Weißt du, dass Svens Mutter –«

»Ja«, schnitt Fenja ihr hastig das Wort ab. »Janne hat mir alles erzählt. Es passt Herrn Steenblock aber nur am Freitag, und Sven war es recht.«

»Gut, Kindchen. Pass auf dich auf.«

Gerne hätte Fenja dasselbe erwidert. Ihre Oma war kaum mehr wiederzuerkennen. Am meisten Sorgen bereitete Fenja ihr vernachlässigtes Äußeres. Oma Lottis Haare waren platt und ungekämmt, die Farbe auf den Fingernägeln verschwunden, ebenso ihr Schmuck. Es fehlte der feurige Funke in ihrem Blick und das Erhabene in ihrer Ausstrahlung, mit der sie ihre Mitmenschen um den Finger wickelte.

Fenja schaute sich im Zimmer um. In den ersten Tagen nach ihrem Herzinfarkt hatte Oma viele Blumen und Karten bekommen, jetzt stand neben ihrem Strauß nur noch ein weiterer Rosenstrauß auf einem Tisch, wahrscheinlich von Henrik.

»Fenja, wir müssen reden«, sagte Oma seufzend. Sie schlug die Decke zurück und legte somit ihre weißen Beine frei, die dünn und steif wirkten. »Es ist zu warm in diesem Zimmer«, erklärte sie.

Fenja stand auf, um das Fenster zu öffnen.

»Wie gefällt dir die Arbeit in der Station?«

»Gut. Mach dir keine Sorgen. Ich bleibe so lange hier, wie es sein muss.«

Omas Wangen schienen noch hohler zu werden, ihre Augenringe dunkler. »Das wird eine Weile dauern. Ich habe heute Morgen mit dem Arzt gesprochen. Er meinte, ich werde in Zukunft nichts mehr zum Tagesgeschäft beitragen können. Ist alles Humbug, aber man hat so seine Gedanken.«

Fenja schluckte. Sie spürte, wie schwer es ihrer Oma fiel, darüber zu reden. Beruhigend strich sie ihr eine Strähne aus der Stirn. »Es wird alles gut. Wir finden schon einen Weg. Wir können weitere Mitarbeiter einstellen, und du kannst alles beaufsichtigen, wenn du zurückkommst.«

Oma Lotti war zwar nicht besonders groß, aber für gewöhnlich nahm ihre Persönlichkeit den ganzen Raum ein. Heute war das anders. Zum ersten Mal kam es Fenja vor, als hätten sie die Rollen getauscht, als wäre sie diejenige, die die Führung übernehmen musste. Ihr fielen die zahlreichen Altersflecken auf Omas Wangen auf, die diese sonst so gerne überschminkte.

»Fenja, wir können keine Leute einstellen. Ich … Ich bin pleite.«

Fenja beugte sich vor und küsste sie auf die Nase. »Ich weiß, Oma. Vertrau mir. Ich habe einen Plan. Und nichts und niemand wird mich davon abhalten, ihn umzusetzen.«

Nach dem Besuch fuhr sie nicht zur Station zurück, sondern

zum Gesundheitsamt. Um eine Gaststättenerlaubnis zu erhalten, musste man sowohl seine persönliche Zuverlässigkeit als auch seine fachliche Eignung nachweisen. Als Konditorin war sie von der Teilnahme an einer IHK-Unterrichtung über lebensmittelrechtliche Vorschriften freigestellt. Aber ihre Erstbelehrung nach dem Infektionsschutzgesetz war älter als drei Monate. Und die war unter anderem notwendig, um auf dem Gulfhof gewerblich Lebensmittel zu produzieren und zu verkaufen.

Der Beamte tippte die Formulare so langsam ab, dass sie Mühe hatte, die Augen offen zu halten.

Sie war froh, als sie das Gebäude endlich verlassen konnte. Unverständliche Formulare und Kleingedrucktes waren nicht ihr Metier.

Viel mehr Spaß hatte sie beim nächsten Halt. Sie brauchte Mehl, Zucker, Butter, Rohkakao, Zartbitterschokolade und Vanillestangen in rauen Mengen. Dazu Mandeln, Puderzucker und Rosenwasser für das Marzipan. Am Ende quoll ihr Einkaufswagen über, obenauf balancierten noch zwei Packungen Eier, die unverzichtbar waren. In allem Übermut kaufte sie sich eine einzelne rote Rose, die sie beim Backen neben sich auf die Arbeitsfläche stellen wollte.

***

»Kann man dir helfen?«

»Mir ist nicht mehr zu helfen«, antwortete Fenja vergnügt. Die Küche duftete nach geschmolzener Butter und knusprigem Teig, auf allen Flächen türmten sich Schüsseln mit Keksen und Gebäck. Sie wusch sich die klebrigen Hände – sie liebte es, den Teig selbst zu kneten, anstatt auf ein Rührgerät zurückzugreifen. Das Gefühl, ihn zu verformen und mit ihm zu spielen, ihn hin und her zu werfen, ihm letztendlich eine Gestalt zu geben, war herrlich.

»Probier mal die hier. Chili-Kirsch-Pralinen.« Sie reichte

Janne eine Schokokugel, die sie mit einem glitzernden Goldblättchen überzogen hatte.

Begeistert biss Janne hinein. »Mhm, das ist perfekt. Erst zartbitter, dann süß und gleichzeitig scharf. Kann ich noch eine haben?«

»Klar.« Selbstzufrieden wischte Fenja die Hände an der Schürze ab und genehmigte sich selbst auch eine Praline. Kurz darauf wurde ihr Gesicht puterrot, und sie eilte zum Kühlschrank, um sich ein Glas Milch abzufüllen. »Zu viel Chili«, krächzte sie hustend. »Anscheinend habe ich die Mischung nicht richtig durchgerührt.«

»Immerhin backst du mit Stil.« Janne grinste und deutete auf die rote Rose. Dann fiel ihr Blick auf den Schrank, in dem Oma ihr gutes Geschirr aufbewahrte, ein Kaffeeservice aus feinem Porzellan, bemalt mit Rosen und Halmen. »Wie passend! Das ist August-Warnecke-Dekor. Damit könnte man etwas anfangen.« Sie zog einen Teller aus dem Stapel und drapierte ein paar Pralinen und Marzipanstücke darauf. Dann schnappte sie sich Fenjas rote Rose und legte sie dazu. »Warte einen Augenblick, Fenja, ich habe eine Idee.«

Sie verschwand und kam mit Sven zurück, der eine Kamera in der Hand hielt. »Hier kannst du dich mal richtig austoben, Sven. Wir könnten gut neue Fotos fürs Marketing gebrauchen, und du fotografierst doch so gerne.«

Sven kratzte sich am Kopf. »Ja, Vögel.«

»Das ist ein Vogel«, behauptete Janne und hielt Sven demonstrativ einen Austernfischer aus Marzipan entgegen.

Am selben Abend köpfte Fenja feierlich eine Flasche Wein für sie alle. Es war ein langer Tag gewesen, aber es hatte große Fortschritte gegeben. Sie hatte viele Produkte zur Probe hergestellt und verkostet und die meisten für gut befunden. Janne hatte die Fotos auf der Website hochgeladen und dazu einen schönen Text geschrieben. Daraufhin hatte Fenja den Link direkt an den Bürgermeister gemailt.

»Ich habe eindeutig zu viel gegessen«, stöhnte Sven und rieb sich den Bauch.

»Das schadet dir gar nichts«, fand Fenja, der nicht entgangen war, wie stark er in den letzten Wochen abgenommen hatte. Er war fast mager geworden, weil ihm oft die Zeit zum Essen fehlte.

Am Freitagmorgen wuchtete sie zusammen mit Sven die zwei schweren Bastkörbe in den Transporter. In jedem befand sich ein kleiner aufgeregter Seehund, der nicht verstand, warum er zum zweiten Mal in seinem Leben in den Korb gezwängt wurde.

»Das ist das Beste an dem Job«, kommentierte Sven fröhlich, während er die Ladung sicherte. »Es gibt nichts Schöneres, als einem Tier die Freiheit zu schenken.«

Entgegen seinen sonstigen Angewohnheiten trug er heute eine schicke Jeans mit hellem Hemd. Das war merkwürdig in Anbetracht der Tatsache, dass sie sich auf dem Schiff sicherlich dreckig machen würden. Dann erinnerte sie sich daran, dass Sven heute seiner verstorbenen Mutter gedenken wollte. In den letzten Tagen hatte er einen Fünftagebart wuchern lassen, heute war er frisch rasiert. Fenja setzte sich ans Steuer, und sie fuhren los.

»Kannst du eben anhalten?«, fragte Sven, als sie am Blumenladen vorbeikamen.

»Ich komme mit«, erklärte sie und schnallte sich ab. »Ich möchte auch einen Strauß kaufen.«

Sven wählte weiße Rosen, Fenja entschied sich für zartrosa Gerbera. Sie roch an den Blüten und musste niesen. »Meinst du, die hier sind gut?«, fragte sie etwas unsicher.

»Klar, warum nicht?«

Als sie an der Kasse stand, merkte sie, wie er sie beobachtete. Zum ersten Mal seit Langem lag so etwas wie Zärtlichkeit in seinen Augen.

»Bitte lassen Sie das Papier außen herum weg«, bat sie die Verkäuferin.

Kapitän Hajo Steenblock erwartete sie an Deck seines umgerüsteten Krabbenkutters, mit dem er Touristen über die Nordsee schipperte. Mit der *Robbenglück* war es nur ein Katzensprung nach Borkum, Juist und Memmert. Hajo trug Kapitänsjacke und Mütze, aber in seiner Jackentasche steckte eine rote Rose, und sein Bart war frisch gestutzt.

»Na, wen habt ihr mir denn heute mitgebracht?«, fragte er und zeigte auf die beiden Seehundkörbe. »Ihr könnt die zwei dort abstellen«, wies er sie an und deutete auf eine Ecke. Als das erledigt war, klopfte Hajo seinem Sohn feierlich auf die Schulter. »Heute ist es wieder mal so weit.«

Einige der Touristen beäugten sie und die Körbe neugierig, und Fenja entschied, ein wenig Aufklärung – und Werbung für die Station – zu betreiben. Zum Glück hatte sie ein paar seehundförmige Kekse gebacken, die sie jetzt unter den Gästen verteilen konnte.

»Oh, das ist aber lieb, vielen Dank«, freute sich eine ältere Passagierin und betrachtete das Plätzchen anerkennend. »Da haben Sie sich aber viel Mühe gegeben.«

Ihr Mann nickte zustimmend. Er hatte direkt hineingebissen und konnte gerade nichts sagen.

Fenja lächelte. Auch die mitgebrachten Flyer kamen offensichtlich gut an. Der ein oder andere Fahrgast würde bestimmt auf die Website gehen und spenden.

Bald erreichten sie die Waddenooger Sandbank, und Kapitän Hajo stellte den Motor ab. Die Sandbank, ein halbmondförmiger Keil, der einen starken Kontrast zu den grünblauen Farben des Meeres bildete, war in Sichtweite einer weitaus größeren Sandbank, auf der sich Dutzende von Seehunden tummelten.

»Jetzt kommt der schönste Teil«, sagte Sven, rieb sich die Hände und grinste Fenja verschwörerisch zu. Er hatte sich sein Ölzeug übergezogen, mit einer wasserdichten Hose, die direkt in die Gummistiefel überging.

Gemeinsam zogen sie die Körbe an die Reling, direkt neben den alten Kochkessel, der heute nur noch dekorativen Zwecken diente. Hier konnte man die Reling öffnen, um ins Beiboot zu gelangen, das Hajo mittlerweile ins Wasser gelassen hatte.

Sven kletterte zuerst hinein, um die Körbe entgegenzunehmen, die Fenja ihm mit Hilfe eines Passagiers reichte. Dann kletterte sie hinterher. Bevor sie zur Sandbank ruderten, wandte sich Sven noch an die neugierigen Zuschauer: »So, liebe Leute, es ist so weit. Wir bringen die kleinen Racker jetzt zur Sandbank und entlassen sie in die Freiheit. Sie können gerne Fotos machen, solange Sie kein Blitzlicht verwenden.«

Es dauerte nicht lange, da hatten sie die Sandbank erreicht. Sie stellten die beiden Körbe nebeneinander und schauten sich an.

»Bist du bereit?«, fragte Sven mit vor Freude blitzenden Augen.

Fenja nickte begeistert. »Klar.«

»Dann mal los. Auf drei lassen wir sie frei. Eins, zwei, drei … los!«

Gleichzeitig öffneten sie den Deckel und kippten die Körbe nach vorne, sodass die Öffnung Richtung Meer zeigte.

Angespannt hielt Fenja den Atem an. Zunächst schaute nur ein kleiner Kopf heraus. Der Anblick der Weite schien den kleinen Seehund zu überwältigen, denn das Weiße in seinen Augen wurde sichtbar.

Dann jedoch bequemte er sich aus dem Korb heraus, watschelte mutig in Richtung Meer, gefolgt von Svens Seehund, der sich beeilte hinterherzukommen. Ohne zu zögern, schwammen die beiden Tiere zu der Kolonie auf der nahegelegenen Sandbank.

»Auch wenn sie in der Obhut der Menschen aufgewachsen sind, wissen die Jungtiere instinktiv, wohin sie gehören«, sagte Fenja leise und sah ihnen wehmütig nach. Beide hatte sie mit Magensonden gefüttert, der Hellere von beiden, Tjado, hatte eine

Wunde an der Schulter gehabt, die sie täglich gereinigt hatte. Der andere war Kleimoors, der immer noch mopsig aussah, aber deutlich an Größe und Gewicht zugelegt hatte. Beide würden ihr fehlen.

»Viel Glück«, raunte sie, einerseits froh, dass die Tiere eine zweite Chance bekamen, andererseits voller Sorge, ob sie sich in der Wildnis behaupten könnten. Sie mussten noch so viel lernen.

»Es ist schwierig loszulassen. Aber Freiheit kann man nur dort finden, wo man hingehört«, hörte sie Sven neben sich sagen. Ebenso wie ihrer klebte auch sein Blick an den beiden Tieren.

»Du kannst Gedanken lesen«, stellte sie fest.

»Nein, aber ich habe das schon Hunderte Male gemacht, und es ist jedes Mal dasselbe Gefühl. Wunderschön und unheimlich zugleich. Wie ich sagte: Es ist schwierig loszulassen. Schau mal!«

Der erste Seehund hatte sich auf die Sandbank gezogen und sah sich neugierig um. Überall um ihn herum sonnten sich seine Artgenossen. Er robbte ein Stück höher, dann rollte er sich auf seinen Rücken, schubberte sich und blieb platt liegen.

»Ich glaube, er fühlt sich hier wohl«, sagte Fenja und lächelte zufrieden.

Nachdem auch der zweite Seehund die Sandbank unbeschadet erreicht hatte, ruderten sie zum Krabbenkutter zurück und beobachteten die Seehunde von dort noch eine Weile. Die Passagiere schossen zahllose Fotos, ansonsten war es still auf dem Schiff. Unten klatschte die Gischt gegen den Bug des Schiffes, ein beruhigendes Geräusch. Dann drehte Hajo ab, denn die Gäste hatten eine zweistündige Rundfahrt gebucht, und vor ihnen lagen noch einige Seemeilen.

Der frische Wind trieb Fenja die Röte auf die Wangen, die salzige Luft befreite ihre Lunge. Sie nutzte die Gelegenheit, um noch einmal mit den Leuten ins Gespräch zu kommen. Ein junger Mann zeigte besonderes Interesse an der Station und ließ sich gleich einen ganzen Stapel Flyer geben, den er an seiner Uni in

Hamburg verteilen wollte. »Sie sollten auch unbedingt Fördermittel beantragen«, riet er ihr, als sie von ihrem neuen Sponsorensystem erzählte. Fenja machte sich eine innere Notiz.

Dann hielt Hajo ein letztes Mal, bevor es zurück zum Hafen ging. Er läutete die Schiffsglocke und rief: »So, ihr Landratten, ich möchte euch bitten, für eine Minute zu schweigen, da ich meiner verstorbenen Frau gedenken möchte! Kennt ihr die Geschichte der kleinen Meerjungfrau? Mit der verhielt es sich ähnlich. Auch sie ist nach ihrem Tod ein Teil des Meeres geworden und tanzt jetzt mit den Wellen, wirbelt entlang der Schaumkrone und verschwindet dann wieder in der Tiefe. Die Asche meiner Frau ist nirgendwo und überall.«

Die Gäste wurden still, dafür waren die Möwen nun besser zu hören, die unermüdlich über dem Kutter kreisten.

Hajo ging in die Kajüte, um seinen Strauß rote Rosen zu holen. Fenja und Sven taten es ihm nach, stellten sich je links und rechts neben ihm hin. Sven hatte das Ölzeug abgelegt und sich die Haare frisiert. Diese kleine Geste berührte Fenja, denn sie zeigte, wie viel Sven dieser Moment bedeutete.

Hajo schaute eine Weile ins Wasser, dann warf er den Strauß, so weit er konnte, ins Meer. Er trieb kurz oben, wurde von einer Welle ergriffen und verschwand.

Sven schloss die Augen und murmelte etwas Unverständliches. Seine Lippen bebten, und seine Haltung war verkrampft, als hätte er Schmerzen. Fenjas Magen zog sich zusammen, so hatte sie ihn noch nie gesehen. Der Tod seiner Mutter war lange her, aber für ihn war sie lebendig und um ihn herum. Der Schmerz über ihren Verlust würde niemals versiegen.

Schließlich warf auch er seine Blumen ins Wasser.

Fenja löste das Band um ihre Gerbera und warf sie in eine aufkommende Brise, die sie hochwirbelte und einzeln auf die Wasseroberfläche segeln ließ.

Der Kloß in ihrem Hals drohte ihr die Luft zu nehmen, und

sie tastete nach Svens Hand, der ihre Geste akzeptierte. Gemeinsam schauten sie den Gerbera nach, die nun eine nach der anderen in den unergründlichen Tiefen des Meeres versanken, um dort Teil des ewigen Kreislaufes zu werden, der die Erde seit jeher regierte.

Die Gischt benetzte ihre Arme und Beine, aber als Sven sich über die roten Augen wischte, wusste Fenja, dass es einen anderen Grund hatte. Sie rückte ein Stückchen näher an ihn heran, reichte ihm ein Taschentuch. Mit einem traurigen Lächeln nahm er es an und schnäuzte sich. »Manche Leute verstehen nicht, dass man vermissen kann, was man nie hatte.«

»Ja.« Freundschaftlich legte sie einen Arm um seine Hüfte. Auch ihr liefen Tränen über die Wangen. Früher hatte sie ihren Vater vermisst, aber als der neu heiratete, war sein Interesse an ihr verflogen. Sie hatte sich oft in den Schlaf geweint, doch irgendwann war sie darüber hinweggekommen. Ein weiterer Gedanke keimte in ihr auf: Man kann auch lieben, was man nie gehabt hat.

Svens Hand fühlte sich warm an, und am liebsten hätte sie ihn nicht mehr losgelassen. Gemeinsam wären sie unschlagbar, das spürte sie.

Die Fahrt war viel zu schnell zu Ende. Gerade noch war sie den Tauen und Netzen auf der begrenzten Fläche des Kutterdecks ausgewichen, schon stand sie wieder am Landungssteg. Sehnsüchtig schaute sie zu einem Fischkutter hinüber, der gerade den Hafen verließ, eine weiße Wolke Möwen kreiste über ihm.

»Kaum zu glauben, dass der Hafen schon vor sechshundert Jahren Greetsiels Mittelpunkt war«, sagte Sven, der dem Schiff ebenso wehmütig nachschaute. »Als Kind wollte ich Krabbenfischer werden, aber mein Vater hat mir das ausgeredet. Ein verrückter Seebär pro Familie reicht, sagt er immer. Heute denke ich, er hatte Angst, dass ich mich einem unnötigen Risiko aussetze.«

Fenja sah zu ihm hinüber. Kapitän Hajo saß unweit von ihnen am Kai und schlürfte eine Fischsuppe. Den Oberkörper nach vorne gekrümmt, schien er nun ein anderer Mensch zu sein, in sich gekehrt, um Jahre gealtert und ganz in seinen Gedanken versunken.

»Ich kann verstehen, warum dein Vater das Meer so liebt«, sagte sie. Ihre Haare waren vom Salz verklebt, aber es störte sie nicht im Geringsten. Häfen und das Meer weckten seit jeher Fenjas Fernweh.

»Das ist untertrieben. Mein Vater ist vom Meer besessen. Eines Tages wird es sein Untergang sein. Er hält sich nämlich nicht an solche Trivialitäten wie Sturmwarnungen.« Etwas hatte sich in seiner Mimik verändert, er wirkte wieder so weich und freundlich wie damals, als sie zusammen picknicken waren … Eine schöne Erinnerung!

Wieder durchfuhr Fenja ein schmerzhaftes Zucken. Sven hatte plötzlich aufgehört, sie zu mögen, doch sosehr sie es versuchte, ihre Zuneigung zu ihm wollte nicht vergehen. Jedes Mal, wenn sie ihn sah, zerfloss ihr Verstand zu Butter. Aber zeigen oder es ihm gar sagen, konnte sie nicht. Sie war froh, wenn sie gut zusammenarbeiteten, ohne jedes weitere Drama – davon gab es schließlich schon genug. So schwierig es war, sie musste ihre Gefühle unterdrücken und verstecken.

Sie gingen vorbei an den Schiffen und den Hafenkneipen, bis sie den Parkplatz erreichten, auf dem ihr Transporter stand. Aber Sven stieg nicht sofort ein, sondern schaute sie ernst an. »Danke, dass du heute dabei warst«, sagte er und suchte ihren Blick. »Ich habe mich etwas weniger einsam gefühlt als sonst.«

Zurück auf dem Hof verschwand Sven direkt in Richtung Seehundbecken, und Fenja ging ins Büro, wo Janne schon auf sie wartete. Rund um ihre Freundin herum lagen Papierberge, Dokumente, Anträge. Instinktiv hob Fenja die Arme in einer Geste der Abwehr, doch dann musste sie lachen. Das Büro mit seiner ganzen geschäftstüchtigen Unordnung erinnerte sie an die Küche, in der sie vor ein paar Tagen ihre Backorgie veranstaltet hatte. Janne und sie blühten nun einmal jede auf ihre eigene Art auf, wenn sie in ihrem Element waren.

»Wir haben bis jetzt darüber gesprochen, wie wir mehr Geld einnehmen können, und unsere Initiativen in dem Bereich sind gut. Da fällt mir ein: Heute hat sich der erste Sponsor gemeldet. Ta-da!« Stolz hob Janne eine Urkunde hoch, die das Foto eines Seehundes zeigte. Darunter standen erst der Name und das Geburtsjahr des Tieres, dann der Name eines Mannes. »Erich Horst aus Dortmund sponsert die Kosten für Redolf bis zur Auswilderung. Ein erster Schritt ist getan. Das Zertifikat hier bekommt er zum Dank. Das kann er sich aufhängen oder stolz herumzeigen.«

»Wunderbar. Du bist eine gute Designerin.« Freudig strich Fenja über den blauen Rahmen auf dem Papier.

»He, fass das ja nicht mit deinen Schmutzfingern an!«, schimpfte Janne, nahm ihr das Papier weg und steckte es in einen Briefumschlag.

»'tschuldige. Was hast du dir sonst noch ausgedacht?«

Janne rückte ihre neue Lesebrille zurecht, die sie strenger und älter wirken ließ. »Ach ja. Der nächste Schritt ist ein Sparplan.« Sie öffnete ein Schreibprogramm und tippte auf den Bildschirm. »Wir müssen das Geld zusammenhalten und einige Abstriche machen.«

Fenja seufzte, als sie die Liste durchging. »Ich finde es nicht gut, wenn wir den Fisch im Großhandel kaufen statt bei Fisch Hauke. Wir müssen doch die lokale Wirtschaft unterstützen.«

»Dadurch sparen wir enorm viel Geld, und Haukes Geschäft läuft auch ohne uns prima. Optimal ist es nicht, aber irgendwo müssen wir anfangen.«

Kleinlaut deutete Fenja auf die nächste Zeile. »Müssen wir echt die Kaffeemarke wechseln?«

»Ja.«

»Okay.«

Janne druckte die Datei aus und heftete die Seiten zusammen. »Dieses Exemplar ist für dich. Wenn du weitere Ideen hast, immer her damit.«

»Ja, Chef.« Gehorsam griff sie nach den Kopien. Dabei zwinkerte sie Janne zu, die sich skeptisch die Brille hochrückte.

»Des Weiteren habe ich mehrere Plattformen gefunden, auf denen wir ganzjährig freiwillige Helfer finden können. Studenten, aber auch andere Tierliebhaber aus aller Welt. Gästezimmer haben wir, die müssten aber mal ordentlich entstaubt und durchgeputzt werden.«

Das wiederum gefiel Fenja gar nicht. Wenn sie fremde Leute unkontrolliert in der Station herumlaufen ließen, wäre eine Katastrophe vorprogrammiert. »Wir können niemanden an die Seehunde heranlassen. Das dauert keine fünf Minuten, bis der erste Helfer gebissen wird.«

»Keine Sorge«, beruhigte Janne sie. »Die Kernkompetenzen, und dazu zählen die Seehunde, bleiben bei unserem Team. Aber für Reinigungsarbeiten, einfachere Reparaturen und Botengänge sollten wir verstärkt auf ehrenamtliche Helfer zurückgreifen.«

Das gefiel Fenja schon besser. »Sag mal, hast du nicht gesagt, du hast keine Lust, in der Verwaltung zu arbeiten?«

Janne stand auf, streckte sich und gähnte. »Nee, ich will nur nicht mit meinen Eltern zusammenarbeiten. Die sind nämlich herrisch und sperren sich gegen jede Veränderung. Ich mag Herausforderungen, das ist spannend. Aber jetzt lass uns was essen.« Sie streckte ihr den Arm hin, und Fenja hakte sich ein.

Die nächste Woche flog an Fenja vorbei, denn am folgenden Samstag war das Hafenfest, und bis dahin gab es unendlich viel zu tun. Janne organisierte Banner und eine Preistafel. Sven klapperte sämtliche Freunde und Verwandte ab, um einen Stand und Verkaufstische aufzutreiben. Und Fenja verbrachte jede freie Minute in der Küche. Ihr Angebot sollte perfekt sein.

»Ich werde die Eröffnungsrede direkt vor Ihrem Stand halten. Dann ist Ihr Logo in jeder Zeitung und auch im Lokalsender zu sehen«, versprach Bürgermeister Schulze. In weiser Voraussicht hatte sie ihm einen Korb mit Köstlichkeiten zum Probieren ins Rathaus gebracht.

An einem Abend kam Sven erst spät nach Hause, und Fenja übernahm die Fütterung für ihn. Sie dachte sich nichts dabei, aber als ein fremdes Auto auf dem Hof vorfuhr, überkam sie ein merkwürdiges Gefühl. Vom winzigen, halb blinden Fenster der Futterkammer aus beobachtete sie, wie er ausstieg und sich umschaute. Dann zog er den riesigen Rucksack heraus, den er auch getragen hatte, als sie ihn mit dem Fahrrad eingeholt hatte.

Das Auto wendete und fuhr vom Hof – aber Fenja erkannte auf dem Fahrersitz eine junge Frau mit langen braunen Haaren. Sven winkte und warf ihr eine Kusshand hinterher.

Fenjas Atem ging heftiger. Warum konnte er ihr nicht einfach offen sagen, dass er eine neue Freundin hatte? Auf der *Robbenglück* hatte sie wieder vage Hoffnung geschöpft, gedacht, es könnte doch noch etwas werden mit ihnen. Nun entschied sie, endgültig nach vorne zu sehen.

*Wenn es nur nicht so wehtun würde*, dachte sie und ließ ihre Stirn gegen die Scheibe fallen, die bedrohlich klirrte.

# Kapitel 11

»Was für ein Glück.« Erleichtert trat sie vor die Tür. »Wir hätten es nicht besser treffen können.«

Heute fand das Hafenfest statt, und die Wettervorhersage war gemischt gewesen – aber der Himmel war blau und wolkenlos. Fenjas Laune stieg noch ein wenig, als Sven ihr die schweren Boxen mit ihren selbst gebackenen Köstlichkeiten zum Auto trug, während sie ihre Liste durchging.

»Hast du wirklich alles dabei?«, fragte Janne nun zum vierten Mal. »Wechselgeld? Tischdecken? Servietten?«

»Ja, ja und ja. Es wird schon werden. Und wenn nicht – daun deit lehren.«

»Wie, seit wann sprichst du Platt?«

»Man schnappt das eine oder andere auf«, antwortete Fenja zwinkernd, setzte den letzten Haken auf die Liste und klappte anschließend den Kofferraum zu. »Alles drin. Bis später!«

Eine letzte Frage hatte Janne noch. »Hat Dr. Hallen noch einmal bestätigt, dass er dir am Stand hilft? Es tut mir leid, dass ich ihn gebeten habe, dir heute auszuhelfen, weil ich weiß, dass du ihm lieber aus dem Weg gehst. Aber er hat mich mehrfach in den letzten Wochen angerufen und gefragt, ob er nicht auf der Station aushelfen kann, und allein wirst du den Stand nicht schmeißen können. Ich würde dir wirklich gern helfen, aber du weißt ja …«

»Ja. Du hast am Montag Abgabetermin für deine Hausarbeit. Ist schon klar. Dein Studium geht vor.« Die kleinen Muskeln in Fenjas Wange zuckten. Hoffentlich sah Janne ihr nicht an, was in ihr vorging. »Ich habe nur meine Zweifel, dass Wilko es für die Seehundstation tut. Ich will nicht, dass es so aussieht, als würde ich ihn ausnutzen. Und ich habe wirklich kein Interesse an ihm.« Sosehr sich Wilko immer noch um sie bemühte, es mischten sich keine Schmetterlinge unter ihre Gefühle. Doch jeder Versuch, sich ihm zu entziehen, war bisher gescheitert. Er suchte ihre Nähe wie ein Magnet, der sich nicht von seinem Ziel abbringen ließ. Kaum hatte sie das gedacht, fuhr sein Mercedes auch schon auf dem Hof vor.

»Bin ich zu spät?«, rief er aus dem halb offenen Fenster.

»Nein, gerade richtig«, antwortete Fenja und klopfte auf den Kofferraumdeckel. »Alles ist verstaut und abfahrbereit.«

Als er sie zur Begrüßung umarmte, versteifte Fenja sich unwillkürlich. Wilko merkte es nicht. Stattdessen raunte er Janne ungehemmt zu: »Se lett nettso mooi as Puus up Sönndag.«

»Ja, sie sieht heute wirklich besonders gut aus«, antwortete Janne hölzern. Offenbar spürte sie, wie unangenehm Fenja diese Bemerkung war.

Ihr Spiegelbild im Autofenster zeigte Fenja die zerzausten Haare und die Mehlflecken auf ihrer Schürze. *Die Schürze!* Schnell zog sie die aus, immerhin trug sie tatsächlich eine neue Bluse.

»Danke, dass du heute aushilfst«, sagte sie, als sie wenig später den kurzen Weg zum Hafen fuhren.

»Mach ich gerne.«

Den Stand hatte Sven bereits in aller Frühe aufgebaut. Fenja sah sich zufrieden um. Sie hatten tatsächlich einen der besten Plätze direkt am Wasser ergattert.

Er herrschte hektische Betriebsamkeit, um sie herum klapperte und raschelte es, als weitere Stände aufgebaut und Waren ausgepackt wurden. Auf der Bühne neben ihnen testete ein Techniker die Mikrofoneinstellungen. Gemeinsam schleppten Wilko und sie das Equipment und die Lebensmittelkisten zum Stand und bauten alles ordentlich auf.

Am Ende fotografierte Fenja ihr Werk. Das konnte sich doch tatsächlich sehen lassen!

Das Sortiment bestand aus Gebäck, Schokolade und Marzipan, wie geplant alles mit Ostfrieslandthema. Neben den liebevoll gestalteten Seehunden, mehreren gekringelten Leuchttürmen, den Windmühlen und einer Reihe von Vögeln – alles aus Marzipan gearbeitet – gab es winzige Schokoladenkrabben, Seesterne und Muscheln sowie mit Zuckerperlen verzierte Kekse in Aal- und Schollenform. Man konnte sich gewissermaßen einmal quer durch das Watt futtern. Schließlich kamen Touristen aus aller Welt zum Hafenfest, und die mochten alles, was ihre Urlaubsstimmung untermalte.

»Die Windmühlen kommen auf die oberste Stufe der Etagere«, wies sie Wilko an, der fragend ein Blech hochhob.

»Die Seehunde sind dir besonders gelungen«, lobte er sie, und Fenja musste zugeben, dass es stimmte. Sie hatte die Tiere einzeln mit einer Sprühpistole und Lebensmittelfarbe eingefärbt, damit sie möglichst authentisch aussahen.

Auch wenn die offizielle Eröffnung erst in einer halben Stunde war, strömten bereits die ersten Besucher auf das Fest. Fenja schob ihre Backwerke hin und her, bis wirklich alles perfekt aussah. Gerade wollte sie einen Teller umstellen, als Wilko aus Versehen mit seiner Hand ihre berührte. Er hielt inne, strich über ihr Handgelenk und schaute sie vielsagend an. Es löste nichts in ihr aus. Kein Kribbeln im Bauch, keine Röte im Gesicht. Sie seufzte, aber leider verstand er es falsch.

»Wenn du mich jetzt schon verrückt machst, wie soll ich dann dein Gebäck verkaufen?«, raunte er ihr zu.

Fenja wurde schlecht. Es ärgerte sie, dass Janne sein Hilfsangebot angenommen hatte. Aber wahrscheinlich war er sehr freundlich am Telefon gewesen, und Janne hatte ein schlechtes Gewissen gehabt, weil sie ihren Abgabetermin vergessen hatte. Verlegen trat sie einen Schritt zur Seite. Das konnte nicht so weitergehen! Sie würde darauf achten, etwas mehr Abstand zu ihm zu halten.

Dennoch gelang es Wilko noch ein weiteres Mal, mit ihr zusammenzustoßen. Dieses Mal war es eindeutig kein Versehen gewesen. Was sollte sie nur machen? Sie musste dringend mit ihm sprechen. Aber nicht hier.

Die Erlösung brachte Bürgermeister Schulze, als er sich mit einem ganzen Trupp Mitarbeiter direkt vor ihrem Stand einfand.

»Moin, Frau Jansen!«, rief er gut gelaunt. »Die Seehundstation hat den schönsten Stand auf dem Fest, Sie haben meine Erwartungen übertroffen! Heiko, schwenk die Kamera herum, ich möchte vor den Mini-Leuchttürmen sprechen. Davon können Sie mir auch gleich ein halbes Dutzend einpacken, Frau Jansen. Da haben Sie sich sicherlich von Luke inspirieren lassen, richtig?«, witzelte er, und Fenja nickte unsicher, denn sie hatte keine Ahnung, wer dieser Luke war. »Und nun zu Ihnen, meine Damen und Herren …«

Fenja bekam den Inhalt der Rede nur am Rande mit, da sich schon einige Kunden an den Stand drängten, die die besten Stücke kaufen wollten. Der Platz füllte sich schnell, und bald kam Fenja mit dem Verkauf kaum hinterher. Vor dem Stand hatte sich eine lange Schlange gebildet, die Teller und Bleche leerten sich im Handumdrehen. Zum Glück hatte sie mehrere Kisten auf Vorrat dabei – sie backte nie zu wenig.

Während sie beriet und verpackte, kümmerte sich Wilko um die Kasse. »Kaum jemand von hier«, kommentierte er und schielte zum Nachbarstand, an dem einige der bekannteren Greetsieler Bollbeisjes aßen.

»Für die Einheimischen ist unser Angebot wahrscheinlich nicht so verlockend«, mutmaßte Fenja und war doch ein wenig enttäuscht. Sie hatte gehofft, dass mehr Krummhörner bei ihr kaufen würden, um die Seehundstation zu unterstützen. Aber beklagen konnte sie sich nicht, das Geschäft brummte.

Erst gegen Mittag wurde es etwas ruhiger.

»Möchtest du einen Kaffee?«, fragte sie Wilko, der gerade Wechselgeld nachfüllte.

»Gerne.«

Sie drückte den Deckel der Thermoskanne herunter, um ihnen einzuschenken. Als sie den Blick hob, sah sie, wie sich Wilkos Gesichtsausdruck veränderte. Er schien jemanden in der Menge entdeckt zu haben, erstarrte, wurde blass um die Nasenspitze. Verwundert ließ sie die Tasse sinken.

Er drehte sich hektisch um und zog sein Handy hervor. »Oh«, sagte er und tat überrascht. »Es tut mir unglaublich leid, Fenja, aber es gibt einen Notfall im Krankenhaus. Ich muss leider los.«

»Aber –«

»Ich glaube, der größte Ansturm ist geschafft – den Rest packst du sicherlich allein«, unterbrach er sie, und ohne weitere Zeit zu vertun, verschwand er hinter der Plane, die als Rückwand des Standes diente.

Entsetzt starrte Fenja ihm hinterher. Nur langsam klappte ihr Mund wieder zu. Ihre Hand zitterte so stark, dass sie die Tasse abstellen musste.

»Das ist jetzt nicht passiert«, murmelte sie und strich sich fassungslos über die Stirn. Erst riss er sich darum, heute mitzuhelfen, dann haute er einfach ab.

»Kann ich zwei von diesen Muscheln haben?«, fragte eine Kundin, die an den Stand getreten war. »Die in der Mitte, bitte.«

»Sehr gerne.« Fenja zwang sich, die Frau freundlich anzulächeln, aber ihr Gesicht spielte nicht richtig mit.

»Waren Sie hier eben nicht zu zweit?«, bohrte die Frau nach, aber Fenja fiel der unangenehme Unterton in ihrer Stimme erst auf, als die Kundin verschwunden war. Sie hatte jetzt andere Sorgen. Das Fest ging bis sechzehn Uhr – nach dem Mittagessen würde es sicherlich einen weiteren Andrang am Stand geben. Auch wenn sie froh war, Wilko los zu sein – allein würde sie das nie packen.

»Hi, Fenja«, erklang da eine Stimme an ihrem Ohr.

Eine Welle der Erleichterung erfasste sie, als sie sich umdrehte und Sven gegenüberstand. In ihrer Euphorie fiel sie ihm in die Arme, woraufhin er sich, wie sie zuvor bei Wilko, versteifte.

Sanft, aber bestimmt löste er ihre Arme von seinem Rücken, schob sie ein Stück weg und schaute sie aufmerksam an. »Was ist los? Läuft es nicht gut?«

Sie schüttelte den Kopf, verbesserte sich dann aber: »Doch, das Geschäft läuft super. Aber Wilko ist einfach gegangen.«

Ungläubig hob Sven die Augenbrauen. »Wie meinst du das? Einfach so?«

»Ja.«

Sven kratzte sich ungläubig am Kopf. »Hatte er Bereitschaftsdienst?«

»Nein. Ja. Ich weiß auch nicht.« Sie konnte ihm schlecht von Wilkos offensichtlicher Lüge erzählen. Dafür war die Spannung zwischen den beiden Männern zu groß. »Was machst du eigentlich hier?«

»Ich bin früher mit der Arbeit auf der Station fertig geworden als gedacht. Ehrlich gesagt, habe ich mich echt beeilt.« Er zögerte, schaute sie an und holte Luft. »Und ich wollte nachschauen, wie es läuft. Da ich schon mal hier bin«, angetan ließ er seinen Blick über das Sortiment gleiten, »könntest du mir etwas für meinen Vater empfehlen? Auch wenn man ihm das nicht ansieht, er ist eine echte Naschkatze und liebt Süßes.«

Fenja straffte die Schultern. »Da kann ich das Nougat mit den ganzen Haselnüssen empfehlen.«

Doch Sven war bereits weiter an der Auslage des Stands entlanggeschlendert. »Was ist das denn?«, fragte er neugierig und deutete auf einen länglichen Gegenstand aus Marzipan, Schokolade und Fondant.

»Äh«, sagte sie verlegen, diese süße Kreation hatte sie bisher gut vor ihm versteckt. »Wonach sieht es denn aus?«

»Keine Ahnung. Vielleicht eine Sardinenbüchse mit Fähnchen?«

»Wie bitte?«, platzte es empört aus ihr heraus, doch dann sah sie sein Grinsen. »Oh, also erkennst du es?«

»Natürlich.« Vorsichtig hob er das Torfschiff an und begutachtete es von allen Seiten. »Gar nicht mal schlecht. Das nehme ich auch.«

Das versöhnte sie wieder mit der Welt. Wie sehr hatte sie sich gewünscht, mit Sven und seinem Torfschiff durch die unzähligen Kanäle der Region zu fahren ... Beim Formen der Boote hatte sie an ihn gedacht und davon geträumt, wie alles hätte anders kommen können.

»Woher weißt du eigentlich, wie ein Torfschiff aussieht?«, fragte er misstrauisch.

»Ich habe es gegoogelt.«

Er lachte. »Meins sieht anders aus. Bei Gelegenheit zeige ich es dir. Soll ich bleiben und aushelfen? Ich kann Janne bitten, die nächste Fütterung für mich zu übernehmen, die nimmt nicht viel Zeit in Anspruch, und den Rest der Arbeit erledige ich am Montag. Stehe ich halt etwas früher auf.«

Sie nickte dankbar. »Gerne. Du darfst auch naschen, so viel und was du willst.«

»Alles?« Sven grinste breit.

Fenja hätte am liebsten darauf hingewiesen, dass sie selbst auch zur Auswahl stand, riss sich aber zusammen. Das war jetzt weder der richtige Ort noch der richtige Zeitpunkt.

Immer mehr Besucher scharten sich um ihre Leckereien, aber zu zweit ließ sich die Arbeit bewältigen. Erst zwei Stunden später kam Fenja dazu, wieder ein paar Worte mit Sven zu wechseln. »Danke, dass du da bist.«

»Das Herz braucht Hände, die Hände ein Herz«, sagte Sven fröhlich und schob sich ein weiteres Marzipanherz in den Mund.

*Er ist so verfressen wie ein Kleinkind. Morgen hat er bestimmt*

*Bauchschmerzen*, dachte sie. »Wo hast du den Spruch denn geklaut?«, fragte sie jedoch.

»Sagt deine Oma immer. Das ist ihr Lebensmotto.« Und wieder verschwand eine Süßigkeit vom Teller vor ihm.

»Es gefällt mir.«

Sven bemerkte, wie sie das Stück Gebäck verfolgte, das er sich zwischen die Lippen schob. Kauend entschuldigte er sich: »Ich versuche, mich zurückzuhalten. Aber ich kann nichts dafür, dass sich deine Leckereien alle in meine Hüfte verliebt haben.«

Kurz darauf kam sein Vater an den Stand geschlendert, und Sven überreichte ihm das Nougat. »Schön, dich hier zu sehen, Papa. Das ist für dich. Die beste Spezialität zwischen Rhauderfehn und Neuharlingersiel!«

»Danke«, brummte der alte Kapitän verlegen und strich sich durch den Bart. »Warum bist du denn jetzt hier am Stand? Hast du nicht gesagt, der Doktor wollte unbedingt aushelfen?«

Sven schüttelte den Kopf. »Eigentlich schon. Aber ich habe im Akkord gearbeitet, und der gute Doktor musste zurück ins Krankenhaus.«

Die Falten in Hajos wind- und wettergegerbtem Gesicht wurden tiefer. »Der Dr. Hallen? Das glaube ich nicht. Der hat sich eben beim Meinert auf dem Segelschiff verkrochen. Habe mich schon gewundert, was der beim Meinert macht, die beiden sind sich doch nicht grün.«

***

Fenja bemühte sich, der Versuchung nicht nachzugeben und Sven nicht zu offensichtlich anzuschauen. Alles in ihr sehnte sich nach ihm. Warum konnte Wilko nicht so sein wie er? Oder Sven ihr so nachlaufen, wie Wilko es tat?

Seit sie Seite an Seite am Stand der Seehundstation arbeiteten, war Sven erstaunlich nett zu ihr. Wahrscheinlich hatte er Mitleid mit ihr, weil Wilko sie hatte sitzen lassen. Der Gedanke trübte ihre Stimmung. Sie wollte nicht sein Mitleid, sondern sein aufrichtiges Interesse.

»Gut, dass Wilko von sich aus gegangen ist, das war ohnehin kaum mit ihm auszuhalten«, dachte sie und schlug sich die Hand vor den Mund, als sie merkte, dass sie den Gedanken ausgesprochen hatte.

Sven lächelte. »Immer raus damit«, witzelte er und reckte beide Daumen in die Luft.

Fenja wartete, bis sie den nächsten Kunden bedient hatten. Es war, als sprudelten all die aufgestauten Emotionen in ihr hoch. »Ich habe Wilko für einen anständigen Kerl gehalten, aber irgendetwas versucht er zu verbergen. Sein Handy hat überhaupt nicht geklingelt, und kurz nachdem er verschwunden ist, kam eine Frau an den Stand – vielleicht seine Freundin? Die Arme. So einen Glattsnacker, der sich die Frauen warmhält, braucht wirklich niemand. Man wünscht sich doch eine ernste Beziehung und Familie. Jemanden, der einen liebt und zu schätzen weiß … und dem ich nur in die Augen schauen muss, um innerlich zu Wackelpudding zu werden.« Erschrocken hielt sie inne, als sie bemerkte, dass Sven die Arme verschränkt hatte und sie höchst interessiert mit einer hochgezogenen Augenbraue ansah. »'tschuldigung«, murmelte sie. »Da sind wohl die Pferde mit mir durchgegangen. Ich bin jetzt still.«

»Nein, das brauchst du nicht.« Er trat einen Schritt auf sie zu und senkte die Stimme. »Sprich ruhig weiter.«

»Meinst du das ernst?«

Er schaute sie so treuherzig und ehrlich an, dass sie sich einen Stuhl heranzog und sich setzen musste. Gerne hätte sie sich ihm geöffnet und alles erzählt. Von Torsten und wie er sie hintergangen hatte, weil sie sich Kinder wünschte. Von ihrer Suche nach dem Richtigen – davon, dass sie bei Sven fast in Versuchung geraten war, zu glauben, dass sie ihn gefunden hatte.

»Moin, ich hätte gerne die Schoko-Flunder und den Plattfisch«, unterbrach eine Kundin ihre Gedanken.

Ungelenk erhob sie sich. »Aber gerne. Soll ich die beiden einzeln einpacken oder zusammen?«

***

»Och, das freut mich!«, jubelte Oma. »Das Hafenfest hat Tradition und ist etwas ganz Besonderes.«

Fenja hatte das Handy auf Lautsprecher gestellt, damit Sven und Janne mithören konnten. Bisher hatte sie es vermieden, Oma von dem vierstelligen Umsatz zu erzählen, und zum Glück fragte die auch nicht danach. Finanzielles interessierte sie im Allgemeinen herzlich wenig – zu wenig.

»Nächstes Jahr schauen wir es uns gemeinsam an«, versprach Fenja und griff nach ihrer Kaffeetasse.

»Die Kunden waren begeistert von Fenjas Produkten, es ist fast alles ausverkauft«, sagte Sven, und Janne, die Oma offenbar sehr gut kannte, warf hinterher: »Die Reste frieren wir natürlich ein, es kommt nichts um.«

»Ach, mien Kinners, das macht mich so glücklich. Konntet ihr das Fest denn auch ein bisschen genießen bei der ganzen Arbeit?«

Die drei schwiegen. Janne hatte mit Ausnahme der Seehundfütterung vor dem Computer gehangen, und Sven und Fenja hatten den Stand nicht ein einziges Mal verlassen.

»Das habe ich mir schon fast gedacht. Wisst ihr was? Füttert die Seehunde morgen früh, und nehmt euch dann abwechselnd frei. Ich werde Henrik und Ole bitten, vorbeizukommen und euch unter die Arme zu greifen, sie kennen sich in der Station ganz gut aus. Ihr müsst euer Leben genießen, solange ihr jung seid! Die Jugend geht zu schnell vorbei.«

»Hm, ich würde mich lieber an meine Hausarbeit setzen, den

größten Teil habe ich schon geschafft, aber am Literaturverzeichnis muss ich noch arbeiten. Ist aber in Ordnung, auch wenn es nicht so aussieht, ich studiere gern. Es gibt mir ein Ziel vor Augen.«

»Na gut«, sagte Oma und schaute Fenja schelmisch an. »Und ihr zwei Hübschen solltet euch bei der Schlickschlitten-Wältmeisterschaft anmelden. Den Spaß könnt ihr euch nicht entgehen lassen!«

Bei diesem Wettbewerb, von den Einheimischen auch »Karneval im Watt« genannt, traten am Trockenstrand Upleward kostümierte Mannschaften in den drei Disziplinen Sprint, Reusenlauf und in der Staffel gegeneinander an.

***

Fenja stand gespannt in Sportklamotten und Neoprenschuhen im Schlick und betrachtete den schweren Schlitten.

»Oh Mann, oh Mann, oh Mann«, sagte sie vor sich hin und schaute unsicher zu Yas, Frida und Sven, den Mitgliedern ihres Teams.

»Wer möchte Ersatzläufer sein?«, fragte Yas.

»Ich bitte!«, rief Frida sofort und schaute dankbar, denn sie war mit Abstand die Unsportlichste im Team. Zu Fenjas Freude hatte Frida sich ihnen dennoch angeschlossen.

»Seid ihr startklar?«, rief Yas nun, und die anderen drei nickten brav.

Es gingen deutlich mehr Männer als Frauen an den Start, was Fenja besonders anspornte. Ihre Waden waren durch die vielen Rettungseinsätze im Watt gestählt, ihre Armmuskeln hatten durch die harte Arbeit in der Station an Umfang gewonnen. Sie standen im knöcheltiefen Watt, das jeden Schritt durch einen saugenden Unterdruck erschwerte. Bereits auf dem Weg hierher waren die ersten Teilnehmer ausgerutscht und hatten für viel Gelächter gesorgt. Etwa zwanzig Teams traten gegeneinander an, die meisten nahmen schon seit vielen Jahren teil, einige waren sturzbetrunken. Neben ihnen standen vier Männer, die aus Wikingerhörnern tranken und mehr torkelten als gingen.

»Sven, du bist für den Schlickschlitten zuständig. Gib alles!«, entschied Yas, und Sven nickte brav. Eine dicke graue Wolke zog über den Himmel, aber sie war gnädig und hielt dicht.

Sven hockte sich mit einem Knie auf den schweren Schlickschlitten, den er fünfzig Meter weit schieben musste. Das sah einfacher aus, als es war, denn der schlammige Boden bremste enorm. Aus dem Lautsprecher dröhnte das Startsignal, und Sven schob los. Die Zuschauer auf dem Deich sprangen auf und johlten.

»Lauf, Sven!«, kreischte Yas, die Hände trichterförmig um den Mund gelegt.

»Schneller!«, rief Frida.

Fenja jubelte das, was ihr gerade in den Sinn kam – alles von »Go, Bro!« bis »Eat pasta – run faster!«, alles Überbleibsel der Spieleabende auf dem Kreuzfahrtschiff, bei denen gerne auf Englisch moderiert wurde.

Gerade lag Sven weit vorne, aber links und rechts holten zwei muskulöse Männer auf. Der eine gab dem Schlitten einen kräftigen Stoß, nur um dann mit dem Knie abzurutschen. Fluchend fiel er vornüber in den Schlick. Das Publikum lachte, als er sich aufrichtete, über und über mit Schlamm bedeckt.

»Sveeeen!«, brüllten sie jetzt zu dritt. »Du schaffst das!«

Der andere Schlitten lag mit seinem auf gleicher Höhe. Noch zehn Meter. Bloß keinen Fehler machen! Svens Gegenspieler war ein vor Kraft strotzender Typ um die vierzig, dessen baumstammdicke Arme und Beine über und über tätowiert waren. Die Zeit schien stehen zu bleiben, während die beiden Männer um den Sieg kämpften.

Die letzten Schritte. Sven ächzte, warf sich nach vorne – und fuhr als Erster durchs Ziel.

Das Publikum sprang auf und applaudierte. Fenja und ihre Teamkolleginnen umarmten sich und tanzten im Kreis. Ein Mann gab Frida ein High Five – es war ihr Ehemann Siebert, wie sich herausstellte. Fenja erkannte noch einige andere Greetsieler wie den Fischbudenbesitzer Hauke Petersen und die witzige Frau von der Post, die immer einen guten Spruch auf den Lippen hatte. Zum ersten Mal fühlte sie sich, als wäre sie Teil dieser eigentümlichen Gemeinschaft, die so gerne für sich blieb. Der Wind blies ihr die Haare ins Gesicht, und als sie eine Strähne wegwischte, schmierte sie sich zu Yas' Belustigung Schlick ins Gesicht.

Beim anschließenden Reusenlauf war Teamarbeit gefragt. Fenja schob den Schlitten zuerst, dann rannte Yas zur Reuse, um einen künstlichen Aal zu holen, nur damit Sven den Schlitten ins Ziel fahren konnte. Sie schlugen sich tapfer, aber Yas ließ den glitschigen Aal fallen und verschwendete wertvolle Sekunden, während sie versuchte, ihn im braunen Matsch zu fassen zu bekommen.

»Macht nichts«, tröstete Sven sie, und Yas lachte nur: »Das ist mir im letzten Jahr auch passiert.«

Fenja ließ den Blick über die Zuschauer gleiten. Wie schön wäre es, wenn Oma zuschauen könnte! Neben der Tribüne sah sie eine Frau in weißer Segelkleidung, die einen Sonnenschirm hielt. Diese affektierte Haltung … War das etwa Wenx Hellwig? Sie konnte es nicht sicher erkennen, die Frau war zu weit weg. Hastig wandte Fenja sich ab. Sie musste sich auf die nächste Runde vorbereiten.

Am Ende landeten sie auf dem vierten Platz der Gesamtwertung, und Frida gab eine Runde Schnaps aus, wie es sich in Ostfriesland gehörte. Ihr Mann und einige ihrer Freunde gesellten sich zu ihnen. »Nich lang schnacken, Kopp in Nacken«, grölten sie und leerten die Pinnchen.

Fenja würgte den Schnaps hinunter, der ihren Hals von innen zu verbrennen schien, und grinste, als sie beobachtete, dass

Sven überhaupt nichts getrunken hatte, sondern das volle Gläschen hinter seinem Rücken verschwinden ließ, um es heimlich auszukippen. Man musste schließlich auch nicht jede Tradition mitmachen.

Schnell verdrängte sie das Bild von Opa Garlef, das sich in ihren Gedanken breitmachen wollte. Ohne den »versoffenen Alten«, wie ihr Vater ihn genannt hatte, wäre er nie von der Krummhörn weggezogen und sie hätte ihn hier weiterhin besuchen und durch ihn Teil dieser Gegend werden können. Wie schön musste es für die Kinder sein, die hier aufwuchsen, zwischen Wellen und Wind, Schafen und Deichen, die im Sonnenuntergang so zart und weich wie Marzipan wirkten, dass man am liebsten ein Stück davon abgebissen hätte! Vielleicht wäre sie irgendwann mit ihrer Mutter hierhergezogen und mit Sven zur Schule gegangen …

»Wie geht's denn Mila?«, fragte eine Frau, die Frida zur Begrüßung ein Küsschen auf die Wange gab.

»Gut«, antwortete Frida, »sie schlägt sich tapfer. Nächsten Mittwoch müssen wir wieder ins Krankenhaus. Bis dahin versuchen wir, den Alltag möglichst normal zu gestalten.«

Fenja wunderte sich über die Aussage – sie hatte bisher noch nichts davon mitbekommen, dass Fridas Tochter krank war. Aber Frida war bereits in das Gespräch mit der anderen Frau vertieft, und sie nahm sich vor, später mehr darüber herauszufinden.

Später spazierte sie mit Sven eine Runde allein durchs Watt, um einen klaren Kopf zu bekommen. Die Flut hatte eingesetzt, und die Spuren des Wettbewerbs waren größtenteils verschwunden. Das Watt gehörte nun wieder den unzähligen Tierchen, die dort hausten, den Insekten, Larven und Krebstieren im Boden und den Alpenstrandläufern, die sich von ihnen ernährten. So ruhig das Watt auch schien – es war ein pulsierendes Ökosystem voller Leben, in dem es wuselte und krabbelte.

»Du bist eine schnelle Läuferin«, lobte Sven sie. Unter all dem Schlamm war er kaum wiederzuerkennen. Zwar hatte er sich grob das Gesicht und die Hände gewaschen, aber der Schlick war zäh, klebte in seinen Augenbrauen und Haaren.

»Danke.« Sie spürte jeden Muskel in ihren Oberschenkeln, der Schlitten war schwerer gewesen als gedacht. »Wir sind ein gutes Team.« Bewusst sagte sie »sind« und nicht »waren«. Ob er darauf anspringen würde?

»Ja, das stimmt.«

»Was ist mit Fridas Tochter?«

»Mila hat Leukämie. Wusstest du das nicht? Sie muss regelmäßig zur Chemo. Die Kleine ist so ein süßes Kind, wir leiden alle mit ihr mit.«

»Oh. Nein, das wusste ich nicht. Die Arme, sie ist doch erst zwei.« Sie nahm sich vor, Frida bei Gelegenheit auszuhelfen – irgendetwas würde sie bestimmt für sie und ihre Familie tun können.

Sven bedeutete ihr innezuhalten und deutete auf eine hübsche Ringelgans, die sich das Gefieder putzte.

Fenja wartete, während er vorschlich, um das Tier besser beobachten zu können. Sie atmete tief durch. Die frische Luft füllte ihre Lungen auf angenehme Weise, sie spürte, wie ihr Blutdruck sank und alles in ihr ruhig wurde. Aus der Ferne erschollen die Musik und das Gelächter der Feiernden, aber hier hinter der Wassergrenze waren sie für sich.

Sie erinnerte sich daran, wie Oma ihr am ersten Tag das Foto gezeigt hatte, auf dem sie nackt im Watt gespielt hatte. Sven hatte sie mit einem Schlickball beworfen. Sie schielte auf Svens nach vorne gebeugten Rücken, und plötzlich juckte es sie in den Fingern.

*Späte Rache ist süße Rache*, dachte sie und hockte sich hin. Ein schmatzendes Geräusch erklang, als sie in das Watt griff und eine Schlammkugel formte. Kurz darauf flatterte die Gans erschrocken auf, als Sven eine ungeschickte Bewegung machte. Fenja zielte, und als er sich umdrehte, warf sie ihm den Ball an die Schulter.

Verdutzt schaute er sie an, und sie lachte so laut auf, dass sie das Gleichgewicht verlor und der Länge nach ins Watt fiel.

Sofort war Sven bei ihr und drückte ihr eine Ladung Schlamm ins Gesicht. Sie warf sich auf ihn, und zusammen rollten sie über den Boden. Kurzzeitig hatte sie die Oberhand, bis Sven es schaffte, sie mit seinem Körpergewicht nach unten zu drücken und ihre Arme festzuhalten. Eine Weile zappelte sie weiter, dann ging ihr die Puste aus. Da hielt auch Sven inne, sein Lächeln verschwand. Einmal noch zuckten seine Mundwinkel, bevor ein sehnsüchtiger Ausdruck in seine Miene trat. Er schaute sie an, beugte sich weiter herunter. Ein Tropfen Schlamm landete auf Fenjas Lippen, lief zäh ihr Kinn hinab.

Sven kam ihr noch näher, schaute ihr suchend in die Augen. Wie sie ihn vermisst hatte … Süße Sehnsucht durchflutete sie, und sie blieb mucksmäuschenstill liegen, um den Augenblick nicht zu zerstören. Endlich spürte sie seine Lippen auf ihren, und sie öffnete einladend den Mund. Seine Zunge liebkoste sie, drang zwischen ihre Lippen, und sie küssten sich, als wäre es das erste Mal.

# Kapitel 12

»Fenja«, hauchte Sven gegen die Bö, die vom Meer herüberwehte. »Ich habe dich so vermisst.« Zärtlich strich er ihr über die Wange, das Ohr und wanderte mit den Fingern an ihrem Hals hinunter. »Was machen wir nur? Weinst du etwa?«

»Nein«, log Fenja und drehte den Kopf weg. »Das ist der Wind.« Svens Nähe und der Kuss hatten sie wie eine Druckwelle überrollt. Ihr war schwindlig und übel zugleich, in ihr tobte ein heftiger Sturm der Gefühle.

Besorgt legte Sven eine Hand auf ihre Stirn. »Wirst du krank? Deine Stirn ist warm. Oder bereust du den Kuss?«

»Nein, ich … Es ist alles gut. Es ist nur, dass ich mir das so sehr gewünscht habe, dass ich jetzt nicht damit umgehen kann. Ich habe dich mehr vermisst, als du dir vorstellen kannst, Sven.«

Er lachte leise und zog sie fest an sich. Der Schlick unter ihnen gluckerte bei der Bewegung, ließ sie ein Stück weiter einsinken. »Oh Fenja, meine Fenja. Ich dich auch. Es war schrecklich, dich jeden Tag zu sehen und dich trotzdem auf Abstand halten zu müssen. Alles in mir hat sich nach dir gesehnt, aber ich konnte es nicht zulassen.«

»Das hast du aber gut versteckt.«

»Du auch.«

Sie vergrub ihren Kopf an seinen Schultern und atmete tief ein. Sein unwiderstehlicher Duft nach Sandelholz, Ingwer und Orange umhüllte sie.

»Was hat deine Meinung geändert?«, fragte sie leise.

»Tja, ich glaube, es gab da einige Missverständnisse zwischen uns. Erinnerst du dich an unseren Abend auf dem Leuchtturm? Du meintest, du möchtest nicht über deine Zukunft nachdenken, sondern nur dein Leben genießen. Das hat bei mir den Eindruck erweckt, dass du mit mir spielst, dass ich eine Art Ferienflirt für dich bin.«

»Nein, so ist es nicht.« Fenja legte ihre Arme um seinen Hals und suchte seinen Blick. »Ich bin von meinem Ex-Freund verletzt worden. Er ist fremdgegangen, nachdem ich ihm von meinem Kinderwunsch erzählt habe, weil er sich nicht für eine ernste Beziehung bereit fühlte. Hätte ich das nur gewusst – ich wollte dich nicht verscheuchen, ganz im Gegenteil.«

Sven lächelte gequält. »Das ist mir klar geworden, als wir gestern gemeinsam auf dem Hafenfest gearbeitet haben und du dich über Dr. Hallen beschwert hast. Und da habe ich auch verstanden, dass du nicht direkt mit dem nächsten Typen angebändelt hast, sondern dass dieser Arzt dir nachläuft wie ein gelackter Dackel. Ich dachte ernsthaft, dass du auf sein geschniegeltes Image hereingefallen bist.«

»Nein, keine Sorge. Wilko ist nett, aber nicht mehr.«

Sanft küsste er sie auf die Stirn, und seine Barthaare kitzelten sie an der Nase, dass sie eine Gänsehaut bekam. »Vielleicht wollte ich auch nicht wahrhaben, wie sehr ich mich in dich verliebt habe, aus Angst, du könntest weiterziehen und ein großes Loch in meinem Herzen hinterlassen. Das wäre unerträglich. Du bist mir wie ein Zugvogel vorgekommen, der den Sommer auf den Marschwiesen verbringt, bis die Tage dunkler werden und sein Instinkt ihn dazu treibt weiterzuziehen.«

»So, so«, sagte sie. »Ein Zugvogel also, du verkappter Ornithologe. Was denn für einer? Etwas Gewöhnliches oder wenigstens eine seltene Art wie die Kornweihe?«

Sven tat, als überlegte er angestrengt. »Nee, ich glaube, ein Kiebitz passt ganz gut zu dir. Der hat ein hübsches schimmerndes Gefieder und eine niedliche zweizipflige Haube, die ihm etwas unwiderstehlich Eigentümliches gibt. Außerdem …«, ein keckes Funkeln trat in seine Augen, »sind Kiebitze für ihre spektakulären Balzflüge bekannt, und das würde ich zu gerne mal bei dir sehen.«

»Wenn ich anfange zu tanzen, dann ist das in etwa so erotisch wie ein Maulwurf beim Schnellstricken.«

»Aber ein äußerst attraktiver Maulwurf.« Er beugte sich langsam herunter und küsste ihren Hals entlang, immer tiefer, bis er die Stelle oberhalb ihrer Brüste erreichte.

»Ich glaube, wir sollten uns einen anderen Ort suchen«, keuchte Fenja. Eine unbändige Welle der Lust erfasste sie und vernebelte all ihre Sinne.

»Okay«, stimmte Sven ihr zu. »Ich habe da auch schon eine Idee.«

Eine Dreiviertelstunde später standen sie frisch geduscht an einem kleinen Kanal, der weiter nördlich mit dem Neuen Greetsieler Sieltief verbunden war.

»Darf ich vorstellen – das ist meine *Charlotte*«, sagte Sven stolz und streichelte über die seitliche Holzwand des Bootes vor ihnen.

Fenja stieß einen anerkennenden Seufzer aus, sie hatte sich das alte Torfschiff anders vorgestellt, rustikaler und verfallener. Der Rumpf war unten rot und oben grün gestrichen, Mast und Schwert waren naturbelassen gehalten und lackiert. Winzige Wellen klatschten gegen den Bug, schafften es aber nicht, das schwere Schiff zu bewegen. Auf dem Deck lag Werkzeug herum, ein paar Eimer standen im Weg.

»*Charlotte?*«, wiederholte Fenja lächelnd, während sich ein warmes Gefühl in ihrem Bauch ausbreitete. »Ein würdiger Name für eine schicke alte Dame.«

Sven kletterte an Bord und reichte ihr die Hand. »Komm«, sagte er. Behutsam öffnete er die knarzende Tür zur winzigen Kajüte, und gemeinsam verschwanden sie im Inneren. Er ließ ein Streichholz aufflammen, kurz darauf umfing sie der warme Schein einer Kerze. Quietschend klappte er den Deckel einer Truhe hoch und zog eine Decke hervor. Er breitete sie aus, und kleine Staubflocken wirbelten auf, die sie in der Nase kitzelten.

Fenja horchte tief in sich hinein. Was sie taten, würde Konsequenzen haben. Wollte sie das wirklich? Sie war nervös, in ihr knisterte es vor Aufregung. Aber da war noch mehr, sie empfand aufrichtige Zuneigung und Leidenschaft für diesen ungestümen Mann, der ihr den Atem raubte und ihr Herz zum Fliegen brachte. Ihre Handflächen wurden feucht, als er sie von hinten umarmte und ihr zart in den Nacken biss. Und ihre Knie schienen plötzlich aus Wackelpudding zu bestehen, zitterten, wollten den Körper nicht mehr halten.

Sven hielt inne und flüsterte ihr ins Ohr: »Du bringst mich um den Verstand, Fenja, du bist zu gut, um wahr zu sein. Ich möchte jeden Zentimeter deiner Haut erkunden, um sicherzugehen, dass du wirklich echt bist. Ich glaube, ich habe mich ernsthaft in dich verliebt.«

Er fuhr mit seiner Zunge über ihre Schulter, zog dabei den Träger ihres Tops herunter. Dann stellte er ihr eine Frage, aber Fenja dröhnte das Blut so laut in den Ohren, dass sie ihn nicht verstand.

»Ist dir das recht?«, wiederholte er.

Statt zu antworten, tastete sie nach seinen Oberarmen, drehte sich um und küsste ihn. Er war erregt, das spürte sie durch seine Jeans. Entweder jetzt oder nie … Sie drückte sich eng an ihn, rieb sich an ihm und brachte ihn zum Stöhnen.

Kurz darauf sanken sie gemeinsam auf die Decke, kämpften mit ihrer Kleidung und halfen sich gegenseitig beim Ausziehen.

»Du bist so schön«, keuchte Sven, das T-Shirt halb über den Kopf gezogen. Liebevoll betastete er ihre Brüste, spielte mit den Brustwarzen und bekam einen gläsernen Blick, als sie sich vor Erregung aufrichteten.

Sie sah Svens nackten Körper im Halbdunkel, die Narbe auf seiner Schulter, die Schweißperlen auf seinem Hals. Sein Atem wurde schwerer und schneller. Ihre Haut schien zu brennen, so sehr sehnte sie sich nach ihm.

Doch als er bei ihrem Slip angekommen war, schob sie seine Hände weg und zog ihn selbst hinunter. Dabei verlangsamte sie ihre Bewegungen, genoss es, wie Sven sich vor Anspannung quälte und hektischer wurde, je langsamer sie das letzte Kleidungsstück auszog, bis sie nackt vor ihm stand. Das Spiel hatte seine Hemmungen gelöst, die Begierde überwog, und er zog sie zu sich hinunter. Doch als er sich über sie beugte, rollte sie sich zur Seite, lächelte, fuhr mit einem Finger über seinen muskulösen Bauch und setzte sich dann auf ihn. Sie suchte seine Mitte und schloss stöhnend die Augen, als er tief in sie eindrang.

***

Erschöpft lagen sie nebeneinander, so eng umschlungen, dass sich ihre Nasenspitzen berührten. Langsam beruhigte sich Fenjas Atem wieder, die Hitze des Verlangens wich wohliger Entspannung. Die Kerze war ein ganzes Stück heruntergebrannt, aber sie verspürten beide keinen Drang aufzustehen. Fenja kuschelte sich eng an ihn und genoss noch ein paar Minuten der innigen Nähe, während sie nach den richtigen Worten suchte.

»Weißt du«, begann sie dann mit sanfter Stimme, »ich habe da ein paar Fragen, die ich dir gerne stellen würde, um dich besser zu verstehen.«

Er spielte mit ihren Haaren und drehte eine Strähne um seinen Finger. »Klar, nur raus damit.«

»Gut. Warum bist du so oft während der Arbeitszeit für mehrere Stunden verschwunden? Ich weiß, dass du nicht immer beim Torfschiff warst, aber wo warst du dann?«, fing sie gleich mit der schwierigsten Frage an. In dem flackernden Licht veränderten sich Svens Konturen, waren mal fein, mal grob. Aber eins blieb unverändert, und das war die Liebe in seinem Blick, von der Fenja hoffte, dass sie nie wieder verschwand.

Er stupste sie belustigt an. »Was hast du gedacht? Dass ich eine Freundin habe?«

Als Vergeltung kniff Fenja ihn neckend in die Wange. »Ehrlich gesagt, ja.«

Er biss ihr sanft ins Ohrläppchen, seine Zunge spielte mit ihrem Ohrring. »Das sollten wir öfter machen«, sagte er und roch an ihrem Hals. »Du riechst so gut, ich würde dich selbst im Dunkeln unter hundert Frauen erkennen.«

Fenja schloss die Augen, das Kribbeln in ihr setzte wieder ein, in ihrem Bauch spielten die Hormone verrückt. Aber dann hielt Sven inne und atmete tief aus. »Du hast recht: Die Geheimniskrämerei muss ein Ende haben. Komm am Dienstag um 10 Uhr zur Kreuzung Krabbenweg und Ankerstraße. Dann klärt sich alles auf. Vertrau mir.«

»Das mache ich.« Sie meinte es ernst. Dieses Mal musste es zwischen ihnen funktionieren – wenn nicht jetzt, dann nie.

»Gut, dann bin ich dran mit Fragen. Also: Hattest du was mit Dr. Hallen?« Sie spürte, wie er die Armmuskeln anspannte. Die Frage war ihm wichtiger, als sie klang.

»Nein. Er ist einfach nicht der Mann, mit dem ich mein Leben verbringen möchte. Ich fand ihn anfangs nett, aufmerksam, aber manchmal habe ich das Gefühl, dass er mich kaufen will, wie zum Beispiel als er der Seehundstation Geld gespendet hat. Das Geld, mit dem wir das neue Filtersystem bezahlen können. Ich wollte es eigentlich nicht annehmen, aber er hat es immerhin der Seehundstation gespendet und nicht mir.«

»Hah!«, stieß Sven aus und zog die Augenbrauen zusammen. »Ich kann den Kerl nicht ausstehen!«

»Ich weiß. Aber ich bin nicht käuflich. Ich habe ihm auch schon versucht, zu verstehen zu geben, dass ich ihn nur als Freund betrachte. Manchmal weiß ich nicht recht, was er will … Aber anderes Thema!« Sie zwinkerte ihm zu und strich sanft über seine Haut. »Ich bin dran: Wer war die Frau mit den langen braunen Haaren, die dich mit ihrem Wagen nach Hause gebracht hat?«

»Ich wiederhole: Komm am Dienstag um 10 Uhr zur Kreuzung Krabbenweg und Ankerstraße …«

»… dann klärt sich alles auf«, beendete sie seinen Satz.

***

Am Dienstag regnete es in Strömen. Fenja zog sich die Kapuze ein Stück tiefer in die Stirn, als sie die letzten Meter zur Kreuzung lief. Der Regen war deutlich wärmer und leichter als in Düsseldorf, wo es so stark schütten konnte, dass die Vordächer ihrer Lieblingsboutique, die aus Stoffplanen gefertigt waren, sich nach unten bogen und unter der Last rissen. Auch regnete es hier deutlich seltener als im Ruhrgebiet – Greetsiel verzeichnete jährlich neunundfünfzig Regentage weniger im Jahr als Düsseldorf, das hatte sie nachgelesen.

Sven hatte ihr weitere Anweisungen gegeben: »Direkt neben der Kirche steht ein Ziegelsteinhaus mit einem Holzvorbau. Neben dem Eingang findest du eine rote Bank zwischen zwei Kübeln mit Buchsbäumen, daneben hängt eine Tongans mit Schleife an einer Kette.«

Der Regen lief ihr in die Augen, als sie den Kopf hob, um das Straßenschild zu lesen. Hier war sie richtig. Sven hatte sich geweigert, mehr zu verraten. Das war nicht weiter schlimm, denn seit ihrem Abenteuer im Torfschiff kam es ihr vor, als wäre ein großer schwerer Stein von ihren Schultern gefallen. Alles fühlte sich plötzlich leicht an. Ihre Angst, dass Sven es sich hinterher anders überlegen könnte, war unberechtigt gewesen, zumindest bisher. Gestern hatte er immer wieder ihre Nähe gesucht, sie berührt, sie heimlich in der Futterkammer geküsst, und wären Jannes Schritte nicht am Ende des Flures erklungen, wären sie wahrscheinlich wieder übereinander hergefallen. Zwischen ihnen war ein neues und kostbares Vertrauen spürbar, das sie hüten und pflegen wollte.

Vor ihr tauchte das Ziegelsteinhaus mit der roten Bank auf. Das Schild am Eingang verriet, dass es sich um den Kindergarten *Gänseblümchen* handelte. Die Fenster waren mit bunten Basteleien beklebt, und drinnen sang eine Kinderschar ein Lied von einer Kuh, das bis zu ihr herausschallte. Neugierig drückte sie die Klingel.

Es dauerte nicht lange, bis ihr eine junge Frau öffnete. »Moin, was kann ich für Sie tun?«

Fenja starrte die Frau an, deren lange braune Haare fast bis zu den Hüften reichten. Das Gesicht kam ihr seltsam vertraut vor. Diese Frau hatte sie schon einmal gesehen – und zwar als sie Sven auf dem Hof abgesetzt hatte. Sie war die mysteriöse Fahrerin, der Sven die Kusshand zugeworfen hatte! Und aus der Nähe erkannte sie sofort die gravierende Ähnlichkeit zu ihm. Mit der Erkenntnis durchflutete sie auch ein Schwall der Erleichterung. »Hi, ich bin Fenja. Sind Sie zufällig Sven Steenblocks Schwester?«

»Oh, willkommen, Fenja. Ja, ich bin Rieke, Sven hat mir schon viel von dir erzählt. Er erwartet dich bereits. Aber komm doch erst mal raus aus dem Schietwetter.«

Dankbar trat Fenja ein. Es roch nach Keksen und warmem Kakao. Rieke zeigte ihr den Jackenständer, und sie befreite sich aus ihrem tropfenden Friesennerz.

»Bitte hier entlang.« Rieke führte sie durch den schmalen Gang, vorbei an den Haken, an denen mehrere Turnbeutel in quietschbunten Farben hingen. Sie betraten eins der Zimmer, in dessen Mitte eine Gruppe Kinder artig im Kreis auf dem Boden saß. Alles war eine Nummer kleiner als normal, niedrige Tischlein, auf denen Zwergengeschirr stand, davor winzige Stühlchen. Die Kinder starrten gebannt auf eine Gestalt in einem rot-gelb gestreiften Kostüm, die eine rote Bommelmütze trug, die Hände in die Hüften gestemmt hatte und gerade die Augen verdrehte.

»Sven?« Fenjas Kinnlade klappte herunter. Die Gestalt sah sie an, grinste, zwinkerte ihr zu und zog ein Buch hervor. Fenja machte es sich neben einem kleinen Mädchen, dem die Nase lief, auf dem Boden bequem.

»Hi«, sagte sie, aber das Kind hielt den Finger vor den Mund. »Pscht, ich will Luke Leuchtturm hören.«

Es war so still im Raum, dass man nur das Rascheln der Buchseiten hören konnte. Sven räusperte sich: »Door weer maal 'n Buur, de harr een Dochter mit dunkelbruun' Hoor, de weer so moi dat sük al de jung Mannlü 'n poormaal na hör umdreihen deen.«

Die Kinder hingen an seinen Lippen, als er die Geschichte vorlas. Auch Fenja lauschte ihm gespannt. Ein Prickeln durchlief ihren Körper, als er an den dramatischen Textstellen die Stimme senkte, um im romantischen Teil voller Freude zu sprudeln.

Das Mädchen neben ihr lehnte sich wie selbstverständlich an sie, sodass sie automatisch den Arm um die Kleine legte. Der lange geflochtene Zopf fiel ihr über die Schulter nach vorn und erinnerte Fenja an Rapunzel. Auf ihrem T-Shirt prangte ein Einhorn, das frech die Zunge rausstreckte. Das selbstverständliche Vertrauen, das die Kleine ihr schenkte, tat gut. Und auf einmal wurde ihr Kinderwunsch, den sie mit aller Kraft verdrängt hatte, wieder übermächtig. Der Gedanke, ein winziges Baby in den Armen halten zu dürfen, das sie mit unschuldigen Augen anschaute und in dem sie sich selbst wiedererkannte, schien zu schön, zu magisch, um real zu sein. Natürlich war ein Kind auch viel Arbeit, da machte sie sich keine Illusionen, aber es bereicherte das

Leben und war jede Mühe wert. Es aufwachsen zu sehen, ihm die ersten Schritte beizubringen und zuzuhören, wenn Sven ihm Platt beibrachte … Sie verlor sich in diesem wunderschönen Tagtraum.

Am Ende der Geschichte stimmte Sven ein Lied an, dessen Refrain die Kinder begeistert mitsangen. Fenja kannte es nicht, aber es klang schön, handelte von der Harle, den Mühlen und dem Dünensand.

Sie schaute sich das Leuchtturmkostüm genauer an. Unter dem weit geschnittenen Pulli schauten eine enge Hose und braune Gummistiefel hervor. Dieser Sven war ein anderer als der raue Typ, den sie kannte, aber die Rolle passte zu ihm. Sven, der seine Heimat liebte, Kinder mochte und am liebsten Gummistiefel trug. Nun vermied er Fenjas Blick, und sie verstand, warum er sein Engagement im Kindergarten verheimlicht hatte: Es war ihm schlichtweg unangenehm. Für die Kinder war er ein Star – aber ein erwachsener Mann in geringelten Leggings, das war nicht unbedingt gesellschaftsfähig. Seine sensible Seite machte ihn verletzlich, es fehlten die schützenden Mauern aus praktischer Coolness und Lässigkeit, die ihn sonst umgaben. Er hatte ihr nicht getraut, hatte Angst gehabt, sie würde ihn auslachen. Wie falsch er damit gelegen hatte! Für sie gab es niemanden auf der Welt, den sie lieber an ihrer Seite gewusst hätte als ihn. Egal ob mit Ölzeug, Friesennerz, Gummistiefeln, in Leggings oder Ringelsocken, er war der Mann, nach dem sie immer gesucht hatte, und sie würde ihn nie wieder hergeben.

Ein Schauer durchfuhr sie, als er sie plötzlich anschaute und sie sich bei ihren Gedanken erwischt fühlte. Ob es ihm ähnlich ging?

Als Sven mit seiner Vorstellung fertig war, kam er auf sie zu und nahm ihre Hand. Die Kinder kicherten, und ein vorwitziger Junge rief: »Luke Leuchtturm hat ’ne Freundin!«

Sven grinste, schaute den Jungen an und legte verschwörerisch den Finger auf die Lippen. Dann wandte er sich wieder Fenja zu.

»Das war wunderbar«, sagte sie. »Ich habe sogar ein paar neue Begriffe gelernt. Der Klaver ist der Klee, richtig? Aber was ist ein Kateker?«

Sven deutete auf eine Bastelei, die an der Wand hing. »Ein Eichhörnchen«, verriet er.

»Da wäre ich nie draufgekommen. Ich sollte bei dir Unterricht in Platt nehmen. Darf ich dich noch auf einen Cappuccino einladen, bevor es zurück zur Station geht? Falls Leuchttürme Kaffee trinken, heißt das.« Sie piekte ihm provozierend in die Seite seines Kostüms.

Sven wehrte sie spielerisch ab. »Gerne. Ich ziehe mich eben um, und dann können wir ins Tee-Tied, das ist einen Block weiter.«

»Von mir aus kannst du das Kostüm auch anlassen. Ich mag deine Socken.«

Er schaute an sich hinab und kratzte sich verlegen den Kopf. »Nee, danke. Aber früher habe ich fast täglich gelb-schwarze Ringelsocken getragen. Wegen der Bienen. Ich fand das witzig.«

Fenja lächelte verschmitzt und schob ihre Jeans ein Stück hoch, um ihre Socken hervorblitzen zu lassen. Sie waren mit Cupcakes bedruckt. Sven lachte.

Der Regen hatte sich mittlerweile verzogen und einem blauen Himmel Platz gemacht. Der Boden dampfte, und sie wichen den Pfützen aus, die sich auf dem Bürgersteig gebildet hatten. Das hieß, Fenja wich ihnen aus – Sven latschte mitten durch. »Dafür trägt man doch Gummistiefel«, behauptete er.

Sein Kostüm hatte er gegen Jeans und ein Karohemd getauscht, und die rot-gelbe Schminke war bis auf einen hartnäckigen Fleck an seiner Schläfe entfernt. Verträumt betrachtete Fenja die rote Farbe, die sie am liebsten weggeküsst hätte. Eine Erinnerung stieg auf, und wieder schloss sich ein Kreis – vor nicht allzu langer Zeit hatte sie einen ähnlichen Fleck an Svens Hemdkragen für Lippenstift gehalten …

Seit sie den Kindergarten verlassen hatten, redete Sven unaufhaltsam, es war, als hätten sich Schleusen geöffnet. »Ich mache das seit vier Jahren mit den Platt-Stunden«, erzählte er, »erst, weil Rieke mich drum gebeten hat, dann, weil es mir solche Freude bereitet und ich das Gefühl habe, meine Vorstellung kommt gut an. Es ist ziemlich cool, dass ich einen Beitrag dazu leisten kann, die Tradition und Kultur Ostfrieslands zu erhalten. Mittlerweile werde ich sogar für Events engagiert wie das Heimatfest, Krankenhausbesuche und neulich auch für einen Geburtstag.«

»Ach? Für ein Kind aus dem Kindergarten?«

»Nee«, gab Sven zu, »für Geeske Böttcher, die Oma von Okka, dem Mädchen, das neben dir gesessen hat. Sie hat ihre Enkelin zum Kindergarten gebracht und sich gleich in mich verliebt, wie sie sagte. Tja, und dann durfte ich vor einem Dutzend siebzigjähriger Damen Gedichte aufsagen. Und weißt du was? Ich hatte selten so einen Spaß, die waren richtig gut drauf.«

»Das glaub ich dir. Wenn die auch nur halb so gut drauf waren wie Oma, dann ging da bestimmt die Post ab.« Ihr Herz wurde schwer, als sie an Oma Lotti dachte. »Heute Morgen habe ich mit ihr telefoniert. Sie kann voraussichtlich in einer Woche entlassen werden. Ich hoffe, es geht ihr so gut, wie sie vorgibt. Schwäche zuzugeben ist nicht ihre Stärke.«

»Hast du sie darauf vorbereitet, dass sich in der Station einiges geändert hat? Nicht, dass sie einen Schreck bekommt.«

»Sie weiß natürlich von den Führungen und auch, dass wir die Station teilrenoviert und aufgehübscht haben. Dass wir demnächst ein Café mit Laden eröffnen, damit wollte ich sie, nun ja, überraschen.«

»Charlotte hasst Überraschungen.«

Fenja kickte unglücklich einen Kiesel vom Bürgersteig herunter. »Ja, ich weiß. Aber es ging nicht anders. Sie war in keiner guten Verfassung und hätte sich nur Sorgen gemacht, dass wir ihre Station in eine Kirmes verwandeln.«

Sie erreichten das Café und suchten sich einen Platz in der Nähe der Kuchentheke, auf der sich herrlich duftende, frisch gebackene Spezialitäten tummelten. Fenja bestellte sich ein Stück Sahnetorte – nicht, weil sie Hunger hatte, sondern weil sie am konditorischen Können des Ladens interessiert war.

»Wenn sie wiederkommt, sollte so viel wie möglich fertig sein. Dafür müssen wir in den nächsten Tagen noch ordentlich ranklotzen.« Sie senkte die Stimme, als der Kellner an ihnen vorbeikam. »Unser Café muss bis dahin in den Startlöchern stehen, damit wir es kurz nach ihrer Rückkehr eröffnen können. Wir haben zwar inzwischen die Genehmigung von der Gemeinde, wir brauchen aber unbedingt auch ihre Erlaubnis, es ist immerhin ihre Seehundstation. Ich denke, wenn sie sieht, wie schön sich das Café in die Station einfügt und dass es den Rest des Betriebs nicht einschränkt, wird sie einverstanden sein. Die Kuchenplatten und Etageren hat Janne bestellt, die Kasse ist aufgebaut, aber es gibt noch viel zu tun: Stühle und Tische müssen abgeschliffen werden, der neue Kühlschrank abgeholt und angeschlossen, und alles braucht eine solide Grundreinigung.«

»Sie wird trotzdem erst mal dagegen sein«, beharrte Sven, »schon allein deswegen, weil sie nicht in die Entwicklung miteinbezogen wurde und keine Kontrolle darüber hat.« Er hatte seine Zimtschnecke bereits verdrückt und schielte nun gierig auf ihren Teller.

»Ich werde sie morgen besuchen und mit ihr reden. Wenn ihr das alles nicht gefällt, dann lassen wir es. Aber ich glaube fest, dass es der einzige Weg ist, die Station zu retten.«

Sven klaute ihre Gabel, um ein Stück von ihrer Torte zu probieren. Enttäuscht verzog er das Gesicht. »Deine schmeckt besser«, entschied er. Dabei sah er so traurig aus, dass Fenja ihm den Teller zuschob.

Den Rest des Tages rotierten sie zwischen den alltäglichen Arbeiten und dem neuen Café der Station, das Fenja schlicht »Lottes Treckpott« nennen wollte, was so viel wie Teekessel bedeutete. Sie hoffte, dass es Oma Lotti milde stimmen würde, wenn das Café ihren Namen trüge.

Zum Glück hatten sie momentan nur wenige Tiere in Pflege, nachdem ein Großteil der Heuler ausgewildert worden war. Es handelte sich vor allem um ältere Seehunde mit Wunden und Infektionen, deren Rehabilitation nicht besonders zeitaufwändig war. Fenja kümmerte sich besonders um Derk, der mit seinen etwa dreißig Lebensjahren ein richtiger Rentner und in allem etwas langsamer als die jüngeren Tiere war. Aber wenn sie mit den Medikamenten anrückte, lebte er auf, und da er ansonsten noch topfit war, standen die Chancen gut, dass er in der Wildnis noch ein paar schöne Jahre vor sich hatte.

Als sie gerade ins Wohnhaus zurückgekehrt war, klingelte es an der Tür.

Fenja öffnete und stand einem jungen Pärchen gegenüber.

»Nehmt ihr auch verletzte Möwen auf?«, fragte die junge Frau hoffnungsvoll und hielt ihr einen gepolsterten Korb entgegen. Fenja schaute hinein. Zwei ängstlich blickende Augen sahen ihr entgegen. Vorsichtig zupfte sie das Tuch zur Seite, um das graubraun gefleckte Kleid des Vogels genauer zu betrachten.

»Oh, ein Jungvogel! Eigentlich nehmen wir nur Seehunde an. Wisst ihr, was mit der Möwe passiert ist? Wo habt ihr sie gefunden?«

»Ich habe ein Geräusch in der Mülltonne hinter der Pension meines Vaters gehört und dachte, es ist eine Ratte oder so. Aber da steckte diese Möwe fest, und ich glaube, sie kann nicht fliegen.«

»Gut, dass ihr sie nicht ihrem Schicksal überlassen habt. Ich kann die Erstversorgung vornehmen und mich darum kümmern, dass sie eine medizinische Untersuchung erhält. Am besten kommt ihr kurz mit.«

Dankbar folgten die beiden ihr zur Station und warteten, bis Fenja eine Box für das Tier hergerichtet hatte.

»Sagt uns Bescheid, ob sie es schafft, ja?«, bat die junge Frau und reichte ihr einen Zettel mit ihrer Telefonnummer.

»Mach ich gerne«, versprach Fenja.

Sobald das Pärchen gegangen war, untersuchte sie das Tier und rief anschließend Yas an, um ihr die Situation zu erklären. »Sie hat keine offenen Wunden, wirkt insgesamt aber schlapp und dehydriert. Könntest du dich ihrer annehmen?«

»Kein Problem, ich schicke Francesca los, um die Möwe bei euch abzuholen. Ich habe in der Vergangenheit ein paar Mal mit Tuomo aus Neuharlingersiel kooperiert, der ist eine Koryphäe auf dem Gebiet der Vogelpflege.«

»Danke, das ist eine große Hilfe.«

Zum Abendessen kochte Janne Spaghetti mit Tomatensauce, die sie gemeinsam in der Wohnküche aßen, während sie den Kalender durchgingen.

»Wann kommt Charlotte nach Hause?«, fragte Janne zwischen zwei Bissen. Mit ihrer neuen Kurzhaarfrisur, die ihr außerordentlich gut stand, wirkte Janne um einiges selbstbewusster als früher. Sie war nun beinahe jeden Tag bei ihnen in der Station – momentan standen keine Hausarbeiten an, und die Klausuren lagen noch in weiter Ferne.

*Was wohl ihre Eltern davon halten?*, schoss es Fenja durch den Kopf, aber sie sagte nur: »Nächsten Dienstag, also in genau einer Woche.«

»Dann sollte das zeitlich kein Problem sein, und wir haben sogar etwas Spielraum. Kommst du morgen Nachmittag zur Benefizveranstaltung im Gemeindehaus?«

Müde rieb Fenja sich die Stirn. »Nee, was ist das genau?«

»Die Krebshilfe hält jedes halbe Jahr einen Kuchentreff ab, um Spenden zu sammeln. Er zieht vor allem Rentner an, die sich über den Chor freuen, der uralte Weisen singt. Du kennst doch Frida, oder? Die hat das gemeinsam mit ihrem Mann Siebert initiiert, wegen ihrer krebskranken Tochter Mila.«

»Und sie sind nicht die einzige betroffene Familie auf der Krummhörn«, warf Sven ein. »Und nach so einer Diagnose ändert sich für die Familien alles. Da muss man zusammenhalten. Ich bin ab und zu als Luke auf der Kinderkrebsstation. So ein Schicksal wünscht man keinem.«

»Wirst du morgen auf der Benefizveranstaltung auch auftreten?«, fragte Fenja ihn.

Janne sah sie fragend an: »Hast du es ihr endlich erzählt?«

»Äh … ja«, gab Sven stockend zu. Vermutlich musste er sich erst daran gewöhnen, dass sein Geheimnis jetzt keines mehr war. »Ich wollte ein paar Gedichte vortragen, die die Kinder früher in der Schule gelernt haben.«

Das würde Fenja sich nicht entgehen lassen. Sie seufzte dennoch, denn der Gedanke an die Kinder berührte sie tief. Von jetzt auf gleich mit einer solchen Diagnose konfrontiert zu werden, die Hilflosigkeit und Wut über die Ungerechtigkeit des Schicksalsschlags – niemand war auf so etwas vorbereitet. »Wenn ich morgen eine Stunde früher aufstehe, könnte ich auch eine Torte beisteuern«, schlug sie vor.

»Klar, gerne! Ich schreibe Frida gleich eine Nachricht, sie wird sich sicher sehr darüber freuen.«

Als nach dem Abendessen Jannes Handy klingelte, reichte sie es an Fenja weiter. »Für dich.«

»Ja?«, fragte sie erstaunt. »Fenja am Apparat.«

»Hi, hier ist Frida. Vielen lieben Dank, dass du uns mit einem Kuchen aushelfen möchtest, aber ich muss die Veranstaltung morgen leider absagen. Zwei meiner fleißigsten Bäcker haben sich eben krankgemeldet, eine weitere Ehrenamtlerin ist im Urlaub. Wir bekommen einfach nicht genug zusammen. So ärgerlich das ist – wir müssen das Teestündchen verschieben.«

»Oh, das tut mir leid, wie schade.«

»Ja, wir hätten das Geld gut brauchen können. Und es ist natürlich auch immer wieder schön, wenn alle zusammenkommen. So traurig der Zweck ist – er lässt alle etwas näher zusammenrücken.«

»Das kann ich mir vorstellen. Ich hätte gerne geholfen. Wie viele Besucher werden denn erwartet?«

»Meist kommen siebzig bis achtzig Gäste. Die meisten aus Greetsiel, Eilsum, Visquard und Pilsum, aber es gibt auch einige, die extra aus Aurich, Norden oder Emden anreisen. Es kommt immer ganz aufs Wetter an. Das ist auch das Ärgerlichste – es gibt keine Möglichkeit, den Leuten vorher Bescheid zu geben. Wir haben zwar eine Facebook-Seite, aber die meisten erreichen wir so nicht. Viele werden morgen vor verschlossener Tür stehen.«

»Hm.« Fenja rechnete. »Und wie viele Kuchen habt ihr bisher zusammen?«

»Bei Weitem nicht genug. Selbst wenn ich noch einen zusätzlich backe, kommen wir nur auf fünf Stück.«

»Das heißt, euch fehlen acht Kuchen?«

»Genau. Woher weißt du das? Ach, stimmt ja, du bist Konditorin.« Fenja hörte, wie im Hintergrund zwei Kinder tobten. »Ruhig, ihr Rabauken, ich telefoniere.« Frida seufzte. »Entschuldige, kurz vor dem Schlafengehen drehen sie immer richtig auf. Mach dir nicht zu viele Gedanken, Fenja. Aufgeschoben ist nicht aufgehoben.«

Fenja ließ ihre Finger auf dem Tisch auf und ab spazieren. Sie dachte an die Kinder im Kindergarten, die frei und unbeschwert spielen durften, ohne Schmerz und Ungewissheit. Ihr Terminkalender war voll, aber diese Sache war zu wichtig. »Ich habe eine Idee«, sagte sie schließlich. »Meinst du, du könntest morgen früh direkt nach Ladenöffnung für mich einkaufen gehen? Ich muss mich erst um die Tiere und die Tagesarbeit kümmern, aber ich kenne ein paar Rezepte, die schnell gehen. Acht Kuchen, das kriege ich hin. Die ersten drei kann ich heute Abend mit den Vorräten backen, die wir dahaben. Wenn Janne die Mittagsschicht übernimmt, sollte es zu schaffen sein.«

Stille.

»Bist du dir sicher, Fenja? Acht Kuchen sind kein Pappenstiel!«

»Vertrau mir, ich bin Profi.«

***

Pünktlich um 14 Uhr hielt der Lieferwagen der Seehundstation vor dem Gemeindehaus, vor dem sich bereits eine Menge Senioren versammelt hatten. Fenja erkannte auch Kapitän Hajo unter ihnen. Ein Männer-Chor sang sich im Hinterzimmer warm, irgendwo spielte sich jemand auf einer Ziehharmonika ein.

Frida erwartete sie bereits, ihr war die Aufregung anzusehen. Ihre Augenringe waren dunkler als sonst, und Stressflecken leuchteten auf ihren Wangen. »Du bist ein Goldschatz«, begrüßte sie Fenja. »Das werde ich dir nicht vergessen, ich weiß gar nicht, wie ich dir danken soll.« An der Hand hielt sie ein zweijähriges Mädchen. »Darf ich dir Mila vorstellen?«, fragte sie, und Fenja ging in die Knie, um der Kleinen die Hand zu reichen.

»Hi, ich bin Fenja. Und wer bist du? Lass mich raten. Bestimmt eine Prinzessin. Vielleicht Rapunzel? Oder Elsa?«

Das Mädchen lächelte schüchtern. Trotz der warmen Temperaturen trug es eine Bommelmütze. Sie hatte weder Wimpern noch Augenbrauen, aber trotz der Chemotherapie strahlte sie Lebensfreude aus, und als sie Sven in seinem Kostüm entdeckte, streckte sie den Finger aus und quietschte: »Luke! Mama, guck Luke!« Sie löste sich von ihrer Mutter und rannte mit offenen Armen auf Sven zu, der sie auffing und einmal im Kreis wirbelte. Dann setzte er sie so behutsam ab, als wäre sie aus Porzellan.

»Moin, Mila«, sagte er lachend.

Fenja schmolz dahin, als sie beobachtete, wie unbefangen er mit dem Kind umging, das seine Augen zum Strahlen brachte.

*Er wird mal ein guter Vater sein*, dachte sie, und der Gedanke löste eine wohlige Gänsehaut bei ihr aus.

»Was hast du uns denn mitgebracht?«, fragte Frida neugierig, und Fenja öffnete eine der Boxen.

»Joghurtkuchen mit Überraschung. Der ist aber erst ab achtzehn.«

»Mhm, der sieht fantastisch aus«, fand Frida glücklich. »Was ist das denn für eine Überraschung?«

»Eine ganz besondere Füllung. Mehr verrate ich nicht.« Sie wusste, dass die Mischung aus Zitronen, getrockneten Chilis und Rum gut bei den Senioren ankommen würde.

Die Veranstaltung wurde ein voller Erfolg. Die Stimmung unter den Gästen war ausgelassen, Svens Auftritt ein Knaller, und Fenjas Kuchen verkauften sich restlos. Die letzten Stücke ließ sich ein Landwirt aus Groothusen einpacken. »Für meine Enkel«, sagte er, »so etwas Gutes kriegt man schließlich nicht jeden Tag.«

Immer wieder bemerkte Fenja, wie Leute sie beobachteten oder über sie tuschelten. Viele sprachen sie an und erkundigten sich nach Oma Lotti.

»Sie kommt bald nach Hause«, verkündete Fenja dann jedes Mal euphorisch. »Es geht ihr gut. Sie wird sich sicher sehr über Besuch freuen.«

»Ich glaube, die meisten haben erst heute verstanden, dass du keine Touristin bist, sondern dazugehörst«, vermutete Sven, dem das deutliche Interesse an Fenja auch aufgefallen war. »Die Krummhörner brauchen eine Weile, um neue Leute in ihrer Gemeinschaft aufzunehmen. Die Schlickschlitten-Wältmeisterschaft war ein Anfang, aber das heute, das hat dir viele Türen geöffnet.«

Er sollte recht behalten, denn am nächsten Tag staunte Fenja nicht schlecht, als sich eine Gruppe Greetsieler an der Rezeption der Seehundstation versammelte.

»Wir möchten euch helfen«, erklärte ihr ein Mann, der vermutlich zum gleichen Jahrgang gehörte wie Ostfrieslands beliebte Exportschlager Karl Dall und Wolfgang Peterson. »Ehrenamtlich, selbstredend. Ich bin Feiko, und das sind Joris, Lars, Wiebke und Theda.«

Die anderen aus der Gruppe waren deutlich jünger und fitter. Einen von ihnen glaubte Fenja von der gestrigen Benefizveranstaltung wiederzuerkennen. *Eine Hand wäscht die andere*, dachte sie und lächelte. Ostfriesen hatten tatsächlich eine harte Schale, aber innen waren sie weich wie japanische Mochi.

»Das ist lieb, wir können jede Hilfe gebrauchen.« Das konnten sie tatsächlich – der gestrige Tag hatte ihre Planung zurückgeworfen. »Oma wird sich sicher freuen, wenn alles schön und ordentlich ist. Kommt bitte gleich mit, wir müssen vorher nur ein paar Dokumente ausfüllen, damit ihr bei der Arbeit auch versichert seid.«

Zum Glück hatte Janne bereits ein Formular erstellt, das jeder ehrenamtliche Helfer ausfüllen konnte.

»Ich übernehme die Einweisung«, bot Sven an und schlug Feiko freundschaftlich auf die Schulter. »Na, Feiko, was macht das Rheuma? Geht's bei dem Wetter?«

»Wat mutt, dat mutt«, antwortete dieser, ohne einen Zentimeter zu weichen. Achtzig Jahre Meeresbrise und Salzluft hatten ihn zäh und unbeugsam werden lassen.

»Mann, die können ackern«, freute sich Janne, als sie später am Tag mit Fenja über den Hof ging. »Als hätten sie ihr Leben lang nichts anderes gemacht. Die machen uns noch arbeitslos.«

»Schön wär's! Sobald das Café anläuft, habe ich viel um die Ohren. Aber wenn die regelmäßig kommen wollen, versorge ich sie gut mit Kuchen und Tee«, versprach Fenja.

Sie fuhren zur Post, um Fenjas Online-Bestellungen abzuholen. Einige Dinge hatte sie nicht lokal besorgen können. Dazu gehörten Aufsteller, Tischnummern und Großpakete an Servietten, alles in dem modernen Design, das zu Jannes neuem Logo passte.

*Das Logo!* Fenja fuhr sich durchs Haar. Hoffentlich würde es Oma gefallen, ebenso wie das neue Willkommensschild an der Einfahrt. Hatten sie es mit ihren gut gemeinten Verbesserungen übertrieben? Oma würde vieles vermissen, was sie seit Jahrzehnten begleitet hatte, es gab überall Veränderungen. Selbst wenn das Endergebnis stimmte, Oma war eine alte Frau und liebte ihre Gewohnheiten.

Als sie wieder zurückkamen, spürte sie, dass etwas vorgefallen war. Die freundlichen Helfer standen in einer Ecke, rauchten und tuschelten. Sie mieden ihren Blick und rückten näher zusammen, als sie ausstieg. Sven fuhr eine Schubkarre über den Hof, aber er hatte die Lippen fest zusammengepresst. Ruckartig hielt er vor ihr an. Über seinem Kopf schienen kleine Gewitterwolken zu schweben, so düster blickte er drein.

»Was ist los?«, fragte Fenja beunruhigt.

»Auf dem Küchentisch«, brummte er und schob seine Schubkarre so heftig weiter, dass sie fast umkippte.

Fenja stürmte ins Haus. Eben schien die Welt noch in Ordnung gewesen zu sein. Was hatte Sven derart aus der Fassung gebracht?

Schnell streifte sie ihre Schuhe ab und rannte in die Küche. Dabei wäre sie beinah über den Handfeger gestolpert, der im Weg lag. Auf dem Tisch stand ein gigantischer Strauß roter Rosen, daneben lehnten eine Schachtel Pralinen und eine Karte, auf der ein Herz aufgemalt war. Sie steckte nicht in einem Briefumschlag und stand ein Stück weit offen – Sven hatte sie sicherlich gelesen. Das konnte sie ihm nicht verdenken, sie hätte dasselbe gemacht, die menschliche Natur beinhaltete nun mal auch eine gehörige Portion Neugier.

»Oh, nein.« Sie ahnte, wer ihr diesen Strauß geschickt hatte. Umgehend wurde ihr mulmig, und ihre Knie gaben nach. Also setzte sie sich, um die Nachricht zu lesen. Sie begann mit einem Gedicht, das in einer ihr mittlerweile wohlbekannten, fein säuberlichen Handschrift verfasst war. Es ging los mit »*Ich weiß nicht, was ich habe, mir ist ums Herz so schwer*« und endete mit den Worten »*und willst du's nicht mehr haben, mein Schatz, dann brichs entzwei.*«

Es war ein schönes Gedicht von Rainer Maria Rilke, das Fenja aus der Schule kannte, aber es wäre ihr lieber gewesen, es nicht lesen zu müssen. Nicht in diesem Kontext, nicht auf einer Karte von Wilko. Unten hatte er eilig hinzugekritzelt:

*Habe dich wohl verpasst, Liebes. Heute Abend beim Sonnenuntergang an der Schleuse Leysiel. Ich muss dich einfach sehen.*
*Dein Wilko*

Ein Schauer fuhr ihr über den Rücken, als sie verstand, was er ihr mit der Karte sagen wollte. Wie hatte sie darauf gehofft, dieses Gespräch doch noch vermeiden zu können! Immerhin hatte er sich seit seinem merkwürdigen Verschwinden während des Hafenfests nicht mehr bei ihr gemeldet …

# Kapitel 13

»Ich hoffe, du weißt mittlerweile, dass ich kein Interesse an Wilko habe?«, fragte Fenja Sven, der den Boden mit einem Schwung wischte, als wollte er jede Fliese einzeln auf Hochglanz polieren.

»Hm«, brummte Sven, ohne aufzusehen. »Klar.« Ein hartnäckiger Fleck schien es ihm besonders angetan zu haben, so heftig, wie er darauf herumrubbelte.

»Und ich hoffe, du weißt mittlerweile auch, was ich für dich empfinde?«

»Hm«, wiederholte Sven, legte die Bürste weg und klopfte seine Hände auf den Oberschenkeln ab. An seiner Wange klebte eine Schmutzspur, die Fenja am liebsten weggewischt hätte. »Nein. Eigentlich weiß ich es nicht. Sag es mir.«

Sie betrachtete ihn für einen kurzen Moment, sah hinter die wütende Fassade auf den verunsicherten Mann, der sich verletzlich fühlte. Er hatte seine Mutter verloren, und auch wenn er einige Freundinnen gehabt hatte, so wusste Fenja von Janne, dass er noch keine ernste Beziehung geführt hatte. Vielleicht aus Selbstschutz oder weil er nie gelernt hatte, einer Frau vollends zu vertrauen.

Ächzend ging sie auf die Knie, um auf einer Höhe mit ihm zu sein. Dann griff sie nach seinen Händen, die feucht und rau vom Putzen waren. Sofort sog sich ihre Jeans mit Wasser voll, doch es war ihr egal. Sven mochte voller Selbstvertrauen, Stolz und Mut stecken, aber er war auch ein Mann, der sich danach sehnte, sich fallen zu lassen, ohne Angst haben zu müssen, auf einem harten Boden aufzuprallen. Sie wollte sein Fallschirm sein.

»Sven«, sagte sie ruhig und suchte seinen Blick. »Ich bin total in dich verliebt. Zwischendurch habe ich versucht, es mir auszureden, aber es ging nicht. Selbst als du mich abgewiesen hast, hat meine Zuneigung nicht aufgehört. Was ich für dich fühle, kann man nicht ausschalten, es ist zu echt und zu tief. So etwas habe ich bisher für keinen Mann empfunden. Ich mag deinen Ernst und deinen Humor, deine freundliche Art und deinen Tatendrang, wenn es darauf ankommt. Deine wirren Haare, den Dreitagebart, deine fischigen Arbeitsklamotten, und ich liebe es, wenn du dich schick machst und in etwas verwandelst, was zu gut für mich zu sein scheint. Ich mag dich, wie du bist. Ich mag, was du bist, wer du bist. Ich liebe dich.«

Sven starrte sie ungläubig an. Die Zeit schien stillzustehen, und Fenja nahm jedes Detail bewusst wahr. Das Ticken der alten Uhr an der Wand, das Summen der Biene, die sich ins Gebäude verirrt hatte, die Flusen, die im Putzeimer schwammen. Es war beileibe kein romantischer Ort für eine Liebeserklärung, aber das war egal, denn sie kam von Herzen. Ihr Inneres war mit Wärme erfüllt, Worte schienen nicht auszureichen, um Sven zu erklären, was sie für ihn empfand.

»Wow«, entfuhr es ihm, und er schüttelte den Kopf. »Das hat noch nie eine Frau zu mir gesagt.«

Sie war ein wenig enttäuscht, dass er so trocken reagierte. Aber dann blitzte es in seinen Augen, er ließ die Bürste fallen – und zog Fenja so heftig an sich, dass sie quietschte. Während er sie küsste, ließ er seine Hand ihren Rücken hinunterwandern.

Fenja spürte eine durch das Reinigungsmittel besonders glitschig gewordene Stelle am Boden und wollte »Pass auf!« rufen, aber es war zu spät. Sie verlor den Halt, rutschte aus Svens Umarmung und klatschte auf die Kacheln. Zum Glück waren Svens Reflexe schneller als die Schwerkraft, und er hielt ihren Kopf ein Stück über dem Boden fest. Wieder zog er sie an sich, dieses Mal entspannter.

»Fenja Jansen, du tollpatschiges, kreatives und starkes Wunder. Ich liebe dich auch!«

Fenja richtete sich notdürftig die Haare, bevor sie aus dem Raum schlich, um sich trockene Klamotten anzuziehen. Dummerweise kam sie an den Helfern vorbei, die gerade eine Hecke beschnitten, das hatte sie vermeiden wollen. Sofort verstummten die Gespräche der Alten.

Feiko stieß Joris in die Rippen, und der grinste wissend.

»Bist du ausgerutscht, Fenja?«, fragte Theda freundlich. Offenbar begriff sie als Einzige nicht, warum Fenja so aussah, als wäre sie gerade in einen Wirbelsturm geraten.

»Ja, das ist sie. Geradewegs in den jungen Steenblock hinein«, witzelte Feiko, scheinbar angetrieben von Fenjas Wangen, die sich in glühende Herdplatten verwandelt hatten.

Thedas Gesicht verdunkelte sich. »Aber ich dachte, der Herr Dr. Hallen –«

»Psst«, unterbrach Feiko sie und legte bedeutsam den Finger an die Lippen. »Lass das mal die jungen Leute unter sich regeln.«

Theda schüttelte den Kopf. »Also, zu meiner Zeit gab es so etwas nicht. Da hieß es Hü oder Hott, und man ließ sich nicht gleich von mehreren Männern bezirzen.«

»Also, das ist alles ein furchtbarer Irrtum …«, setzte Fenja zu ihrer Verteidigung an. Ihr war die Sache mehr als unangenehm, und sie räusperte sich verlegen. »In einer halben Stunde gibt's Stullen und Doornkaat im Garten.« Sie hoffte, dass die Aussicht auf eine Stärkung die anderen von ihren Gedanken ablenken würde.

Fenja stellte sicher, dass die Stullen dick belegt und die Pinnchen gut gefüllt waren. Ihre Helfer sollten sich wohlfühlen, die Unterhaltung von eben vergessen und möglichst wiederkommen, um sich weiterhin an der Arbeit in der Station zu beteiligen. Und tatsächlich machten sich alle mit Heißhunger über Fenjas Essen her. Nur Wiebke kaute nachdenklich auf ihrer Stulle.

»Alles in Ordnung?«, fragte Fenja besorgt.

Wiebke nickte. »Schon. Ich habe mich nur gefragt, ob vielleicht die Möglichkeit besteht, in Zukunft direkt mit den Seehunden zu arbeiten? Mein Vater war Fischer und hat früher jeden Sommer verwaiste und verletzte Heuler mitgebracht. Die haben wir damals zu seinem Arbeitskollegen in Pflege gegeben, der die Tiere aufpäppelte. Das fand ich immer toll, auch wenn ich einmal von einem ins Bein gebissen wurde. Seit meiner Pensionierung habe ich viel Zeit, vor allem seit meine Töchter beide nach Oldenburg gezogen sind. Ich könnte vier- bis fünfmal die Woche herkommen, gerne auch in der Frühe, ich schlafe ohnehin schlecht.«

Wiebke hatte heute gute Arbeit geleistet, sie schien ruhig, zuverlässig und ehrlich zu sein. Wegen einer Schulterverletzung konnte sie keine schweren Gegenstände heben, aber es gab genug leichte Aufgaben, die sie mühelos bewerkstelligte.

»Das ist ein liebes Angebot, und es freut mich, dass dir die Arbeit so viel Spaß gemacht hat. Ich werde mit Janne sprechen, was möglich ist«, sagte Fenja deshalb.

Auch die anderen versicherten, dass sie wiederkommen wollten. »Ich könnte immer samstags helfen«, bot Lars an, und Joris sagte: »Eure Gartenarbeit übernehme ich gerne. Wusstest du, dass Charlotte früher den schönsten Rosengarten der Krummhörn hatte? Ich kann gerne wieder ein paar Stauden anbauen. Außerdem sind eure Obstbäume falsch beschnitten.«

»Das würde ich an eurer Stelle annehmen! Joris hat in den letzten Jahren die Preise für den schönsten Vorgarten abgeräumt«, verriet Wiebke.

Fenja war von Glück erfüllt, und auch Janne und Sven wirkten sichtlich zufrieden. Falls ihr Helfertrupp Wort hielt, würde Janne sich auf die administrativen Aufgaben und Führungen konzentrieren können, und sie selbst würde ausreichend Zeit haben, sich ganz dem neuen Café zu widmen.

Sven quatschte mit Feiko auf Platt, zwischendurch stießen sie mit ihren Jever-Flaschen an und kicherten wie kleine Mädchen. Immer mehr Bierflaschen sammelten sich auf dem Tisch an, aber offenbar verspürte keiner Lust, aufzustehen und zu gehen. Fenja war das recht, sie genoss es, mit diesen eingefleischten Ostfriesen zusammenzusitzen, die mit dem Land untrennbar verwachsen waren und ihre Verschlossenheit Stück für Stück verloren. Nur vom Bier ließ sie die Finger und trank stattdessen Wasser, denn sie musste sich später noch mit Wilko treffen, auch wenn ihr davor graute. Sie hatte seine Hilfe angenommen, auch wenn sie ihm dafür nicht geben konnte, was er sich ganz offensichtlich erträumte. Wie kam sie da nur wieder heraus?

»Diekas Beerdigung letzten Sonntag war richtig schön, so wie sie es sich gewünscht hätte. Keiner darf Schwarz tragen, hat sie auf dem Sterbebett gesagt, und es wurden ihre Lieblingslieder gespielt. Jetzt wurde sie endlich von ihren Schmerzen befreit. Kinder hat sie ja keine, aber Tomke tut mir leid, er ist nun ganz allein.«

»Was wird denn aus dem Riedenschloothof? Ohne Diekas Hilfe wird er es schwer haben mit seinem Gehgestell.«

Fenja horchte auf. »Der Riedenschloothof? Das Friesenhaus hinter dem Westzaun?« Vom Fenster in ihrem Zimmer aus konnte sie auf die Ziegelsteinfassade des Hauses schauen, das versteckt hinter Büschen lag.

»Ja, genau. Kennst du Tomke nicht?«

Fenja schüttelte den Kopf, aber Sven sprang ein. »Ich habe Dieka und ihm am Wochenende oft Brötchen vom Bäcker mitgebracht. Die beiden sind mit meinem Vater befreundet, Tomke ist früher wie er zur See gefahren. Die beiden sind aber immer gerne für sich geblieben.«

Eine Brise kam auf, und Fenja hob den Blick zum Himmel. Die Sonne stand bereits tief. Sie musste sich umziehen und zur Schleuse fahren. Es tat ihr leid, Wilko gleich zu enttäuschen, aber Klarheit musste sein.

Sie zog sich bewusst lässig an und entschied sich für ein weites T-Shirt über einer hellen Cordhose. Dieses Mal würde sie nicht das Risiko eingehen, auch nur ein Fünkchen Hoffnung bei Wilko zu entfachen – den Fehler hatte sie bereits gemacht. Ihr wurde mulmig zumute, als sie von Weitem Wilkos Mercedes an der Schleuse parken sah. Mittlerweile tauchte die Sonne die Landschaft in ein goldgelbes Licht, so warm und intensiv, dass in Fenja das Fernweh nach Italien, Spanien und anderen mediterranen Ländern erwachte. Dort hatte sie in ihrer Jugend die Nacht zum Tag gemacht.

Auf einer Wiese entdeckte sie Austernfischer, Brandgänse, Silbermöwen und sogar einen Kormoran. Wie gerne hätte sie sich jetzt mit Sven auf die Mauer gesetzt und die letzten Strahlen genossen. Eng aneinandergeschmiegt der Welt zugeschaut, wie sie sich vom Tag verabschiedete … stattdessen vermasselte diese verflixte Naturromantik ihren entschiedenen Auftritt.

»Fenja!«

»Oh, hi.« Sie hatte Wilko übersehen, der im Schatten eines Gebäudes auf sie gewartet hatte.

Jetzt kam er freudestrahlend auf sie zu und streckte beide Arme nach ihr aus. Fenja kam es merkwürdig vor, denn sie hatten einander noch nie umarmt, und zuletzt hatten sie sich auf dem Hafenfest gesehen, als er sie einfach hatte stehen lassen.

Abwehrend hob sie die Hände und trat zurück. »Wir müssen reden.«

Wilko sackte in sich zusammen, offenbar hatte er mit einer

anderen Reaktion gerechnet. Er zog die Augenbrauen zusammen, und ein gekränkter Ausdruck trat in seinen Blick. »Das Hafenfest, ich weiß. Aber ich kann dir alles erklären. Komm erst einmal mit.«

Er führte sie zu einer Stelle, an der er eine Decke ausgebreitet hatte. Von hier aus hatten sie eine herrliche Sicht über das Meer. »Ist das nicht ein prächtiger Abend?« Auffordernd klopfte er auf den Platz neben sich.

Sie zögerte, setzte sich dann aber in ausreichendem Abstand zu ihm auf die Decke. *Warum muss ausgerechnet heute so prächtiges Wetter sein!*, fluchte sie innerlich. Ein Regenguss hätte besser gepasst.

»Ich muss dir etwas beichten«, begann Wilko und rückte für ihren Geschmack viel zu nah an sie heran. Sein Parfum roch aufdringlich nach einem sumpfigen Flussbett in einer besonders warmen Klimazone. Sie bemerkte einen roten Ausschlag auf seinem Handrücken, der sich bis zu den Fingern ausbreitete. »Als wir auf dem Hafenfest waren, da gab es keinen Notfall im Krankenhaus.«

»Ich weiß«, brummte Fenja. Für wie dumm hielt er sie eigentlich? Oder war er es so gewohnt zu lügen, dass er gar nicht mehr merkte, wie offensichtlich das war?

»Wie bitte?«

»Dein Handy hat nicht geklingelt. Und du hast kurz vorher jemanden in der Menge entdeckt.«

»Oh. Na ja, ich hätte es auch auf lautlos gestellt haben können. Aber das ist auch egal. Einen Notfall gab es aber tatsächlich, einen persönlichen.« Er wartete kurz, aber als sie nicht nachfragte, redete er weiter. Dabei kratzte er über den Ausschlag auf seiner Hand. »Unerwarteterweise lief meine Frau über das Fest. Ich dachte, sie sei in Emden. Sie hasst das Hafenfest, und samstags hat sie eigentlich Tennis und Hot Yoga.«

Ungläubig riss Fenja die Augen auf. »Deine *was*?«

Wilko versuchte, sie am Arm zu berühren, aber sie entzog sich.

»Das kam jetzt falsch rüber. Wir sind zwar verheiratet, leben aber seit einem halben Jahr getrennt. Hannah verkraftet die Trennung allerdings nicht besonders gut, daher bin ich immer ein wenig auf der Hut vor ihr und vermeide es, ihr über den Weg zu laufen.«

»Aha.« Mehr fiel Fenja dazu nicht ein. Eigentlich wollte sie das alles auch gar nicht wissen, immerhin ging es ihr darum, auf Abstand zu gehen.

»Du musst das verstehen. Wir sind erst zwei Jahre verheiratet, und es war nie einfach. Ich habe mich für sie von meiner vorherigen Frau getrennt, und die hat uns das Leben zur Hölle gemacht.«

»Moment. Es gibt noch eine Frau?«

Wilkos dünne Lippen wurden noch schmaler. »Ja, ich war zweimal verheiratet. Die zwei größten Fehler meines Lebens! Anne war ein Stubenhocker ohne Interessen. Ich habe mich an ihrer Seite gelangweilt, wir konnten über nichts reden. Sie hat mich in den Wahnsinn getrieben und dann beschwert, ich wäre cholerisch. Und Hannah ist einfach zu jung und vor allem auf mein Geld scharf. Ich bin auf ihre Schönheit hereingefallen, das nennt man wohl Midlife-Crisis.«

Er habe große Hoffnungen in seine beiden Ehen gesetzt, ergänzte er bitter, und sei stark enttäuscht worden. »Du ahnst nicht, wie sehr ich mich nach einer liebevollen Frau gesehnt habe, die eine starke Partnerin an meiner Seite ist. Aber beide waren ein Reinfall.«

Fenja ahnte, dass es zu seiner Geschichte noch mindestens zwei andere Versionen gab, aber sie wollte sich nicht einmischen. Insgeheim war sie dankbar, dass Wilko nicht mehr für Omas Behandlung zuständig war, das hätte es noch schwieriger gemacht, ihm einen Korb zu geben. Immer wieder juckte er sich an dem Ausschlag auf seiner Hand, wahrscheinlich aus lauter Nervosität. Fenja vermied es, direkt hinzuschauen.

Das Farbenspiel am Himmel veränderte sich, rote Töne mischten sich unter die goldenen Strahlen, dramatische Farbspannungen wechselten sich ab, ein malerisches Crescendo, bis die Sonne sich schließlich entschied, hinter dem Horizont zu verschwinden.

»Jedenfalls wollte ich dich nicht in eine unangenehme Situation bringen, wenn Hannah uns beide am Stand entdeckt. Sie wäre bestimmt sauer geworden, und wenn ihr Temperament mit ihr durchgeht, wird sie laut.«

Fassungslos schaute Fenja ihn an, aber Wilko schien tatsächlich zufrieden mit seiner Erklärung zu sein. Da war nichts, keine Schuldgefühle, keine Reue. Dass der Stand für sie wichtig gewesen war, um das Überleben der Station zu sichern, und sie ihn dringend gebraucht hatte, dass er ohne Vorwarnung abgehauen und nicht wiedergekommen war, all das schien ihn nicht zu interessieren. Langsam atmete sie aus, um Kraft zu sammeln. Es reichte ihr. Dass er sie vor Hannah hatte beschützen wollen, war nicht mehr als eine billige Ausrede. Wäre er ernsthaft um sie besorgt gewesen, hätte er sie wohl kaum mitten im Trubel des Festes sitzen lassen. Zum Glück war Sven zu ihrer Rettung erschienen, sonst hätten sie nie den Umsatz erzielt, den das Fest ihnen nun eingebracht hatte. Am liebsten hätte sie Wilko das an den Kopf geknallt, aber das hätte alles noch schlimmer gemacht.

»Und warum erzählst du mir das alles?«, fragte sie stattdessen.

Wilko holte umständlich eine Flasche aus dem Korb heraus, der an seiner Seite stand. Es klirrte leise, dann machte es Plopp, als er den Korken herauszog. »Darf ich dir zuerst einen Wein anbieten? Ist ein 2010er-Jahrgang aus Chile.«

»Nein, danke.«

Wilko ignorierte ihre Antwort und goss dennoch etwas in ein Glas, das er ihr reichte. »Probier doch erst mal. Der ist echt gut.«

Fenja seufzte. Dieses Gespräch war anstrengender als ein Marathonlauf. Nicht, dass sie darin bisher Erfahrungen gesammelt hätte, alles über zehn Kilometer Joggen grenzte für sie an Masochismus. »Ich sagte: Nein, danke. Und wenn du jetzt fertig bist, würde ich auch gerne etwas sagen –«

»Nein!«, rief Wilko nahezu erschrocken. »Zum wichtigsten Teil bin ich nicht gekommen. Fenja –« Er hob das Glas an seine Lippen, trank einen Schluck, stellte es weg und wischte sich über den Mund. »Du hast mir die Augen geöffnet. Jahrelang habe ich mich über Frauen geärgert, bin von einer zur anderen und war stets auf der Suche nach der nächsten. Aber es lag daran, dass die Richtige nicht dabei war. Ich weiß jetzt, was ich will. Ich will eine Powerfrau, die mitten im Leben steht, die finanziell unabhängig ist und natürlich auch optisch gut angelegt ist.«

Fenja spürte, wie sich alles in ihr verkrampfte. Das war alles so falsch, dass es sich nicht lohnte, Wilko sein Problem zu erklären. Er würde es nicht verstehen. Bitter erinnerte sie sich an seine Spende und seinen Einsatz. Trotzdem wollte sie einfach nur weg, zurück zur Station und am liebsten direkt in Svens Zimmer, um sich an ihn zu kuscheln und seine Haut mit Küssen zu bedecken.

»Fenja, seit ich dich zum ersten Mal gesehen habe, wusste ich, dass du zu mir gehörst. Ich habe mich unsterblich in dich verliebt.« Ruckartig drehte er sich zu ihr, und sein Rotweinatem wehte ihr entgegen. Halbschatten lagen über seinem Gesicht, das er immer näher zu ihr herunterbeugte. »Ich hoffe, du kannst meinen Standpunkt jetzt besser verstehen. Möchtest du meine Freundin sein, Fenja?«

Sie fühlte seine Finger auf ihrem Arm, spürte, wie sich jedes ihrer Härchen einzeln aufrichtete. Das war zu viel. Hastig sprang sie auf. »Nein, das möchte ich nicht! Wilko, es tut mir leid. Du bist ... Du hast dir viel Mühe gegeben, aber ich fühle nicht dasselbe wie du. Ich dachte, wir sind so etwas wie Freunde, aber da habe ich mich anscheinend geirrt. Ich wollte dich nicht verletzen. Ich –«

»Hör zu!« Wilko baute sich vor ihr auf, und ihr wurde unangenehm bewusst, dass er deutlich größer war als sie. Sie waren allein am Wehr, weit und breit war niemand zu sehen, und für einen Augenblick bekam Fenja es mit der Angst zu tun. Er war ein erfolgreicher Mann, bekam normalerweise sicherlich alles, was er wollte. Würde er sie so einfach ziehen lassen? Auf seiner Stirn pochte eine Vene, die verriet, unter welcher Anspannung er stand.

»Gib uns eine Chance«, insistierte er. »Du spürst es auch, das weiß ich. Vielleicht brauchst du einfach ein wenig Zeit. Du hattest es nicht einfach seit deiner Ankunft. Lass dich auf mich ein – früher oder später wirst du mich lieben lernen.«

»Nein, Wilko. Liebe kann man nicht lernen.« Fenja trat einen Schritt zurück. »Die ist entweder da oder eben nicht. Ich bedanke mich für alles, was du für die Seehundstation getan hast. Mehr als meinen Dank kann ich dir aber nicht geben.« Sehnsüchtig glitt ihr Blick hinüber zu einer Möwe, deren Silhouette mit den Schatten verschwand. *Fliegen müsste man können!*

Wilko verschränkte die Arme. Hatte eben noch Enttäuschung in seiner Mimik gestanden, trat nun etwas anderes in seine Züge, das Fenja die Gänsehaut in den Nacken trieb. Aufgebracht funkelte er sie an. »Glaubst du etwa, du findest jemand Besseren als mich?«, polterte er los. »Du bist Anfang dreißig und nicht unbedingt eine Frau, die man für einen Mode-Katalog fotografieren würde. Sei realistisch! Ich bin eine gute Partie.«

Verächtlich schaute Fenja ihn an. Wie sehr hatte sie sich in ihm getäuscht! Einen Streit war es jedoch nicht wert. »Ich gehe jetzt«, sagte sie bestimmt. »Und damit hat sich die Sache für mich erledigt.«

Sie schnappte sich ihre Handtasche und wollte losgehen, doch er packte sie mit eisernem Griff. »Warte noch.«

»Autsch, du tust mir weh!«

Der Griff lockerte sich nicht. »Treibst du Spielchen mit mir? Hast du einen anderen? Du lässt mich nicht ohne Grund abblitzen, da steckt mehr hinter.« Alle Gutmütigkeit und Hoffnung waren aus seinem Ausdruck gewichen, eine ungezügelte Wut blitzte in seinen Augen, die jegliche Vernunft verdrängte. Seine Fingernägel gruben sich in ihre Haut.

»Lass mich sofort los!«

Aus dem Augenwinkel sah sie, wie ein Auto auf sie zukam. Leider war es nicht der bunt bedruckte Lieferwagen der Seehundstation, sondern ein sportliches Coupé.

Wilko geriet immer mehr in Rage. »Ich wusste es. Du schläfst mit diesem Verlierer. Sven, richtig? Holst dir bei mir Spenden ab und suchst dir im Bett einen Schönling, du Flittchen!« Er verstärkte den Griff um ihren Arm noch mehr und schüttelte sie.

Das reichte! Ohne weiter nachzudenken, trat Fenja ihm zwischen die Beine. Sie traf genau die richtige Stelle, denn er ließ sie augenblicklich los, beugte sich nach vorn und wimmerte. Seine Hände presste er verkrampft auf den Schritt.

Fenja keuchte und rieb sich den schmerzenden Arm.

»Was ist denn hier los?«

Im Gegenlicht der blendenden Autolampen konnte Fenja die Gestalt nicht erkennen, die auf sie zukam. Das musste sie auch nicht, denn die Stimme gehörte unverkennbar zu der Frau, die sie am wenigsten auf der Welt sehen wollte: Wenx Hellwig.

»Ich brauche einen Krankenwagen«, stöhnte Wilko, der sich nun leidend sein Gemächt rieb.

Fenja schüttelte den Kopf. »Guten Abend, Frau Hellwig. Was machen Sie denn hier? Spionieren Sie mir etwa nach?«

Die Investorin stieß ein helles, aufgesetzt klingendes Lachen aus. »Das habe ich nicht nötig! Ich bin viel in der Gegend, auf der Suche nach einem neuen Projekt.« Ihr Blick glitt zu Wilko hinüber. »Anscheinend bin ich hier in eine äußerst interessante Situation geraten. Ich rufe die Polizei.«

Fenja hob abwehrend die Arme. Die Polizei wollte sie Wilko trotz allem nicht auf den Hals hetzen. »Das brauchen Sie nicht. Es gab hier ein Missverständnis, das sich bereits geklärt hat. Von meiner Seite aus ist alles in Ordnung. Ich gehe jetzt.«

»Oh-oh«, jammerte Wilko.

Wenx ging zu ihm hin, um ihn zu stützen. Offenbar hatte

sie ein völlig anderes Bild von dem, was sich eben hier abgespielt hatte. »Sie Armer, kommen Sie, ich bringe Sie ins Krankenhaus. Und dann können Sie mir genau erzählen, was hier vorgefallen ist.«

Wilko nickte und lehnte sich schwach an Wenx Hellwig, als fehlte ihm die Kraft zu laufen. »Sie sind meine Rettung«, ächzte er. »Diese Frau ist gemeingefährlich.« Sein schütteres Haar ließ ihn im Zwielicht älter erscheinen, auch die Falten wirkten tiefer.

Wenx Hellwig schaute Fenja geradewegs an. Ihr Mundwinkel zuckte, und ein diabolisches Lächeln ging über ihr Gesicht.

Was sollte das denn?

# Kapitel 14

Als Fenja zur Seehundstation zurückkehrte, war sie so aufgewühlt und fahrig, dass sie drei Anläufe brauchte, um ihren Schlüssel in das Schloss der Haustür zu stecken. Erschöpft lehnte sie sich an die Wand und horchte, ob noch jemand wach war. Irgendwo in der Scheune bei den Seehundbecken klapperte es, das war bestimmt Sven, der nach dem Rechten schaute. Doch sie wollte ihn jetzt nicht sehen. Zu wirr schossen ihr die Gedanken durch den Kopf.

Wilko war ausgerastet und hatte ihr wehgetan. Nicht nur körperlich. Und ausgerechnet Wenx Hellwig hatte gesehen, wie sie ihm in die Kronjuwelen getreten hatte. Mit ihren weichen Sportschuhen hatte sie sicherlich keinen ernsten Schaden angerichtet, aber wie würde Sven darauf reagieren? Sie musste ihre Worte gut wählen, wenn sie ihm erzählte, was heute Abend passiert war, denn sie wollte nicht, dass er die Situation durch irgendeine Kurzschlusshandlung noch verschlimmerte. Gewalt war keine Lösung, auch wenn sie es – zumindest theoretisch – gerne gesehen hätte, wie er Wilko seine Sicht der Dinge mit den Fäusten zu verstehen gab.

Sie schüttelte sich. Nein, so eklig Wilko sich ihr gegenüber eben auch verhalten hatte – es war vorbei. Sie würde sich von jetzt an, wo auch immer es ging, von ihm fernhalten, und konnte nur hoffen, dass er nicht im Nachhinein doch noch die Polizei einschaltete. Wenn er behauptete, sie hätte ihn angegriffen, stünde Aussage gegen Aussage.

»Wie ist es gelaufen?«, begrüßte Janne, die seit dem letzten Streit mit ihren Eltern häufiger auf dem Gulfhof übernachtete, sie. Sie trug einen altbackenen Flanellpyjama und Lammfellschlappen.

Fenja hob und senkte die Schultern. »Er hat es nicht gut aufgenommen.«

Besorgt musterte Janne sie von oben bis unten, dann sprang sie auf. »War er das?« Sie deutete auf die roten Kratzer, die seine Fingernägel auf ihrem Arm hinterlassen hatten.

Entsetzt trat Fenja einen Schritt zurück. »Versprich mir, dass du Sven nichts davon erzählst.«

Sofort war Janne bei ihr und nahm sie in den Arm. Die plötzliche Nähe überforderte Fenja, und sie konnte nur stocksteif dastehen, während Janne ihr sacht über den Rücken strich und leise flüsterte: »Was ist passiert, Fenja?«

Erst schwieg sie, doch als Janne sie mit sanftem Druck zum Sofa führte und ihr bedeutete, sich neben sie zu setzen, gab Fenja sich einen Ruck und erzählte ihr alles. Sie holte weit aus, fing bei der ersten Begegnung mit Wilko an, ihren Treffen, seinen Annäherungsversuchen und endete mit dem Knall an diesem Abend. Janne hörte geduldig zu, streichelte hin und wieder mütterlich über ihr Haar, und als Fenja in Tränen ausbrach, reichte sie ihr ein Taschentuch.

»Du solltest zur Polizei gehen und ihn anzeigen«, fand Janne. »Sonst macht er das vielleicht wieder.«

»Das geht nicht. Er würde die Geschichte verdrehen und sich als Opfer darstellen. Vergiss nicht, er hat die Hellwig als Zeugin. Die würde sicherlich gern gegen mich aussagen, wenn sie mich dadurch unter Druck setzen kann. Außerdem habe ich keine Angst vor Wilko, der weiß jetzt, dass ich mich wehren kann.«

Wieder schnäuzte sie sich. »Hauptsache, er hält die Seehundstation aus der Sache heraus. Mir war nicht klar, dass er zu so starken Gefühlen fähig ist. Nicht Liebe, meine ich, sondern diese Aggression.«

Janne schüttelte zweifelnd den Kopf. »In manchen Menschen wohnen Dämonen, sie sind nur gut versteckt. Schlaf eine Nacht drüber, und überleg dir, ob du nicht doch zur Polizei gehen willst.«

»Ich habe ihm letztlich mehr Schaden zugefügt als er mir.«

»Das ist egal. Du hast dich verteidigt, nachdem *er* dich bedroht und angegriffen hat.« Abschätzig rümpfte Janne die Nase. »Wahrscheinlich versteht er nicht einmal, was er getan hat. Ich wette, er bemitleidet sich gnadenlos, betrinkt sich oder fährt in den FKK-Club nach Emden. Oder er vögelt mit dieser Wenx Hellwig. Ich kenne solche Typen, die denken, die Erde ist eine Pyramide, an deren Spitze sie stehen. Sie sehen nur sich selbst.«

Mittlerweile lag Fenja in ihrem Schoß und genoss die Nähe zu ihrer Freundin, die für gewöhnlich ihren Sicherheitsabstand wahrte. Auf Janne war Verlass.

Irgendwann wurde Fenja müde, und ihre Lider wurden schwerer. Sie befand sich im Dämmerzustand zwischen Wachsein und Traumwelt, als Janne vorsichtig ihren Kopf auf das Kissen schob und aufstand.

»Von dem lassen wir uns nicht einschüchtern«, sagte sie und strich Fenja noch einmal übers Haar. »Das wäre ja gelacht. Ich hätte damals zur Polizei gehen sollen. Männer wie er sind gefährlich. Ich habe es immer bereut, mich nicht gewehrt zu haben.«

»Janne!« Mit einem Ruck richtete Fenja sich auf.

»Alles gut, Fenja.« Janne tätschelte ihre Hand. »Schlaf weiter.«

Am nächsten Morgen trug Fenja ein langärmeliges Shirt, um die Kratzer zu verstecken. Wo Wilko sie gepackt hatte, zierte ihren Arm zudem der bläulich gefärbte Abdruck seiner Hand. Doch da es draußen regnete, fiel ihre Kleidungswahl nicht weiter auf. Die

Tropfen plätscherten beständig vom Himmel hinab, unterbrochen von Wolkenwechseln und dem gelegentlichen Aufblitzen vereinzelter Sonnenstrahlen.

»Schietwetter«, fand Janne, die genauso übernächtigt aussah wie sie selbst. »De Hexen backen Pannkook.« Sie räusperte sich, als Fenja ihren Tee umrührte

Ertappt hielt Fenja in ihrer Bewegung inne, das Umrühren des Tees war in Ostfriesland verpönt. »'tschuldigung.« Sie dachte an Sven und dass sie ihn unbedingt sehen musste. Bestimmt war er brennend daran interessiert, wie das Treffen mit Wilko gelaufen war.

Diffuse Erinnerungen stiegen in ihr auf. »Sag mal, gestern Nacht, als ich eingeschlafen bin, da hast du etwas gesagt … Ist dir in deiner Vergangenheit was Schlimmes mit einem Mann passiert?«

Janne schloss die Faust fest um den Henkel der Tasse, sodass der Tee darin gefährlich schwappte. »Nein, ich habe nichts gesagt. Das musst du geträumt haben.«

»Gut, ich will dich nicht drängen … Aber wenn du reden möchtest, bin ich immer für dich da.«

Jannes bekümmerter Blick sprach Bände. Sie nickte langsam. »Danke.«

Zwischen ihnen beiden war etwas Neues gewachsen, eine fragile Brücke aus frisch geschmolzenem Glas, die jederzeit einstürzen konnte, die aber erhärten würde, wenn man ihr Zeit gab. Irgendwann würde Janne sich auch ihr gegenüber öffnen, das spürte Fenja.

Schritte erklangen im Flur, kurz darauf stürmte Sven herein. Er war von oben bis unten nass und dreckig und stank so erbärmlich, als wäre er im Hafen in den Mülleimer mit den Fischeingeweiden gefallen. »Moin. Es gibt einen Notfall. Könnt ihr schnell kommen?«

Fassungslos schaute Fenja auf die Robbe, vor deren Maul sich eine Blutlache gebildet hatte. Auch ihr Hals war blutverschmiert.

»Die Kleine habe ich gestern Abend am Hafen abgeholt. Ich habe Wache gehalten, bin aber kurz nach Mitternacht eingeschlafen. Sie wurde auf Juist gesichtet, und Gott sei Dank hat sich mein Vater bereit erklärt, sie mitzunehmen. Es geht ihr schlecht, sie hat Lungenwürmer. Ich habe mich um sie gekümmert, so gut es geht, aber hier komme ich nicht weiter.«

Fenja ging in die Knie, um den Auswurf zu betrachten. Dabei passte sie gut auf, dass die Robbe sie nicht beißen konnte. Das Tier fauchte sie an, dann hustete es erbärmlich. Die Augen des Seehunds lagen tief in ihren Höhlen.

»Charlotte hat sich bisher auch um diese Fälle selbst gekümmert, ich habe keine Ahnung, was die Kleine braucht.«

Der Atem der etwa einjährigen Robbe, die deutlich abgemagert wirkte, ging unregelmäßig. Der Stress setzte dem schwerkranken Tier zu, und Fenja entschied, auf Abstand zu gehen. Sollte das der erste Seehund sein, den sie sterben sah? Ein kalter Schauer lief ihr über den Rücken.

»Ich rufe Yas an«, beschloss sie.

Sven nickte erleichtert. »Das wäre sicherlich das Beste!«

Die Tierärztin ließ sich nicht zweimal bitten. Noch während Fenja ihr erklärte, was passiert war, machte sie sich auf den Weg zur Station. Kurz darauf stand sie vor dem Becken. Man merkte sofort, dass sie jeden Tag mit verletzten Tieren arbeitete. Ohne Angst untersuchte sie den Seehund, der mittlerweile kaum noch die Kraft hatte, den Kopf zu heben.

»Ich habe zwar noch nie eine Robbe untersucht«, gab Yas zu, »aber mit Parasiten kenne ich mich aus.«

Sie packte ihr Stethoskop aus und horchte den Seehund ab. Janne ging zurück ins Haus, aber Fenja und Sven schauten zu, wie Yas das Tier systematisch inspizierte. Fenja wummerte das

Herz. Ihr kam alles so unwirklich vor. Dankbar lehnte sie sich zurück gegen Svens Arm, den er sanft um sie gelegt hatte.

Endlich stand Yas auf und wandte sich ihnen zu. »Die schlechte Nachricht ist, dass der Lungenwurm, nun ja, die Lunge beschädigt hat. Diese Parasiten ernähren sich von Lungengewebe und legen ihre Larven dort ab. Hättet ihr das Tier nicht aufgenommen, wäre es bald gestorben.«

Sven zuckte merklich zusammen. Offensichtlich war auch er Fälle wie diesen nicht gewohnt.

Yas packte die benutzten Instrumente in eine Plastiktüte, bevor sie sie zurück in die Tasche legte. »Die gute Nachricht ist, dass es noch nicht zu spät ist. Einfach wird es nicht, aber wir können es schaffen. Die Behandlung dauert etwa zwei bis drei Monate, und nach der Genesung ist eure Robbe resistent gegen diese parasitäre Infektion. Hat sie schon einen Namen?«

»Nein«, gab Sven zu. »Aber ich glaube, die Kleine möchte Yassi heißen.«

Yas lächelte. »Kann ich mir irgendwo die Hände waschen?«

Fenja bat sie ins Haus und zeigte ihr das Badezimmer. In der Zwischenzeit setzte sie einen Tee auf, den konnte Yas nach der Aktion sicherlich gebrauchen.

Als sie kurz darauf gemeinsam in der Küche standen, kam Janne herein. Sobald sie Yas sah, weiteten sich ihre Pupillen, und sie schien ein Stück größer zu werden. »Hi, Yas«, sagte sie mit ungewöhnlich hoher Stimme.

»Hi, Janne, schön dich zu sehen.« Auf Yas' Wangen lag eine zarte Röte.

Fenja schaute zwischen den beiden hin und her. Irgendetwas lag hier in der Luft, doch sie konnte nicht sicher ausmachen, was es war.

»Sag mal«, sprach sie die Tierärztin an, als sie gemeinsam vor den duftenden Tassen saßen. »Oma hat sich im Laufe der Jahrzehnte ein gutes medizinisches Wissen angeeignet und sich,

Gott weiß woher, Medikamente besorgt.« Sie überlegte kurz und dachte an die Etiketten, die sie auf den Fläschchen gesehen hatte. »Einige davon wahrscheinlich über ihre eigenen Rezepte. Ist ja auch egal, jedenfalls kann das so nicht auf Dauer weitergehen. Wir brauchen einen kompetenten Tierarzt an Bord, damit unser Schiff nicht untergeht. Jemanden, der uns zur Seite steht, wenn wir nicht weiterwissen, und der Medikamente … ähm … legal verschreiben kann. Die Zeiten haben sich geändert, und gerade wenn wir staatliche Fördermittel oder auch private Sponsoren haben wollen, müssen wir transparent sein und können nicht mehr mauscheln.« Erwartungsvoll schaute sie Yas an, hoffte, dass sie den Wink verstand.

»Das sehe ich genauso. Schon seit Langem, aber das wisst ihr ja. Was sagt deine Großmutter dazu?«

Fenja zuckte mit den Schultern. »Das weiß ich nicht. Vielleicht wird sie zunächst immer noch dagegen sein, aber bestimmt wird sie schnell merken, was für eine Erleichterung das ist.«

Yas zog die Stirn kraus und trank einen Schluck Tee. Sie schaute rüber zu Janne, die sie stumm beobachtete. Dann grinste sie und reichte Fenja die Hand. »Es wäre mir eine Ehre. Die Untersuchungen mache ich umsonst, die Medikamente kriegt ihr zum Einkaufspreis.« Wieder wandte sie den Blick zu Janne. »Ich rufe dich morgen an, dann können wir alles Weitere besprechen.«

***

Die Tage bis zum Wochenende vergingen wie im Flug. Abwechselnd schauten sie jede Stunde nach Yassi, aus Angst, ihr Zustand könnte sich verschlechtern. Das junge Seehundweibchen war äußerst schlecht gelaunt, doch das konnten sie ihr nicht verdenken. Ihre letzten Wochen waren voller Schmerz und Elend gewesen, jeder Tag ein weiterer Schritt in Richtung Tod. Aufgebracht schnappte Yassi nach jedem Fisch, den sie ihr reichten, und robbte fast beleidigt davon, wenn die Mahlzeit beendet war. Immerhin schien sie an Kraft zu gewinnen. Vielleicht ahnte sie, dass ihre Heilung nur eine Frage der Zeit war.

Immer wieder nahm Fenja sich vor, mit Sven über Wilko zu reden, aber es schien sich einfach kein günstiger Zeitpunkt zu finden. Entweder sie waren nicht allein, oder es gab zu viel zu tun. Irgendwann erschien es ihr nicht mehr so wichtig, und sie vergaß die Angelegenheit. Am Samstag schlug sie Sven vor, dass sie das Haus gemeinsam putzten, damit alles blitzte und blinkte, wenn Oma wiederkam.

»Sie wird schon nicht mit dem weißen Handschuh über die Anrichte fahren«, maulte Sven, der fand, dass Fenja es zu genau nahm. Entnervt las er sich die Liste durch, die sie geschrieben hatte. »Und was bitte ist ein Siphon?«

»Das ist diese Röhre unter dem Waschbecken. Die muss man ab und zu auseinandernehmen, um sie zu reinigen.«

»Davon habe ich noch nie gehört. Ist das wirklich notwendig?«

»Wenn du einmal gesehen hast, was sich da alles an Dreck und Haaren ansammelt, wirst du mir zustimmen.« Fenja grinste.

»Lass uns wenigstens die Zeit nehmen, um ordentlich zu frühstücken. Ist schließlich Wochenende. Ich radel zum Bäcker und hol uns Broodjes.«

Fenja überlegte. Es war eine harte Woche gewesen, und ihre Muskeln schmerzten vor Anstrengung. Gestern hatte sie beim Schneiden der Hecke zum Nachbargrundstück ständig den Trimmer über Kopf halten müssen. Ihre Schultern fühlten sich an, als hätte jemand sie mit dem Vorschlaghammer bearbeitet. Dafür hatte sie zum ersten Mal einen guten Blick auf das Friesenhaus nebenan werfen können, das so einsam dalag, als wäre es unbewohnt. Ihr kam eine Idee. »Wir sollten ein paar Brötchen extra für Tomke kaufen und bei ihm nach dem Rechten sehen. Was meinst du?«

Sven nickte zustimmend. »Auf jeden Fall! Das habe ich seit Tagen vor, aber ich komme zu nichts.«

Es war jedoch Fenja, die später mit der Tüte in der einen und einer Flasche Orangensaft in der anderen zum Riedenschloothof hinüberschlenderte, denn Sven hatte einen Anruf von einer Pension bekommen, deren Gast einen gestrandeten Seehund gesichtet hatte. Rettungseinsätze gingen immer vor.

Der Hof war um einiges kleiner als die weitläufige Seehundstation und bestand nur aus dem historisch anmutenden Ziegelsteinhaus im traditionellen Baustil mit einem hohen Mittelgiebel, unter dem sich eine massive Tür mit zwei Blättern befand. Die in jeweils sechs Rechtecke unterteilten Fenster verliehen dem Gebäude etwas Verträumtes. Der Hof war erstaunlich gut in Schuss, bis hin zu den in Reih und Glied aufgestellten Blumentöpfen, die den Weg säumten. Doch hier und da zeigten erste Unkräuter, dass sich die Dinge änderten und die unermüdlichen Hände, die alles in Ordnung gebracht hatten, nun in Frieden ruhten.

Auf dem Hof herrschte Grabesstille. Selbst der sonst so stete Wind hatte innegehalten.

»Hallo?«, rief Fenja, als sie am Gartenschuppen vorbeikam. Niemand antwortete, nur eine Biene summte einsam um sie herum. Zaghaft klingelte sie an der Türglocke aus Messing.

Es dauerte eine Weile, bis sich das rechte Türblatt knarrend einen Spalt weit öffnete und ein bleiches Gesicht im Eingang erschien. Stumm starrte der alte Mann sie an, seine Falten waren so tief wie Krater, und die Mundwinkel ließ er traurig hängen. Sein spärliches Haar war sorgsam von links nach rechts über den Scheitel gekämmt, was die großen Lücken aber nicht verdecken konnte.

»Moin. Mein Name ist Fenja Jansen, ich bin die Enkelin von Charlotte Schepker, Ihrer Nachbarin. Sie haben mich in den letzten Wochen sicherlich ab und zu gesehen. Ich dachte, ich stelle mich mal vor, weil ich jetzt nebenan wohne.« Sie hielt inne, aber der alte Mann bewegte sich nicht. »Wir waren beim Bäcker, und da dachte ich, dass ich Ihnen zum Wochenende ein paar Brötchen vorbeibringe.« Demonstrativ hielt sie die Tüte und den Saft hoch.

Der Mann ließ den Blick an ihr herunter- und wieder hinaufwandern. Missbilligung stand in seinen Augen.

Fenja fühlte sich unwohl. Ein Rotkehlchen unterbrach mit seinem Gesang die Stille, und sie war dem kleinen Vogel dankbar dafür. Endlich öffnete der Mann die Tür und schlurfte zurück ins Haus, ohne ein Wort zu sagen.

»Soll ich Ihnen die Sachen in die Küche tragen?«, fragte sie. Als er nicht antwortete, schlüpfte sie aus den Schuhen und folgte ihm.

Sie musste aufpassen, dass sie nicht stolperte, denn es war dunkel im Haus, und überall lagen Dinge herum. Die Vorhänge waren zugezogen und die Fenster zusätzlich mit Pappe verhangen. Eine einzelne Glühbirne spendete gerade genug Licht, um sich zurechtzufinden. Im Wohnzimmer lief der Fernseher.

Tomke schritt geradewegs auf den Sessel zu, der davorstand, und setzte sich. Unschlüssig schaute Fenja auf den Bildschirm, auf dem ein Horrorfilm lief. Entgegen ihrer Hoffnung schaltete Tomke den Fernseher weder aus, noch stellte er ihn leiser. Er saß einfach nur da, tief in seinen Sessel vergraben, und schaute geradeaus. Auf dem Tisch vor ihm stand eine Pizzaschachtel, daneben leere Bierdosen, die schal und unangenehm rochen.

Es kostete Fenja alle Mühe, sich zurückzuhalten, denn sie verspürte einen starken Drang zu lüften. Vorsichtig suchte sie sich einen Weg zum Tisch und stellte die Brötchen und die Flasche ab. Dafür musste sie zwei alte Teller zusammenschieben.

Tomke schnaufte.

»Geht es Ihnen gut, Herr …?« Sie hielt inne, denn sie hatte keine Ahnung, wie Tomke mit Nachnamen hieß. Er machte auch keine Anstalten, ihr auszuhelfen. Neben dem Fernseher hing ein Bild an der Wand. Im Halbdunkel war es schwer zu erkennen, aber wenn der Fernseher flackerte, konnte man die Konturen einer alten Frau erkennen. Das musste Dieka sein.

*Vielleicht schaut er gar nicht fern, sondern betrachtet seine verstorbene Frau*, dachte Fenja und spürte, wie die Trauer in ihr aufstieg. Mitleidig schaute sie auf den Mann, der völlig in sich zusammengesunken war. Wie alt mochte er sein? Achtzig? Neunzig? Dann fasste sie einen Entschluss. »So, ich mache Ihnen mal etwas Platz hier, damit Sie in Ruhe frühstücken können«, sagte sie betont fröhlich und fing an, das Geschirr und den Müll zusammenzustellen. Dann trug sie alles in den Flur, tappte eine Weile verloren herum, bis sie die Tür zur Küche fand. Dort stapelten sich Berge an Tellern und Besteck.

Seufzend rollte Fenja die Hemdsärmel hoch und ließ Wasser ins Spülbecken. Nach einer halben Stunde funkelte die Küche, und zufrieden konnte Fenja ihr Spiegelbild in der vorher stumpfen Kühlschranktür erkennen. Motiviert räumte sie auch den Flur auf, stellte Schuhe in Reih und Glied und hängte die Mäntel ordentlich auf den Ständer. Auf einer Kommode lag ein Stapel Briefe, den sie zusammenschob. Dabei fiel ihr der oberste Brief auf, ein Schreiben einer Immobilienfirma, die eine Schätzung des Hauses vorgenommen hatte. Sofort sah sie den von der Firma vorgeschlagenen Verkaufspreis – das Haus war günstiger, als sie vermutet hätte. Doch die Mängelliste, die dem Brief beigefügt war, war lang. Wer immer dieses Schmuckstück erwarb, hatte viel Arbeit zu leisten. Das Dach war undicht, die Wände hatten Wasser gezogen …

Sie hörte ein Geräusch und begab sich zurück ins Wohnzimmer. Tatsächlich war die Saftflasche halb ausgetrunken, und die Brötchentüte wirkte deutlich schlaffer.

»Wenn wir etwas für Sie tun können, wir sind direkt nebenan. Sie können sich gerne jederzeit an uns wenden«, sagte sie und hob die Hand zum Abschied.

Der alte Mann zog einen Mundwinkel hoch, was an einen

Hund erinnerte, der im Angriffsmodus die Lefzen fletschte. Es konnte sich jedoch auch um ein Lächeln handeln, so genau war das nicht zu sagen.

***

In der Station schaute Fenja zuerst nach Yassi, die ihre Medikamente benötigte. Zu ihrer Verwunderung plantschte die Robbe vergnügt in dem kleinen Becken, das ihr zur Verfügung stand.

»Na, dir scheint es aber gut zu gehen«, freute sich Fenja und gab Yassi noch ein paar Minuten, um sich auszutoben. In der Zwischenzeit bereitete sie die Medikamente vor. Draußen näherten sich Motorengeräusche, wenig später kam Sven schnellen Schrittes hereingestürmt.

»Fenja!« Er umarmte sie und küsste sie auf die Haare, als hätten sie sich Ewigkeiten nicht gesehen. »Warum riechst du immer so gut nach Apfel, Mango und Kokosnuss? Wie ein ganzer Obstsalat, an dem man sich nicht satt essen kann.«

Sie lachte. »Das ist mein Shampoo. Damit übertöne ich den leidigen Fischgeruch.«

Er ließ seine Hände an ihrem Bauch entlangwandern, und sie spürte seine Erregung durch seine Hose. Sie grinste. »Du bist wirklich ein Nimmersatt. Aber das muss leider warten. Erst muss Yassi verarztet werden.«

»Ja, ich weiß. Aber ich kann geduldig sein.« Seine Küsse bedeckten ihre Wangen und die Schläfen. Lust stieg in ihr auf.

»Hmm«, sagte sie genießerisch, »ich habe da ein paar Ideen, was ich nachher gerne ausprobieren würde …«

Er lächelte und sog noch einmal ihren Duft ein. »Mhm, na gut.« Er ließ sie los und atmete tief aus.

»Wie ist es mit der Seehundrettung gelaufen?«, fragte sie, um ihn von seinen erhitzten Gedanken abzulenken.

Tatsächlich verwandelte sich Svens sehnsüchtiger Ausdruck

sofort zu einem Grinsen. »Das war kein Seehund, was da im Watt lag, es war ein Stück Holz. Zugegebenermaßen sah es von Weitem wie eine runde Presswurst aus, hätte also ein Seehund sein können. Trotzdem reine Zeitverschwendung.«

Fenja musste kichern. »Und das Holz wollte sich nicht retten lassen?«, fragte sie. »Oder war es zu schnell für dich?«

Nachdem Yassi versorgt war, putzten sie das Haus. Fenja und Sven nahmen sich Küche und Bad vor, Janne kümmerte sich um Wohnzimmer und Rezeption. An einer vom Putzwasser schmierig gewordenen Stelle rutschte Fenja aus. Sie verletzte sich nicht, aber ihr Shirt war komplett durchnässt.

»Geh dich eben umziehen, ich mach so lange allein weiter«, schlug Sven vor.

»Nur halb so schlimm«, log sie und machte weiter. Alle ihre langärmeligen Shirts waren in der Wäsche, und Sven sollte nicht die blauen Flecken sehen, die sich dank Wilko auf ihrem Arm gebildet hatten. Es war ihr unangenehm, jetzt noch über das Thema zu sprechen, das sie für sich selbst bereits abgehakt hatte.

Sven legte den Kopf schief und kniff die Augen zusammen.

»Ich war übrigens bei Tomke«, warf sie schnell ein. »Dem scheint es nicht gut zu gehen. Ich glaube, er braucht jemanden, der sich um ihn kümmert. Einen mobilen Pflegedienst oder so etwas.«

»Das letzte Mal, als ich da war, wirkte er ganz fit. Das ist allerdings eine Weile her.«

»Lagen da auch schon die Lebensmittelreste der letzten Woche im Haus herum?«, fragte sie, während sie versuchte, die hinterletzte Ecke unter dem Kühlschrank mit dem Schrubber zu erreichen. »Im Ernst, er hat die ganze Zeit kein einziges Wort geredet, sondern nur auf den Fernseher gestarrt. Sein Haus ist völlig versifft, der Kühlschrank ist leer.«

»Ich schau morgen bei ihm vorbei. Dieka hat sich um den

Haushalt gekümmert, vielleicht kann er sich selbst nicht mehr versorgen. Aber wie ich ihn kenne, würde er eher heimlich zugrunde gehen, als das zuzugeben. Die alten Krummhörner sind stolze Kreaturen.«

»Er tat mir echt leid. Wusstest du, dass er sein Haus verkaufen möchte?« Sie hoffte inständig, dass er nicht fragte, woher sie das wusste, denn dann hätte sie zugeben müssen, dass sie – aus Versehen – einen Blick auf die Post des alten Mannes geworfen hatte.

»Woher weißt du das?«, fragte er, und Fenja biss sich auf die Lippen.

»Oha, du hast deine hübsche Nase in fremder Leute Angelegenheiten gesteckt«, sagte Sven einen Tick zu genussvoll. »Dafür werde ich dich nachher gebührend bestrafen müssen.« Er piekte sie spielerisch in die Seite.

»Ja, mag sein. Aber weißt du was? Wenn er verkauft, bekommen wir neue Nachbarn, und das ist eine ernste Angelegenheit. Die Seehunde sind laut, der ständige Fischgeruch penetrant, der Café-Betrieb nichts für schwache Nerven. Das Haus steht direkt hinter der Hecke, das könnte Ärger geben.«

Sven stellte den Schrubber weg und wischte sich die Hände an der Hose ab. »Hm«, sagte er nachdenklich und dann wieder »hm«.

»Was meinst du?«

»Wir könnten Tomke ein Angebot machen, bevor er das Haus auf den Markt bringt. Es gefällt mir gut, ist solide gebaut, und der Schuppen hat genau die richtige Größe für das Motorrad, das ich mir dann allerdings nicht mehr leisten kann. Irgendwann wird es ohnehin Zeit, dass ich bei deiner Oma ausziehe, das war eigentlich eher als Übergangslösung gedacht.« Er sah sie an. »Was meinst du, möchtest du mit mir ein Haus kaufen?«

Vor Schreck fiel Fenja der Putzlappen ins Wasser.

# Kapitel 15

»Wie stellst du dir das vor?«, fragte Fenja, deren Herzrhythmus an eine Techno-Party erinnerte.

»Ganz einfach. Wir legen zusammen, um die Anzahlung sofort leisten zu können, und kaufen das Haus, bevor es uns jemand wegschnappt.«

»Du und ich?«

»Nee, Janne und ich.« Er lachte. »Natürlich du und ich, was denkst du denn? Wir könnten es uns richtig gemütlich machen, das Haus ist praktisch geschnitten, und wenn ich uns einen Wintergarten anbaue, wird es eine richtige Perle. Außerdem hätten wir mit unserem Auszug mehr Gästezimmer in der Seehundstation für ehrenamtliche Helfer oder Praktikanten zur Verfügung. Wir könnten sogar den hinteren Bereich der Station zu einer kleinen Pension umbauen, um weitere Einkünfte zu generieren. Natururlaub in der Seehundstation – da finden sich sicherlich viele Interessierte. Natürlich nicht in dem Stil, wie Wenx Hellwig sich das vorstellt, sondern räumlich von den Tieren getrennt und ohne, dass es die Seehunde in irgendeiner Weise beeinträchtigt. Und wer weiß, vielleicht zieht auch Henrik eines Tages auf dem Gulfhof ein.«

Die Tragweite seines Vorschlags sackte langsam in Fenjas Bewusstsein. Abwechselnd wurde ihr heiß und kalt. »Und wir beide wohnen gemeinsam auf dem Riedenschloothof?«

»Genau. Oder ist dir das nicht recht? Du bleibst doch hier, oder?«

Fenja ging in sich, um ihre Gedanken zu sortieren. Unter der Lawine an Unsicherheit und Angst verspürte sie ein Fünkchen Hoffnung, das all der Liebe entsprang, die sie für Sven empfand.

»Wir kennen uns erst seit wenigen Monaten«, sprach die Stimme der Vernunft für sie. Nach außen klang sie ruhig, doch in ihrem Innern fuhren die Gefühle Achterbahn.

»Aber wir haben eine sehr intensive Zeit miteinander verbracht. Und haben uns im besten und schlimmsten Zustand erlebt. Erinnerst du dich noch an die Aktion mit Twix und dem Müllhaufen?«

Fenja prustete los. »Das werde ich nie vergessen.«

»Sei ehrlich: Sehnst du dich doch zurück zu deinen Kreuzfahrten? Wünschst du dich in die Ferne oder könntest du dir vorstellen, mit mir hierzubleiben?«

Über diese Frage hatte Fenja so oft nachgegrübelt, dass ihr die Antwort nicht schwerfiel. »Bis vor Kurzem habe ich das Leben auf der Krummhörn zwar für interessant gehalten, aber auch für spießig und eintönig.« Sie sah ihm in die Augen. »Mittlerweile möchte ich nirgendwo anders mehr sein. Bei Oma, bei dir und all den Menschen, die mir ans Herz gewachsen sind. Mit den Seehunden zu arbeiten erfüllt mich. Weißt du, ich wollte nie die Welt retten, aber mit dir fühlt sie sich ein kleines Stückchen besser an. Und dann ist da auch noch das Café …«

»Dann lass uns an eine gemeinsame Zukunft glauben, Fenja. Und hinter uns lassen, was in der Vergangenheit liegt.«

Sie zuckte zusammen. *Wilko.* Er spielte auf Wilko an. Sie musste Sven unbedingt endlich erzählen, was passiert war, und zwar jetzt. Solange sie Geheimnisse voreinander hatten, konnten sie sich nicht zu hundert Prozent aufeinander einlassen und sich bedingungslos vertrauen.

»Sven, ich kann mir nichts Schöneres vorstellen, als mit dir zusammenzuziehen«, begann sie vorsichtig. »Und der Riedenschloothof gefällt mir. Aber bevor wir weiter darüber reden und Pläne schmieden, muss ich dir etwas erzählen –«

Svens Handy klingelte. »Oh nein, Seehundrettung!« Er stöhnte. »Wahrscheinlich der nächste Spaziergänger, der das Treibholz entdeckt hat. Ich hätte es an den Strand ziehen sollen.« Er verdrehte die Augen und nahm das Gespräch an.

***

Auch an diesem Tag kam Fenja nicht mehr dazu, mit Sven über Wilko zu sprechen. Und am Sonntag und Montag gab es wieder zu viel zu tun. *Vielleicht sollte ich die Sache wirklich auf sich beruhen lassen*, überlegte sie, aber fühlte sich nicht wohl bei dem Gedanken. Im Gehen und beim Arbeiten verschlangen sie die belegten Brote und Snacks, die Henrik ihnen und den anderen Helfern zubereitet hatte. Die letzten Wochen hatte der Künstler größtenteils in einer Pension in Leer verbracht, in der er wohnte, um Oma jeden Tag in der Reha besuchen zu können. Auch Feiko, Joris, Lars, Wiebke und Theda waren gekommen, um mit anzupacken. Er herrschte Betrieb wie auf dem Rummelplatz, dafür ging es mit großen Schritten voran.

Henrik setzte mit seinem Gespür für Ästhetik gezielte Akzente in der Station, um sie noch einladender für die Besucher zu gestalten. Er verteilte kürbisgroße blaue Tonkugeln im Garten und strich die Bank unter dem Apfelbaum in der gleichen Farbe. Hier und da schnitt er einen Busch kunstvoll in eine Form, und im Rezeptionsbereich rollte er nicht nur einen neuen Flickenteppich aus, sondern installierte gleich mehrere Lampen, die ein warmes Licht schufen. Auch Wiebke stellte sich als geschickte Hilfe im Café heraus, das nun für die Eröffnung am kommenden Wochenende bereit war.

»Ich habe früher als Kellnerin gearbeitet«, erklärte sie auf

Fenjas Nachfrage. »Ist zwar lange her, aber Kellnern ist wie Fahrradfahren: Wenn man das einmal draufhat, vergisst man es nicht mehr.«

Erst als Fenja sich am Montagabend erschöpft mit einem Stück Zwiebelkuchen auf die Couch fallen ließ, zu müde, um im Sitzen zu essen, war sie wieder mit Sven allein. Es klackte und zischte, als er eine Flasche Cola öffnete.

»Ah, das tut gut. Was für ein Tag!«

»Ich kenne jetzt jeden einzelnen Knochen und Muskel in meinem Körper«, behauptete Fenja und drückte demonstrativ auf ihrem Brustkorb herum. »Ich habe Muskelkater von Kopf bis Fuß.« Aber sie hatten es geschafft. Für morgen war alles bereit.

»Wann können wir Charlotte denn abholen?«, brachte Sven unter einem Gähnen hervor.

»Sie wollte uns am späten Vormittag anrufen und Bescheid geben.« Neidisch schielte Fenja auf Svens Cola, war aber zu matt, um sich selbst eine Flasche zu holen.

Er bemerkte es und reichte ihr seine. Dabei rutschte er ein Stück näher. »Sag mal, habe ich dich am Samstag mit meiner Frage zu sehr überfallen?«

Fenja wurde warm, und sie hob die Augenbrauen, als wüsste sie nicht, worum es ging.

»Du weißt genau, wovon ich rede«, sagte Sven trocken.

*Mist, ertappt!* Sie kuschelte sich zur Entschuldigung eng an ihn. Das Haus interessierte sie sehr, aber sie war zu müde, um sich jetzt auf ein Gespräch über Wilko einzulassen.

»Ich habe heute mit Joris gesprochen«, fuhr Sven fort. »Der wusste von Tomkes Plänen und meinte, die Anzeige für das Grundstück ist seit heute Morgen online. Vor dem Riedenschloothof steht sogar ein Verkaufsschild. Falls es dir zu viel ist, ist das kein Problem, Fenja. Ich würde es nur gerne wissen, weil ich mir sicher bin, dass sich das Haus gut und schnell verkaufen wird.«

Fenja sog die Luft ein und schloss die Augen. In ihr drehte sich alles.

Was sollte sie tun? Sie hatte zwar einiges in die Seehundstation investiert, verfügte aber noch über eine Notreserve auf einem separaten Konto, die sie niemals anrühren wollte. Hinzu kamen das Sparbuch aus Kindertagen und ihr Sportwagen, der in einer Tiefgarage in Düsseldorf stand. Auf der Krummhörn würde sie ihn nicht brauchen. Ausreichend Geld für eine Anzahlung hätte sie also.

Sie rutschte hin und her, um die schmerzenden Schultern zu entlasten, und automatisch fing Sven an, sie zu massieren. Sanft und voller Fingerspitzengefühl, so selbstverständlich, als wäre es seine Bestimmung, sich um sie zu kümmern, wenn es ihr nicht gutging. Da traf sie die Erkenntnis: Das unterschied Sven von all ihren anderen Ex-Partnern einschließlich Torsten. Sven respektierte ihre Bedürfnisse nicht nur, er sorgte sich um sie und stellte sicher, dass sie in diesen stürmischen Zeiten nicht unterging. Er war ihr Anker und Fels in der Brandung, wie die Stützbalken im Gerüst und das Seil beim Bungee-Springen. Sie wollte an seiner Seite bleiben. Sie würde den Sprung wagen.

»Weißt du was? Ich finde, wir sollten eben duschen und dann zu Tomke hinübergehen, um ihm persönlich ein Angebot zu machen«, sagte sie kurz entschlossen. »Er hat sicher Interesse daran, dass sein Haus in die richtigen Hände gerät und nicht an irgendwelche Fremden fällt. Ich möchte, dass der Riedenschloothof unser neues Zuhause wird.«

***

»Mann, das ist ja ein richtiger Schweinestall«, flüsterte Sven ihr zu, als sie in Tomkes Flur standen. Der alte Mann hatte sie im Hausmantel reingelassen und sie mit heiserer Stimme gebeten zu warten, bis er sich angekleidet hatte. »Und es muffelt nach nassen Schuhen.«

Fenja schwieg. Tatsächlich musste hier dringend gelüftet und der Boden anständig geputzt werden, aber sie war viel zu konzentriert darauf, was sie Tomke sagen wollte. Er sollte wissen, dass sie das Haus gut pflegen würden und es renovieren wollten, ohne dem alten Hof seinen Charakter zu nehmen. Nach der Erfahrung mit Wenx Hellwig war es ihr besonders wichtig, dass Tomke mit ruhigem Gewissen verkaufen konnte.

Obwohl sie vor Ungeduld platzte, überließ sie Sven das Wort, da er dem alten Mann näherstand. Zunächst erkundigte er sich nach Tomkes Plänen.

»Ich zieh ins Altersheim«, erwiderte Tomke. »Was soll ich auch hier? Ohne Dieka hat es keinen Sinn. Sie ist überall, in den Wänden, der Decke, im Teppich. Jede Kerbe in der Tapete, jeder Fleck im Teppich macht mich traurig.«

Unwillkürlich schüttelte sich Fenja. Die beiden hatten ihr Leben miteinander verbracht, für Tomke schien es unmöglich zu akzeptieren, dass Dieka nicht wiederkam.

»Mach dir aber keine Gedanken, Sven. Ich komm zurecht.« Tomke tippte sich an die Stirn. »Eins stirbt nie, und das ist die Erinnerung. Und wenn ich irgendwann auch gehen muss, sind wir wieder vereint.«

Sven schluckte und nickte. »Sie war eine gute Frau, Tomke, und so wird sie in unser aller Gedenken bleiben.«

Fenja zog die Schultern hoch. Es war merkwürdig, Tomke von dieser emotionalen Seite zu erleben, nachdem er sie zuvor so geflissentlich ignoriert hatte. Es war offensichtlich, dass er Sven vertraute.

»Wie du weißt, wohne ich seit ein paar Jahren in der Seehundstation«, lenkte Sven das Thema nun in Richtung ihres Anliegens. »Das ist kein Dauerzustand, aber ich würde gerne in der Nähe meines Arbeitsplatzes bleiben. Gibt immer Notfälle, weißt du. Momentan haben wir wieder einen Intensivpatienten, und da muss ich auch nachts hin.«

Tomkes Hände zitterten jetzt, und er versteckte sie schnell unter dem Tisch. Fenja fiel auf, dass die Farbe aus seinen ohnehin schon blassen Wangen wich. Sven hingegen schien es nicht zu bemerken.

»Und deshalb würde ich dir gerne ein Angebot für dein Haus machen. Ich zahle dir einen guten Preis, schon allein, weil mein Vater dir nahesteht.«

Tomke schaute betrübt auf die wächserne Tischdecke. »Das geht nicht«, sagte er leise.

Sven riss erstaunt die Augen auf. »Warum? Hast du dich gegen den Verkauf entschieden?«

»Nein, aber ich habe heute Mittag schon jemand anderem die Zusage gegeben. Nur mündlich zwar, aber ich halte mein Wort. Es tut mir leid, Sven. Hätte ich gewusst, dass du den Hof übernehmen möchtest, ich hätte lieber an dich verkauft.«

In dieser Nacht ging Fenja nicht in ihr eigenes Zimmer zurück, sondern schlief bei Sven. Sie drängte sich dicht an seinen warmen Körper und hielt ihn so fest, als könnte er sich jederzeit in Luft auflösen. Sie war enttäuscht, wütend und desillusioniert. Ihre gerade erst aufkeimende Hoffnung hatte eine Bruchlandung erlitten.

Sven schien es ebenso zu gehen, denn er hatte sich vor dem Zubettgehen schweigend umgezogen und sie dann in seine Arme geschlossen, ohne auch nur den Versuch zu starten, mit ihr zu schlafen. Er gab ihr einen Kuss auf die Stirn, seufzte und drehte sich weg, damit sie ihn von hinten umarmen konnte.

***

Als Fenja sich am nächsten Morgen schlaftrunken in die Küche schleppte, saß Oma am Esstisch und lächelte sie an.

Ungläubig rieb sie sich die Augen. »Ich träume«, sagte sie und brauchte ein paar Sekunden, um zu realisieren, dass es wirklich Oma war, die dort saß. Sie wirkte frisch und ausgelassen, trug ein tief ausgeschnittenes, eng anliegendes Kleid und hatte ihre Falten unter einer dicken Schicht Make-up versteckt.

»Moin, mien Lütt«, sagte sie, bevor sie an ihrer Teetasse nippte. »Kneif dich ruhig in den Arm, ich bleib trotzdem hier sitzen.«

Fenja schnappte nach Luft. »Oma! Warum bist du denn so früh hier? Wie bist du hierhergekommen? Wir wollten dich doch abholen.«

»Ich wollte euch überraschen. Ich bin schon seit ein paar Tagen zurück aus der Reha, weil die mich hier im Krankenhaus noch einmal sehen wollten. Der nette Dr. Hallen, der mich auch am Anfang so gut behandelt hat, hat mich heute Morgen entlassen, und Henrik hat mich abgeholt.« Sie kam nicht weiter, denn Fenja war auf sie zugestürzt und umarmte sie stürmisch.

Oma klopfte ihr auf den Rücken wie einem Baby, während Fenjas Tränen in Omas Dekolleté tropften. »Na, na.«

»Endlich, Oma, wir haben dich alle so vermisst!«, schniefte sie. »Und nach Leer in die Reha haben wir es viel zu selten geschafft.«

Oma Lotti wirkte sichtlich gerührt. »Ich habe euch auch vermisst.«

»Sind deine Sachen schon im Haus?«

»Nein.«

Misstrauisch löste sich Fenja aus der Umarmung. »Henrik hat dich hoffentlich nicht mit dem Motorrad abgeholt?«

»Nein, keine Sorge. Er hat den Ford genommen, meine Taschen und der Koffer sind in seinem Kofferraum. Ich wollte erst einmal in Ruhe einen Tee trinken. Henrik bringt sie nachher vorbei, er ist gerade beim Bäcker. Leiste mir beim Teetrinken Gesellschaft, ja?«

Fenja gab ihr einen Kuss auf die Wange. »Gerne.« Sie freute

sich unglaublich über Omas Rückkehr. Mit ihr schien das Haus seine Seele zurückzubekommen. Die dicken Wände, die zuvor einfach nur Wände gewesen waren, strahlten Geborgenheit aus, der Teppich war flauschiger, die Teetassen schienen Geschichten zu erzählen.

»Im Garten steht eine neue Möbelgarnitur«, sagte Oma.

»Ja. Janne und ich haben die selbst gebaut. Gefällt sie dir?«

»Sie fügt sich gut ins Gesamtbild ein. Ihr habt neue Blumen und Büsche gepflanzt.«

»Ja. Das gibt der Station eine positive, naturnahe Atmosphäre.«

»Der Kies hat eine andere Farbe.«

»Äh. Wir mussten neu aufschütten, weil vom alten Kies nicht mehr viel übrig war.«

»Mein Briefkasten ist weg.« Omas strenger Blick ließ Fenja zusammenschrumpfen, bis sie sich wie ein Zwerg vorkam, der den Kopf in den Nacken legen musste, um seinem Gesprächspartner ins Gesicht zu sehen.

»Er ist nicht weg, wir haben ihn gegen ein neues Modell ausgetauscht, weil er kurz davorstand, auseinanderzufallen. Der neue Briefkasten ist einen Meter weit entfernt direkt in den Zaun integriert.«

»Soso.«

Fenja zupfte ihren Pullover zurecht. Es schien wärmer im Raum geworden zu sein. Schweiß trat ihr auf die Stirn.

»Weißt du, warum ich es mit Garlef ausgehalten habe, obwohl er mit jedem Jahr unerträglicher wurde?«

Fenja schüttelte den Kopf.

»Weil ich Veränderungen hasse. Ich habe lieber seine Marotten ertragen, als ihn zum Teufel zu jagen, weil es bedeutet hätte, dass alles anders sein würde.«

*Das ist keine gute Erklärung*, fand Fenja. Zum einen hatte sie eine grundlegende Aversion gegen Ehemänner mit Alkoholproblemen, zum anderen tat sie sich schwer damit, zu akzeptieren, dass ihre wilde, verrückte Oma im Alltag auf eiserne Routine bestand.

Im Flur erklangen Schritte, die kurz darauf im Badezimmer verschwanden. Offenbar hatte Sven noch nicht mitbekommen, dass Oma Lotti schon zurück war. Schade, sie hätte ihn gerne als Verstärkung hier gehabt. Nun musste sie sich diesem Gespräch allein stellen.

»Schau dir nachher die Seehundbecken und Außenanlagen an. Da wurde vieles im Sinne des Tierwohls verändert«, begann sie vorsichtig. »Die Verletzungsgefahr für die Seehunde ist jetzt geringer, die Becken sind ausgebessert und einiges mehr. Ich bin mir sicher, dass es dir gefällt. Und wenn nicht, machen wir alles wieder rückgängig. Aber gib den Neuerungen eine Chance.«

Während sie sprach, hatte Oma ihre Hände ineinandergelegt und sich mit dem Kinn darauf abgestützt. Ihre Fingernägel leuchteten in einem frischen Frühlingsgrün, passend zum Kleid. Sie schaute aus dem Fenster und schien weit weg zu sein.

»Oma?« Liebevoll stupste Fenja sie an. »Hörst du mir überhaupt zu?«

Oma Lotti drehte sich zu ihr um. Ihre Pupillen waren geweitet, und sie schien geradewegs durch sie hindurchzuschauen.

»Charlotte?« Ein zerknautschter Sven mit wild abstehenden Haaren und Dreitagebart stand im Türrahmen. Auf seiner Wange zeichnete sich der Abdruck seines bestickten Kissens ab.

Sofort ging eine Veränderung in Oma vor. Sie lachte und breitete die Arme aus. »Mien Lütter!« Fest drückte sie ihn an ihre Brust, und Fenja beobachtete gerührt, dass sich auch in seinen Augenwinkeln kleine Tränen gebildet hatten.

Die nächsten Stunden verbrachten sie damit, Oma die renovierte Station zu zeigen. Sie vermieden es, über Zukunftspläne zu sprechen, und wollten erst einmal die bisherigen Veränderungen auf

Oma wirken lassen. Auch um das Café machten sie einen Bogen, aber das war kein Problem, denn sie kamen langsam voran, weil Oma alle zwei Meter stehen blieb und etwas Neues entdeckte.

»Ein Seehund aus Keramik? Der ist handwerklich einwandfrei gearbeitet.« Sie drehte die Gartenfigur um. »Ha! Das sind Henriks Initialen. Ich wusste es! Hat er seine Finger mit im Spiel?«

»Ja, er war oft hier. Wir haben überhaupt viel Unterstützung bekommen. Unter anderem haben uns Feiko, Joris, Lars, Wiebke, Theda und Yasmin geholfen.«

»Feiko ist ein Schlitzohr, niemand feilscht so hart wie er, aber Wiebke ist eine feine Frau. Ihr Vater war Fischer und hat öfter verletzte Seehunde mitgenommen.«

»Ich weiß, sie ist echt nett und kompetent.«

»Yasmin war also auch da?«

Sven und Fenja wechselten einen Blick, und Fenja hob warnend die Augenbrauen. *Jetzt noch nicht.* »Ja, sie kann gut anpacken«, sagte sie so beiläufig wie möglich. Es fühlte sich falsch an, Oma die Wahrheit vorzuenthalten, aber sie wollte kein Risiko eingehen, dass sie bereits am ersten Tag mit zu viel Neuigkeiten überfordert wurde.

Gedankenverloren strich Oma über die pinken Blüten der Indianernessel, die ihre Köpfchen neben Sonnenbraut und Ehrenpreis in die Sonne reckte. Wieder schien sie in ihrer eigenen Welt zu sein und vom aktuellen Geschehen gelöst. Die Reha hing ihr offenbar mehr nach, als sie zugeben wollte. Fenja nahm sich vor, noch behutsamer mit ihr umzugehen.

Sven musste ähnlich denken, denn er führte Oma zu der Holzbank aus witterungsbeständiger Douglasie, die versteckt unter der Weide stand. Janne hatte sie vom Sperrmüll gerettet und gemeinsam mit Fenja restauriert. Die tief hängenden Äste bildeten eine Art Höhle, in der man ungesehen entspannen konnte. Einzig kleinere Insekten schwirrten in dieser windfreien Zone umher, mal mehr oder weniger ziellos, aber immer in Bewegung.

»Das Leben geht schneller vorbei, als ein Pferd rennen kann«, sagte Oma und tupfte sich die feuchte Stirn ab.

Eine Brise kam auf und versetzte ein paar Äste in Schwingung. Durch die entstandene Lücke sah man direkt auf das neue Schild über dem Café, das sie auf ihrem Spaziergang bisher vermieden hatten.

»Lottes Treckpott«, las Oma laut vor und hob die Augenbrauen. »Was zur Hölle ist das? Und warum steht ein Dreiecksaufsteller vor der Tür?«

Vor Schreck ließ Sven das Stöckchen fallen, mit dem er bis gerade herumgefuhrwerkt hatte. »Ich habe eine Überraschung für dich, Charlotte«, sagte er schnell. »Aber keine Angst, es hat nichts mit der Seehundstation zu tun. Was hältst du davon, wenn wir unser Mittagessen heute außer Haus einnehmen? Ich würde dir gerne etwas zeigen.«

Anerkennend schaute Fenja ihn an. Sie ahnte, was er vorhatte. Damit würden sie Oma eine Freude bereiten und sie auf andere Gedanken bringen. Und tatsächlich: Die Ablenkung funktionierte.

»Eine gute Idee!«, rief Oma und klatschte in die Hände. Dankbar warf Fenja ein: »Wunderbar, ich packe einen Picknickkorb.«

Langsam führte Sven Oma Lotti an das Ufer, damit sie nicht stolperte. Der weiche Boden gab bei jedem Schritt nach und pappte an Fenjas Schuhen, die immer schwerer wurden.

»Muss die Augenbinde wirklich sein? Mein Make-up verschmiert, ich werde nachher aussehen, als hätte ich die Nacht durchgezecht«, jammerte Oma Lotti.

»Ja«, entgegnete Sven eindringlich, »sonst wäre es schließlich keine Überraschung mehr.«

Endlich standen sie vor dem Torfschiff, auf dem in silbernen Lettern der Name *Charlotte* und ein bellender Seehund prangten. Die Werkzeuge und Eimer waren weggeräumt, die Planken frisch geputzt. Bei der Erinnerung an den wunderschönen Abend, den sie mit Sven in der Kajüte verbracht hatte, tanzten die Hummeln in Fenjas Bauch einen Tango. Fast konnte sie wieder spüren, wie seine Zunge auf ihrer Haut Kreise zog und spielerisch ihren Bauchnabel suchte. Dieses intensive Kribbeln, das seine Berührung in ihrem ganzen Körper ausgelöst hatte …

Instinktiv schaute sie in den Himmel, um die Bilder aus ihrem Kopf zu vertreiben. Das war jetzt nicht der richtige Moment dafür! Die Wolken schoben sich wie verunstaltete Puzzleteile voran. Mal passten sie gut, mal kollidierten sie und verformten sich, um schließlich miteinander zu verschmelzen.

»Darf ich?«, hörte sie Sven neben sich fragen, und Oma antwortete: »Ich bitte drum.«

Vorsichtig zog er ihr die Augenbinde herunter. »Darf ich vorstellen: Charlotte, das ist *Charlotte*. Vor über hundert Jahren wurde sie in den Papenburger Werften gebaut, hat unermüdlich Torf, Steine, Schlick und Sand transportiert, bis sie für Jahrzehnte in einer Werft und schließlich in einem Schuppen gelagert wurde. Jetzt ist sie endlich wieder fahrtüchtig.«

Er holte eine Flasche aus der Tasche. »Wie du siehst, trägt sie bereits ihren Namen, aber für eine richtige Schiffstaufe habe ich einen Champagner mitgebracht. Du brauchst gar nicht so gierig zu schauen, die Ärzte haben dir Alkohol verboten, die Flasche ist für das Schiff.«

Mit diesen Worten zog er am Verschluss, es ploppte, zischte, und der Korken prallte gegen die Seitenwand, bevor er im Kanal versank. Feierlich hob Sven an: »Hiermit taufe ich dich auf den Namen *Charlotte*! Es ist ein guter, starker Name, getragen von zahlreichen Adeligen und Königinnen, Künstlerinnen, Geistlichen, von Politikerinnen und Sportlerinnen und natürlich von unserer allseits geschätzten Charlotte Johanna Schepker, nach der du heute, an diesem Tage getauft wirst. Mögest du noch viele Jahre lang die Krummhörn unsicher machen und dich von nichts und niemandem abschrecken lassen.« Der Champagner rann schäumend seinen Arm hinunter.

Fenja klatschte begeistert in die Hände. »Auf *Charlotte*!«, rief sie.

Die erwartete Reaktion von Oma Lotti blieb jedoch aus. Statt in einen Freudentaumel auszubrechen, guckte sie bedröppelt. Ihre Miene wurde länger, die Wangen blasser. »Ich muss mich setzen«, sagte sie und schwankte gefährlich.

Sofort war Fenja bei ihr, um sie zu stützen. »Was ist? Wie kann ich dir helfen?«

Oma ließ sich ins feuchte Gras gleiten und schaute traurig auf das Schiff. Die Muskeln über ihren Augenbrauen zuckten. Ihre Schultern hingen herunter, und ihr Kreuz bog sich durch, als hätte sie keine Kraft mehr zu sitzen.

»Mist, ich glaube, das war zu viel für sie«, flüsterte Sven Fenja zu. »Sollen wir sie ins Krankenhaus zurückbringen?«

Oma atmete heftig aus. »Kinder, ich muss mit euch reden. Ihr habt nicht zufällig eine Decke mitgebracht?«

Kurz darauf saßen sie gemeinsam an Bord des Schiffes auf der Decke. Oma sah wieder etwas besser aus, aber in ihren Augen stand eine besorgniserregende Verzweiflung. Fenja drückte Svens Hand, als Oma sie beide anstarrte und nach Worten rang.

»Versteht mich nicht falsch«, sagte sie mit hohler Stimme, »das Schiff ist grandios, und es ist mir eine große Ehre, dass es nach mir benannt wurde. Du hast ein echtes Talent für solche Sachen, Sven. Wie gerne würde ich mit euch einen Ausflug auf dem Schiff machen. Da werden die Bauern gucken, wenn wir an ihren Schafen vorbeiziehen.« Ihr Lachen ging in ein Husten über. Zeitgleich hielten Fenja ihr eine Wasserflasche und Sven ein Taschentuch hin. Oma Lotti ignorierte beides. »Wisst ihr, die Seehundstation ist mein Leben. Ich habe all meine Kraft und auch mein Geld in die Aufzucht und Pflege der Tiere gesteckt.«

»Ja, Oma. Das weiß und respektiere ich. Es tut mir leid, dass wir hinter deinem Rücken angefangen haben, alles auszubessern und –«

»Warte! Lass mich ausreden. Ich habe mich nie alt gefühlt. Warum sollte ich auch? In meinem Kopf steckt eine junge Frau, die tanzt, wenn Musik erklingt. Ich habe gedacht, es geht immer so weiter. Aber seit du auf der Krummhörn bist, wurde mir bewusst, dass ich nicht ewig so weitermachen kann. Dass ich einen Nachfolger brauche. Für einen kurzen Augenblick habe ich gehofft, dass du bleiben würdest, um meine Arbeit zu übernehmen. Aber in dir steckten Fernweh und Ruhelosigkeit, du hast die Welt bereits für dich entdeckt.«

Sie stoppte und Fenja nutzte die Gelegenheit, um sich zu Wort zu melden. »Das stimmt. Am Anfang waren es nur Ferien, aber mittlerweile will ich bleiben. Mein Job hat mich kaputt gemacht, vor lauter Stress bin ich gar nicht zum Leben gekommen.«

Omas Kinn zitterte, aber sie hatte sich gut unter Kontrolle. Sachte strich sie Fenja über die Wange. Sven rückte näher an Fenja heran und legte einen Arm um sie.

»Ihr beiden scheint euch gut zu verstehen«, sagte Oma Lotti seufzend. »Ich war so dumm. Ich dachte, ihr kabbelt euch und könnt euch nicht leiden. Ihr habt euch als Kinder so schlimm gezankt, dass ich euch nur schwer auseinanderkriegen konnte. Und ich dachte auch, du würdest dich nur um die Station kümmern, um mir einen Gefallen zu tun. Komm, gib mir einen Schluck.« Auffordernd hob sie die Hand, aber Sven versteckte den Champagner hinter seinem Rücken. »Ihr braucht mich nicht für dumm zu verkaufen. ›Lottes Treckpott‹, das ist der Name eines Bistros, das ihr geplant habt, richtig?«

»Ein Café, in dem wir hauseigene Produkte und Souvenirs verkaufen wollen«, gab Fenja zu. »Offiziell fällt es in die Kategorie ›Bauernladen‹, weil das die Verwaltung einfacher macht. Wir würden es am Wochenende eröffnen, wenn du damit einverstanden bist.«

Oma schüttelte den Kopf. »Ihr seid völlig verrückt. Damit habe ich nicht gerechnet. Das ist eine Katastrophe.«

Demonstrativ öffnete Fenja den Picknickkorb. »Glaub mir, es ist alles gut durchdacht. Wir haben einen Geschäftsplan, die Finanzen sind durchgerechnet, das Equipment ist vorhanden, und die Produkte stimmen. Ich habe dir ein paar Kostproben eingepackt, damit du siehst, was wir verkaufen wollen.« Sie zog eine Tupperbox hervor, in der sich neben zuckersüßen Petit Fours kunstvoll geformte Seehunde aus Marzipan befanden.

»Nein, darum geht es mir nicht. Ich bin mir sicher, dass ihr alles gut durchdacht habt. Das Organisationstalent hast du von deiner Mutter geerbt, denn ich habe stets getan, was mein Bauch mir geraten hat.«

Da sie nicht zugreifen wollte, stellte Fenja die Box vor ihr ab, und es dauerte nicht lange, bis Sven sie unauffällig in seine Richtung zog.

»In den letzten Wochen hatte ich viel Zeit, über meine Zukunft nachzudenken«, sprach Oma Lotti weiter, »und ich habe sie ohne euch geplant. Ich konnte ja nicht ahnen, dass ihr ernsthaft Interesse daran habt, die Seehundstation zu übernehmen. Darauf wäre ich nie gekommen.« Mit leerem Blick starrte Oma auf die Petit Fours, bevor sie die Box weiter von sich wegschob. »Du möchtest also wirklich hierbleiben, mein Kind?«

»Ja. Auf der Krummhörn habe ich meine Wurzeln. Ich war wirklich gerne unterwegs, aber es ist an der Zeit, zur Ruhe zu kommen. An deiner und an Svens Seite.«

Sven nickte bei ihren Worten, sie waren sich einig.

»Ihr dachtet, ich vegetiere bei der Reha brav vor mich hin und bin mit meinem Krankenprogramm beschäftigt, aber die Wahrheit ist, dass es viele Stunden gab, in denen die Stille in meinem Zimmer die Dämonen hervorgeholt hat, die ich so viele Jahre verdrängt habe. Es ist Zeit für mich, in Rente zu gehen.«

Seitlich von ihnen plätscherte es, als ein Vogel auf dem Wasser landete. Eine Entenmutter erschrak und quakte aufgeregt.

Fenja berührte sacht ihren Arm. »Das ist kein Problem, Oma. Nimm dir Zeit für dich, und genieße deinen Alltag. Währenddessen schmeißen Sven, Janne und ich die Seehundstation. Es ist alles unter Kontrolle, wir sind auf dem besten Weg, sie profitabel zu machen. Wenn du möchtest, kannst du uns jederzeit mit Rat und Tat zur Seite stehen oder einfach mit Henrik um die Häuser ziehen. Jetzt ist deine Zeit, du hast es dir verdient.«

»Das geht nicht, Fenja. Es ist zu spät.«

»Wie meinst du das?«

»In den letzten Wochen hat mich mehrmals eine Investorin besucht, die bereits seit geraumer Zeit Interesse am Kauf der Station hat. Ich habe sie bisher immer weggeschickt, aber gestern ging es mir besonders schlecht, und ich weiß auch nicht … Ich habe mich bequatschen lassen und den Vertrag unterschrieben.«

# Kapitel 16

Die Wolken zogen über den Himmel wie feucht gewordene Zuckerwatte, die sich immer mehr verdichtete. Erst hatten sie noch einzelne Sonnenstrahlen auf die flache Wiesenlandschaft unter ihnen durchscheinen lassen, doch nun bildeten sie eine einheitliche graue Masse, düster und mürrisch wie Fenjas Laune. Sie schaufelte eilig den Mulch über die Blumen, um vor dem Regen fertig zu werden. Dabei graute ihr vor dem Feierabend und davor, gemeinsam mit Oma Lotti zu Abend zu essen.

Nach ihrem Geständnis hatte Oma sie gebeten, sie nach Hause zu bringen, weil sie sich hinlegen wollte. Seither war sie nicht aus ihrem Zimmer gekommen, und Fenja hatte sich auf ihre Arbeit gestürzt. Doch egal, wie fest sie die Schaufel in den Mulch hieb, ihr Puls blieb konstant hoch, ihr Atem ging schnell. Sollten ihre ganze Mühe, all die Hoffnung umsonst gewesen sein?

Ein dicker Tropfen klatschte ihr an die Stirn, weitere folgten. Schnell verteilte sie die letzten Mulchreste auf dem Beet und schob die Schubkarre in die Scheune. Sie zog sich die nasse Jacke aus und setzte sich auf einen Klappstuhl, der in der Ecke zwischen einigem Gerümpel stand.

»Du auch hier?«, fragte eine Stimme dicht neben ihr. Fenja schrie erschreckt und sprang auf. Im Schatten hinter einem Ölfass saß Sven, einen Becher Tee in den Händen.

»Ach, du bist es. Ja, ich wollte ein paar Minuten Pause machen, um in Ruhe nachzudenken. Omas Neuigkeiten haben mir den Boden unter den Füßen weggezogen.«

Sven nickte und hielt ihr seinen Becher hin. »Möchtest du einen Schluck?«

Dankbar trank Fenja den heißen Tee, der sie von innen wärmte. Sven hatte ihn mit einem ordentlichen Schuss Rum versetzt. »Warum hat sie nicht mit uns über den Verkauf geredet?«, fragte sie. »Wir haben uns den Rücken krumm geackert für die Station, und ich habe meine Karriere dafür aufs Spiel gesetzt. Es ist unfassbar!«

»Sei nicht böse auf Charlotte. Sie hat nicht aus Boshaftigkeit gehandelt, sondern aus Verzweiflung.«

»Sven, ich wollte mir eine Zukunft mit dir aufbauen, und das will ich auch weiterhin. Es scheint nur so schwierig zu sein. Erst wird uns der Riedenschloothof unter der Nase weggekauft, und jetzt ist die Seehundstation weg. Wir werden ganz von vorn anfangen müssen. Wenn die Seehundstation schließt, verlierst du deinen Job. Und was aus Oma wird, mag ich mir gar nicht vorstellen, in ein Heim lasse ich sie jedenfalls nicht gehen.«

Es raschelte in einer Ecke, und instinktiv zog Fenja die Füße auf den Stuhl, damit kein Nagetier an ihren Zehen knabberte.

»Meinst du, dass das alles Zufall ist?«

Fenja zuckte mit den Schultern. »Na ja, was heißt Zufall? Aber es ist auch egal. Ohne die Seehundstation brauchen wir den Riedenschloothof ohnehin nicht mehr.«

»Ich finde das merkwürdig. Wenx Hellwig schafft es plötzlich, Charlotte zu bequatschen, und zeitgleich taucht ein ominöser Käufer bei Tomke auf. Wir sollten Tomke fragen, wer ihm das Angebot unterbreitet hat. Ich wette zehn Kamele und eine Jolle, dass es diese Hellwig war. Anders ist das nicht zu erklären.«

Fenja rutschte näher zu Sven, um sich bei ihm anzulehnen. »Vielleicht hat sie Oma irgendwie erpresst. Egal, wie schlecht es ihr ging, sie wollte die Station nicht verkaufen, und wenn sie es für notwendig erachtet hätte, hätte sie bestimmt mehr Energie da reingesteckt, einen besseren Käufer zu finden. Wer weiß, was die Hellwig über Oma herausgefunden hat. Der traue ich alles zu.«

Sven legte die Arme um ihre Schultern, und Fenja atmete schwer aus. Alles hätte sich so perfekt zusammengefügt. Warum hatte ihr das Schicksal wieder einen Strich durch die Rechnung machen müssen?

Er küsste sie sanft auf die Wange. »Ich schlage vor, wir statten Tomke einen weiteren Besuch ab, um mehr herauszufinden. Wir lassen uns nicht abwimmeln, bis wir wissen, wer Tomke das Angebot gemacht hat.«

***

Der Regen durchnässte sie binnen weniger Sekunden. Fenja hatte keine große Lust verspürt, sich die feuchte Jacke wieder anzuziehen, die ohnehin nur auf dem Etikett wasserdicht war. Jetzt war sie umso nasser.

»Was, wenn er sich weigert?«, fragte Fenja und schaute auf den Hof ihres Nachbarn. »Tomke ist uns gegenüber zu nichts verpflichtet, und mich scheint er nicht einmal besonders zu mögen.«

»Das werden wir sehen.« Fest klopfte Sven an die Haustür, die Klingel ignorierte er. »Er hat nichts gegen dich. Er ist einfach ein bisschen hölzern.«

Ihnen wurde erstaunlich schnell geöffnet. Heute trug Tomke ein Grobripp-Unterhemd über einer Cordhose, und ein unangenehm intensiver Moschusgeruch, wahrscheinlich von einem billigen Aftershave, ging von ihm aus. Aber sein dünnes Haar war ordentlich gescheitelt und die Hose mit einem Ledergürtel zusammengehalten. Ein erster Fortschritt.

»Moin«, sagte Sven. »Können wir mal eben reinkommen?« Schon stand er im Hausflur und zog die Schuhe aus.

Tomke kratzte sich verlegen am Hinterkopf. »Seid ihr wieder wegen des Verkaufs hier?«

»Genau. Was hältst du davon, Tomke: Ich mache uns einen Tee, und dann reden wir drüber? Brauchst dir keine Sorgen zu machen, wir sind dir nicht gram.« Sven wartete das zögerliche Nicken des alten Mannes kaum ab, sondern verschwand sofort in der Küche.

Fenja lächelte Tomke an und deutete auf die Wohnzimmertür. »Sollen wir?«

Das Wohnzimmer wirkte aufgeräumt und roch auch deutlich besser. Dieses Mal schaltete Tomke sogar den Fernseher aus.

Sven brachte den Tee, und sie nahmen um den kleinen Couchtisch herum Platz. »Tomke, mein Freund, ich kenne dich, seit ich Würmer im Watt ausbuddeln kann. Und mein Vater kennt dich ebenso lang«, setzte er an und goss ihm eine Tasse ein. »Natürlich verstehe ich, dass du den Riedenschloothof verkaufen möchtest. An deiner Stelle würde ich vermutlich ebenso handeln. Ich bin nicht hier, um dich zu verurteilen, sondern um dir zu helfen.«

»Ich brauche keine Hilfe, mein Junge.« Tomke rieb sich den Bauch, als habe er Schmerzen. »Ich komme gut allein klar. Mein Platz im Heim ist schon fix, das Packen übernehmen die Jungs vom Modelleisenbahnclub.«

»Nein, so meine ich das nicht. Es geht mir darum, dass ich dein Heim schützen möchte. Wie lange lebst du in dem Haus? Vierzig Jahre?«

»Knapp fünfundsechzig.«

Fenja stockte der Atem. Das war eine lange Zeit. Damals war er ein junger Mann gewesen und die Dornumer Mühle, Ostfrieslands letzte Bockwindmühle, sicherlich noch in Betrieb.

»Hast du den Verkaufsvertrag schon unterschrieben?«

»Nein, der liegt dem Rechtsanwalt vor und soll heute Nachmittag an mich zurückgehen.«

Erleichtert atmete sie auf, es war noch nicht zu spät. Sie schielte zu Sven, der deutlich mehr Ruhe ausstrahlte, als sie selbst verspürte.

Sven umklammerte seine Tasse und sah Tomke in die Augen. »Wenn du dein Haus verkaufst, solltest du es nicht an den erstbesten Käufer verscherbeln. Auch wenn du dich ihm gegenüber verpflichtet fühlst, weil du ihm eine mündliche Zusage erteilt hast. Und weißt du auch, warum? Weil nicht jeder dieses Haus genauso liebt wie du.«

Tomke zuckte mit den Schultern. »Er hat einen guten Eindruck gemacht und meinte, er möchte das Haus für seine Familie haben und es ausbauen.«

»Er?« Fenja und Sven wechselten einen Blick.

»Ja. Ein gut situierter Herr, sehr gebildet. Er hat mir von seinem Cockerspaniel und den beiden Kindern erzählt, die dringend Platz für eine Schaukel brauchen. Er meinte, seine kleine Tochter hätte einen schweren Unfall hinter sich und der Hof wäre gut geeignet, um sie bei ihrer Genesung zu unterstützen.«

In Fenja arbeitete es. Sie waren beide fest davon ausgegangen, dass Wenx Hellwig diejenige war, die das Haus erwerben wollte. Für eine Wendung wie diese hatten sie sich keinen Plan zurechtgelegt. Trotzdem überzeugte die Geschichte sie nicht ganz, sie klang einfach zu perfekt.

»War es jemand aus der Region?«, fragte Sven.

»Ja. Er hat mir seine Visitenkarte dagelassen. Vielleicht kennst du ihn, und es beruhigt dich, dass alles an einen bodenständigen Ostfriesen geht.«

Mühsam erhob Tomke sich und ging zu einer Kommode. »Ah, da ist sie ja.« Er hielt Sven die Karte entgegen. Der riss die Augen auf und reichte sie tonlos an Fenja weiter.

Sie las und erstarrte.

*Dr. med. Wilko Hallen*
*Kardiologe*
*Ihr Arzt für alle Herzensangelegenheiten*

Es dauerte, bis Fenja sich gefangen hatte.

Sven schüttelte ungläubig den Kopf. »Ich kenne diesen Mann tatsächlich.« Er schien fieberhaft nach einer Erklärung zu suchen.

»Ist eine kleine Welt auf der Krummhörn, nicht?« Tomke legte die Karte auf den Tisch und sah Sven erwartungsvoll an, aber der machte keine Anstalten weiterzusprechen.

»Wissen Sie, Dr. Hallen war der behandelnde Arzt meiner Großmutter«, warf Fenja ein, darauf bedacht, ihre Stimme sanft klingen zu lassen. »Er ist frisch geschieden und hat weder Kinder noch einen Cockerspaniel. Wenn überhaupt, dann führt er seine Rolex spazieren.«

Tomke schaute sie ungläubig an. »Was wollt ihr damit sagen? Dass dieser Dr. Hallen mich belogen hat?«

»Ja.« Sven räusperte sich. »Ich sag das nicht, weil ich gerne deinen Hof kaufen möchte. Aber ich glaube, du solltest deine Entscheidung überdenken.«

Der alte Mann beugte sich nach vorne und sah auf seine Füße, die in abgelaufenen Pantoffeln steckten. »Ich werde das prüfen«, sagte er gedehnt. »Es hat noch keiner geschafft, mich durch den Kakao zu ziehen. Und wenn dieser Doktor mir ins Gesicht gelogen hat, dann gnade ihm Gott.«

»Es tut mir leid«, entschuldigte sich Fenja. »Sie haben sicher genug Sorgen.«

Tomke richtete sich auf und straffte die Schultern. Waren seine Augen vorher schal und müde gewesen, so sprühten sie jetzt vor neuer Energie und Kampfeslust. »Nein, der Einzige, dem es leidtun sollte, ist dieser falsche Hund.« Demonstrativ reckte er die Faust gen Zimmerdecke. »Der kann was erleben. Mit meinem Stock werde ich ihn vermöbeln!«

»Na, na«, versuchte Sven, ihn zu beruhigen. Ihm war Tomkes plötzliches Aufleben offenbar nicht geheuer. »Es reicht, wenn du vom Verkauf zurücktrittst.«

»Wartet hier, ich muss ein paar Anrufe tätigen.« Tomke verschwand im Flur, und Fenja und Sven blieben allein zurück.

»Was zum Teufel will Dr. Hallen mit dem Hof?«, fragte Sven, aber sie wusste keine Antwort.

»Rache? Genugtuung? Oder hofft er, dass er mich mit dem Haus irgendwie zurückgewinnen kann? Nach der Aktion an der Schleuse ist das kaum vorstellbar.«

Sven schaute sie verdutzt an. »Was für eine Aktion an der Schleuse?«

Fenja schlug sich die Hand vor den Mund. Sie hatte es Sven immer noch nicht erzählt, und jetzt wurde ihr klar, wie wichtig das gewesen wäre. Klar, es war immer etwas dazwischengekommen, aber wenn sie ehrlich zu sich war, hatte sie es auch ganz gerne verdrängt, denn es war eine unangenehme Sache gewesen, die Erinnerung tat weh. »Ich … erzähle es dir später.«

Er verschränkte die Arme. »Ich möchte es lieber jetzt wissen. Was ist passiert?«

»Das ist nicht der richtige Ort dafür.«

»Tomke wird eine Weile beschäftigt sein, und diese Geschichte, die du da offensichtlich zurückhältst, scheint mir wichtig zu sein, oder irre ich mich?«

Fenja seufzte. »Wir haben uns abends an der Schleuse getroffen. Ich, weil ich ihm klarmachen wollte, dass aus uns nichts wird; er, weil er mich bitten wollte, seine Freundin zu sein.« Plötzlich wirkten die gedämpften Farbtöne des Zimmers noch düsterer und pressten ihr die Luft aus der Lunge. »Ich … er …«

»Ja?«

»Ich habe ihm gesagt, dass ich keine romantischen Gefühle für ihn habe, und er konnte damit nicht umgehen. Er ist wütend geworden und hat mir wehgetan. Ich hatte auf einmal Angst vor ihm, weil er mich beschimpft hat und mich nicht gehen lassen wollte. Er hielt mich fest, und ich dachte, er tut mir was an. Das war wahrscheinlich übertrieben, aber er war so außer sich. Er hat meinen Arm gepackt, mich geschüttelt, als Flittchen beschimpft.«

Entsetzen stand in Svens Augen. »Warum hast du mir das nicht erzählt?«

Fenja zuckte mit den Schultern und senkte den Kopf. Natürlich musste sie sich nicht für das schämen, was geschehen war, aber sie fühlte sich trotzdem schuldig – obwohl sein Verhalten mit nichts zu rechtfertigen war.

»Du kannst mir vertrauen, Fenja. Hattest du etwa Angst, ich würde dir Vorwürfe machen?«

»Ich weiß nicht. Ich glaube, ich habe mir eher Sorgen gemacht, dass du ihn verhaust.«

»Verdient hätte er es.«

»Und dann? Dann hätte er dich angezeigt, und wir hätten uns viel Ärger eingehandelt. Das ist er nicht wert.«

»Mag sein.« Er sah sie an. »Aber anscheinend war die Sache für ihn noch nicht abgeschlossen, sonst wären wir heute nicht seinetwegen hier. Weinst du etwa?«

»Nein«, log sie. Sven zog sie zu sich, und sie kauerte sich auf seinen Schoß und ließ sich hin und her wiegen. Er strich ihr die Tränen einzeln von der Wange und küsste ihre feuchten Augenwinkel. Es tat gut, dass er jetzt eingeweiht war, er tat instinktiv das Richtige.

Wenig später betrat Tomke das Zimmer. Fenja hatte sich inzwischen beruhigt, und sie und Sven saßen wieder nebeneinander auf der Couch.

»Ihr hattet recht«, sagte Tomke. »Sam hat es mir bestätigt. Dieser elende Dr. Hallen hat gar keine Kinder! Wehe ihm, wenn er mir unter die Augen tritt. Mich so anzulügen!« Er fuchtelte mit den Händen. »Den Vertrag kann er sich dorthin schieben, wo die

Sonne nicht scheint. Wie sieht es aus? Habt ihr beiden wirklich ein Interesse daran, den Hof zu kaufen?«

Nachdenklich rieb Sven sich die Schläfen. »Kannst du uns bis heute Abend Zeit geben? Wir würden den Riedenschloothof gerne kaufen, müssen aber vorher ein paar finanzielle und persönliche Dinge klären.«

»Das kann ich wohl. Auf einen Tag mehr oder weniger kommt es in meinem Alter nicht mehr an.«

»Und bitte verkauf nicht in der Zwischenzeit, okay?«

»Nee, nee!« Tomke tippte sich zur Bestätigung an die Stirn.

Gemeinsam liefen Sven und Fenja den Weg zur Seehundstation zurück. Der Regen war einer dichten Wolkendecke gewichen, aus der es jederzeit wieder herabschütten konnte.

Fenja blieb vor einer großen Pfütze stehen und schaute auf ihr Spiegelbild. »Ich fahre zu Wilko und stelle ihn zur Rede. Ich muss wissen, warum er ausgerechnet den Riedenschloothof kaufen wollte. Wenn er sich dadurch an mir rächen will, muss ich es wissen, damit ich weitere Manöver verhindern kann. Vielleicht reicht es, wenn ich ihm zeige, dass ich mir das nicht gefallen lasse.«

»Ich komme mit. Du kannst auf gar keinen Fall allein zu ihm fahren.«

»Das geht nicht. Sobald er dich sieht, wird sein Gehirn ausschalten, und die Wut kocht wieder hoch. Er weiß von uns. Wahrscheinlich wird er wieder cholerisch, immerhin denkt er, du bist an seinem gestohlenen Liebesglück schuld.«

»Nein, Fenja. Er hat dich bereits angegriffen und wird nicht zögern, es ein zweites Mal zu tun. Du hättest ihn anzeigen sollen.«

»Ich treffe mich mit ihm an einem öffentlichen Ort, an dem er sich benehmen muss. Mir wird nichts passieren, das verspreche ich dir.«

»Und wo soll das sein?«

»Im Krankenhaus, natürlich.«

Er seufzte missmutig. »Pass gut auf dich auf. Ich brauche dich noch.«

***

Aus einem Zimmer drang ein helles Klirren. Instinktiv drehte Fenja sich um die eigene Achse. Natürlich würde Wilko sie nicht vor dem Personal demütigen oder sie gar angreifen, dafür war er viel zu professionell. Aber ein angenehmes Gespräch würde es nicht werden.

Sie erreichte eine Gabelung des Korridors und blieb stehen. Vor lauter Aufregung hatte sie sich in der Richtung vertan. Geradeaus lag die Urologie, rechts die Gynäkologie. War sie überhaupt im richtigen Stockwerk? Jedes Geräusch ließ sie zusammenfahren, ihre Nerven lagen blank. Als sie an den Toiletten vorbeikam, schlüpfte sie hinein, um sich frischzumachen. Das kalte Wasser auf der Haut tat gut und half ihr, das Durcheinander in ihrem Kopf zu ordnen.

Endlich erreichte sie in diesem Labyrinth aus weißen Wänden eine Stelle, die ihr bekannt vorkam. Von hier aus war es nicht mehr weit bis zur Station, auf der Oma Lotti gelegen hatte.

»Entschuldigung!«, rief Fenja, als eine ihr bekannt vorkommende Krankenschwester ihren Weg kreuzte. »Sie arbeiten doch auf der Station von Dr. Hallen, oder? Sind Sie nicht Schwester Marie?«

Die Krankenschwester nickte, und ihr blonder Zopf wippte dabei. »Ja, die bin ich. Was kann ich für Sie tun?«

Fenja betrachtete sie. Als sie die Krankenschwester vor Wochen zum ersten Mal gesehen hatte, war sie weinend an ihr vorbeigestürmt. Ob Wilko auch damit etwas zu tun gehabt hatte? »Ich bin auf der Suche nach Dr. Hallen. Können Sie mir sagen, wo ich ihn finden kann?«

Die Schwester zuckte mit den Schultern. »Der hat sich ein paar Tage freigenommen. Da müssen Sie nächste Woche wiederkommen. Oder soll ich ihm eine Nachricht hinterlassen?«

Enttäuscht stieß Fenja die Luft aus. »Oh, schade. Es war wirklich wichtig. Er hat meine Oma behandelt, erinnern Sie sich zufällig an sie? Charlotte Schepker?«

Jetzt zuckte es um die Mundwinkel von Schwester Marie, und sie schaute belustigt drein. »Na klar. Diese verrückte Nudel hat uns alle auf Trab gehalten. Es war eine wahre Freude, sie hier zu haben. Die hatte Sprüche drauf – einmalig!« Fenja musste bedröppelt geguckt haben, denn die Schwester schob hinterher: »Als sie nach ihrer Rehabilitation in Leer zu uns zur Abschlussuntersuchung kam, ging es ihr viel besser. Ich war sehr erleichtert, dass sie alles gut überstanden hatte.«

In Fenjas Hals bildete sich ein Kloß bei dem Gedanken, dass Oma an diesem Tag Wilko schutzlos ausgeliefert gewesen war, andererseits würde er seinen Liebeskummer wohl kaum an einer alten Dame auslassen.

Die Krankenschwester lächelte. »Trotzdem hätte ich Ihre Oma gerne noch ein paar Tage zur Beobachtung hierbehalten, gerade weil sie ja vor der Entlassung diesen Rückfall hatte.«

»Einen Rückfall?«

»Ach, das wissen Sie nicht? Ihr Zustand hat sich während der Reha wohl stets gebessert, aber als sie zu uns kam, hat er sich noch einmal spontan verschlechtert. Das war einen Tag vor ihrer Entlassung. Ich weiß noch genau, wie ich in ihr Zimmer kam, um den Blutdruck zu messen. Da stand sie irgendwie völlig neben sich. Dr. Hallen hatte ihr bereits etwas verabreicht und meinte, bis zum nächsten Morgen sei alles wieder in Ordnung.«

Fenja wurde heiß. Sie wusste nichts von einem Rückfall und auch nichts von zusätzlichen Medikamenten. Ihr kam ein Gedanke, der so grauenvoll war, dass sich ihr Magen auf die Größe eines schrumpeligen Apfels zusammenzog. *Wilko würde doch nicht … Er hat doch nicht …* »Meine Oma erwähnte, dass sie am Vortag verwirrt war«, sagte sie gedehnt. »Haben Sie sie denn in diesem Zustand gesehen, bevor sie die Medikamente bekommen hat, oder erst danach?«

»Also vormittags war noch alles in Ordnung. Da hat sie mir ganz stolz erzählt, dass sie einem Künstler als Muse dient – herrlich dieses Selbstbewusstsein! Na ja, ihr Rückfall kam dann, als ich zur Mittagspause in der Cafeteria saß.«

Die Decken des Flures schienen sich zu drehen, als Fenja sich zu einer letzten Frage zwang. »Als Sie Dr. Hallen im Zimmer mit meiner Oma gesehen haben, war da zufällig noch eine weitere Person anwesend?«

Schwester Marie nickte. »Ja, woher wissen Sie das? Die Frau Hellwig war da, voll beladen mit einem Stapel Unterlagen.«

# Kapitel 17

Fenja fand Sven in einem Gehege bei der Robbenfütterung. Nervös schaute sie zu, wie er den ausgewachsenen Tieren die Fische zuwarf, die sie gezielt aus der Luft fingen. Normalerweise liebte sie dieses Schauspiel, nun platzte sie fast vor Ungeduld. Endlich war der letzte Fisch aufgefuttert, und Sven kam auf sie zu.

Sobald er die Tür hinter sich geschlossen hatte, ließ er den Eimer fallen und umarmte sie stürmisch. »Wie geht es dir? Wie ist es gelaufen?«

»Es ist schlimmer, als wir gedacht haben.« Sie stellte sich auf die Zehenspitzen, um ihre Wange an seine zu legen. Zum Glück war er frisch rasiert und seine Haut weich und anschmiegsam. Sie holte tief Luft. »Ich weiß gar nicht, wo ich anfangen soll.«

»Du bist ins Krankenhaus gefahren und hast Dr. Hallen getroffen«, half Sven ihr aus.

»Nicht ganz. Wilko hat Urlaub genommen. Aber stell dir vor: Er hat Oma kurz vor ihrer Entlassung behandelt. Der leitende Arzt in Leer hat Oma zurück nach Greetsiel überwiesen, damit hier die Abschlussuntersuchungen vorgenommen werden können.«

»Was? Wieso weiß ich nichts davon?«

»Keine Ahnung. Wurde anscheinend als nicht so wichtig erachtet, oder die Ärzte gingen davon aus, dass Oma uns selbst davon erzählt. Die konnten ja nicht wissen, dass wir ein Problem mit Wilko haben.«

»Hat dieser Mistkerl irgendetwas mit Charlotte angestellt?«

»Nein. Nicht ganz. Also, eigentlich doch. He, drück mich nicht so fest, das tut weh!«

»Entschuldige. Das regt mich einfach zu sehr auf.« Sven ließ die Arme sinken und schüttelte sich. »Was denn jetzt: Hat er sich professionell verhalten, wie er es als behandelnder Arzt müsste, oder nicht?«

»Ich bin mir nicht sicher, es ist eine merkwürdige Geschichte. Als Oma zur Untersuchung ankam, ging es ihr gut. Das hat mir ihre Krankenschwester bestätigt. Dann, ganz plötzlich und ohne jede Erklärung, ging es ihr schlecht, zumindest hat Wilko das behauptet, sagt Schwester Marie, aber bezeugen kann es keiner. Sie kam ins Zimmer, um nach dem Rechten zu sehen, und da stand Oma bereits unter dem Einfluss starker Medikamente. Ein paar Stunden vorher war sie noch putzmunter. Was mir Sorgen macht, ist, dass sie Oma nicht allein angetroffen hat. Mit ihr im Zimmer waren sowohl Wilko als auch Wenx Hellwig.«

»Nein!« Ungläubig schüttelte Sven den Kopf.

»Doch. Und wie du weißt, hatte Frau Hellwig den Vertrag dabei, den Oma dann unterschrieben hat.«

»Wenx Hellwig? Aber … wieso? Meinst du … Nein, das kann ich nicht glauben. Woher sollen die sich denn kennen?«

»Na ja, abends an der Schleuse habe ich Wilko … nun … in die Eier getreten, und zwar vor Wenx Hellwigs Augen. Die Tante hat anscheinend das Talent, immer dann aufzukreuzen, wenn sie absolut unerwünscht ist. Sie hat gesehen, dass wir uns gestritten haben, und hat ihm eine Mitfahrgelegenheit angeboten. Die beiden haben sich bestimmt verbündet.«

»Ach du Schande.«

»Ja.«

Ein dumpfes Pong ertönte, als ein Seehund heranwatschelte

und seine Nase gegen das Glas drückte. Unter anderen Umständen wäre die platte Nase ein lustiger Anblick gewesen, doch in diesem Moment hatten sie keinen Sinn dafür.

Entschieden zog Fenja Sven mit sich in den Garten und zur Bank unter der Weide. Sie brauchte Abstand – und frische Luft.

»Meinst du, Dr. Hallen hat Charlotte bewusst unter Drogen gesetzt, damit sie den Wisch unterschreibt?«, fragte Sven mit klammer Stimme.

»Ja.«

»Das ist strafbar und wäre ungeheuerlich. Damit würde er seine Approbation verlieren.«

»Es ist lediglich eine Vermutung. Wir können ihm nichts nachweisen.«

Sven strich sich über die Stirn. »Wir könnten ihn vielleicht austricksen und ihn dazu bringen zu beichten, falls er etwas auf dem Kerbholz hat.« Er griff ihr unter das Kinn und drehte ihren Kopf zu sich. Dabei schaute er ihr tief in die Augen. »Ich habe eine Idee, aber die ist nicht ganz ohne. Traust du es dir zu, ihn zu Hause zu besuchen und ihm ein Geständnis zu entlocken?«

Fenja biss sich auf die Lippe. Von ihrer Entscheidung hing viel ab. Die Zukunft der Seehundstation, Wilkos und Wenx Hellwigs weitere Boykottversuche, ihr Glück mit Sven.

»Natürlich« antwortete sie. »Mit Vergnügen sogar.«

***

Janne war zwar schockiert, als Fenja und Sven ihr von Wilkos hinterhältiger Tat erzählten, aber sie war trotzdem begeistert von ihrem Plan.

»Der kommt uns nicht davon!«, rief sie entschlossen. »Aber uns darf auch kein Fehler unterlaufen, wir haben nur diese eine Chance. Wenn er deinen Trick durchschaut, wird er einfach alles abstreiten.« Nachdenklich spielte sie mit einem Kugelschreiber.

»Wir sollten Charlotte einweihen. Und du, Fenja, du musst dich zurechtmachen. Wenn Wilko dir auf den Leim gehen soll, musst du dich sexy anziehen. Mit Speck fängt man Mäuse und mit tiefem Ausschnitt notgeile Böcke. Und wenn alles so läuft, wie ich mir das vorstelle, rufen wir im entscheidenden Moment die Polizei.«

»Oma verschonen wir lieber damit«, entschied Fenja. »Da sie den Kaufvertrag bereits unterschrieben hat, kann sie jetzt eh nichts machen, außer sich grün und blau zu ärgern.«

»Falls unsere Vermutung stimmt und Wilko seine Tat gesteht, ist der Kaufvertrag ungültig«, warf Sven ein. »Durch die Medikamente war sie in einem verwirrten Zustand. In so einem Fall verliert ein Vertrag seine Rechtsgültigkeit.«

»Na gut.« Janne nickte. »Ich helfe Fenja, das passende Outfit zu finden. Lass uns zu mir nach Hause fahren. Im Schrank meiner Schwester finden wir bestimmt etwas Geeignetes – die nimmt jede Party im Umkreis von fünfzig Kilometern mit und hat in etwa deine Statur.«

***

Mit klopfendem Herzen stand Fenja auf dem Parkplatz vor dem Ferienhof Akken und wartete, dass Wilko abnahm. Sie hatte ihre Nummer unterdrückt, damit er auch wirklich ans Telefon ging, und schloss die Augen, um sich besser konzentrieren zu können.

»Moin, Wilko Hallen am Apparat.«

»Hallo, Wilko«, antwortete sie, so freundlich es ihr möglich war. »Ich bin es, Fenja. Wie geht es dir?«

»Mhm. Was willst du?«

Im Hintergrund hörte sie Flamenco-Gitarren. War Wilko etwa in Urlaub gefahren? »Ich habe über alles nachgedacht und würde mich gerne bei dir entschuldigen«, sagte sie. »Ich verspreche dir, dass ich alles wiedergutmachen werde. Können wir uns nicht irgendwo treffen und reden?«

»Ich wüsste nicht, warum ich das wollen sollte.«

Fenja hatte mit Widerstand gerechnet und ließ ihre Stimme höher gleiten. Die spanische Musik im Hintergrund wurde leiser. Offenbar kam sie aus einem CD-Player und nicht aus einer Bar am Mittelmeer. »Oh, Wilko, bitte gib mir eine Chance. Ich komme heute Abend zu dir und bringe uns Wein mit, ja? Wir entspannen uns, und ich werde ganz lieb zu dir sein ... Du wirst es sicherlich nicht bereuen.«

»Du hast einiges wiedergutzumachen.«

»Das werde ich«, sie schloss die Augen, »mein Süßer.« Sie schüttelte sich unwillkürlich. »Ich würde dich so gerne wiedersehen.«

»Das kommt überraschend.«

»Mir ist in den letzten Tagen einiges klar geworden. Ich war einfach überarbeitet, aber jetzt bin ich bereit für dich und sehne mich nach dir.«

»Na gut. Dann lass ich mich überraschen. Heute Abend um acht Uhr bei mir.«

Er legte auf, und Fenja würgte. »Bah!«, sagte sie und spuckte auf einen Stein. So oft konnte sie sich gar nicht waschen, um ihren Ekel wieder loszuwerden. Lügen und Betrügen lagen ihr nicht, und selbst die Abscheu, die sie Wilko gegenüber empfand, reichte nicht aus, um das ungute Kribbeln der Schuld loszuwerden.

Es wurde nicht besser, als Janne ihr ein paar Minuten später einige Outfits vorlegte, von denen eins freizügiger als das andere war.

Mit zwei Fingern hielt sie ein halb transparentes Top vor sich, das auch noch bauchfrei war. »Ich geh doch nicht auf einen Junggesellenabschied auf dem Ballermann, sondern nur zu Wilko.«

»Wie wäre es dann damit?« Janne hielt ihr ein Minikleid im Leopardenlook entgegen.

»Das hat weniger Stoff als ein Geschirrtuch«, maulte Fenja.

»Das passt nicht zu mir. Wilko würde den Braten sofort riechen, weil er weiß, dass ich solche Fetzen nicht trage.«

Janne zuckte mit den Schultern. »Dann nimm das hier.« Sie warf etwas in ihre Richtung, und Fenja fing es instinktiv auf. Entgeistert starrte sie auf die ausgeleierte dunkelblaue Strickjacke.

»Äh?« Jetzt erst bemerkte sie Jannes Grinsen. »Ach, du! Na gut, ich nehme das kleine Schwarze, das ist ein Klassiker. Alle Männer stehen drauf, und damit traue ich mich wenigstens vor die Tür.« Hinzu kamen Stöckelschuhe mit Pfennigabsatz und ein schlichter, eleganter Mantel, damit sie etwas zum Entblättern hatte.

»Fall nicht gleich mit der Tür ins Haus«, warnte Janne sie. »Lass ihn erst anbeißen, mach ihn scharf. Erst wenn das Blut vom Hirn in seinen –«

»Ja, ja, ich verstehe schon«, unterbrach Fenja sie. Dann atmete sie tief durch. »Als Konditorin habe ich gelernt zu schauspielern. Nämlich immer dann, wenn Gäste mir Tipps zu meinen Rezepten geben wollten. Nichts gegen ein wenig Feedback, nach dem hundertsten ›Geheimtipp‹, wie man Eier am besten trennt und wie oft Blätterteig gefaltet werden muss, fällt es allerdings schwer, echtes Interesse zu zeigen.«

Sie betrachtete sich im Spiegel und rümpfte die Nase. Das Kleid stand ihr, aber der Anlass gefiel ihr nicht.

»Du siehst gut aus«, fand auch Janne. »Du hast abgenommen, seit du hergekommen bist. Obwohl ...« Sie kniff Fenja in die Seite und kicherte.

»Hey, nichts gegen meinen Hüftspeck, den habe ich mir in liebevoller Kleinarbeit angefuttert!«

Janne fuhr sie bis kurz vor Wilkos Haus, parkte aber so, dass man den Wagen von dort aus nicht sehen konnte. Es wehte ein heftiger Wind, der Pirouetten drehte und Staubfahnen um die Hausecken pfiff. Fenja lehnte sich nach vorn und knickte sofort mit dem Fuß um. »Autsch. Verdammte Stöckelschuhe!«

»Alles in Ordnung?«

Sie befühlte den Knöchel. »Ja, ich glaube schon. Ich bin das einfach nicht gewohnt.«

Janne hatte unterdessen ihr Handy aus der Tasche genommen. »Sven ist auf Position«, erklärte sie nach einem Blick auf die Textnachrichten. »Gut, dass der liebe Dr. Hallen keinen Hund hat, sonst hätte Sven sich kaum anschleichen können. Er schreibt, dass er bereit ist. Ich folge dir im Abstand von fünf Minuten, bis dahin wird wohl hoffentlich nicht viel passieren. Pass trotzdem auf dich auf, Fenja.«

»Mache ich.« Ihr Magen krampfte sich zusammen. Wenn Wilko kein Problem damit hatte, Oma Lotti unter Drogen zu setzen, wozu wäre er noch fähig?

Der Wind schien sie von Wilkos Haus wegzudrücken, als wollte er sie vor dem Doktor beschützen, aber sie kämpfte sich bis zum Gartentor vor. Dort erstarrte sie. Statt vor einem schnuckeligen Ziegelsteinhaus, wie es für die Gegend typisch war, stand sie vor einem klotzartigen Neubau in Grauweiß, der auf der Vorderseite ein riesiges Portal hatte, aber keine Fenster. Er wirkte minimalistisch und ultramodern, aber wenig einladend.

*Genau die Art Haus, die einem gemütlichen Städtchen die Atmosphäre nimmt,* dachte Fenja. Jetzt begriff sie auch, warum Wenx Hellwig und Wilko sich auf Anhieb verstanden hatten. Beide hatten ein Faible für kalte, tote Gemäuer.

Krampfhaft umklammerte sie die Weinflasche, die sie wie einen Schutzschild vor sich hielt. Sie atmete aus und lauschte angestrengt, aber sie hörte kein Rascheln im Gebüsch, das Svens Anwesenheit verriet. Nur den Wind, der Zweige bog und gelegentlich anschwoll, um das Geäst durchzurütteln. Wo er sich wohl versteckt hatte?

Zögernd rückte sie ihr Kleid zurecht, das ihr unten zu kurz und oben zu tief ausgeschnitten war, und klingelte.

Wilko öffnete die Tür, und sie versteifte sich augenblicklich.

Er trug einen weinroten Hausanzug aus Seide, auf dessen Brust sich ein dunkler Fleck befand. Sein Gesicht war aufgedunsen, und sein Kopf wackelte mal nach links, mal nach rechts, als hätte er keine Kontrolle über seine Bewegungen. Er hatte nichts mehr mit dem achtbaren Arzt gemein, den sie im Krankenhaus kennengelernt hatte. Es war kein gutes Zeichen, dass er sich nicht mal die Mühe gemacht hatte, anständig auszusehen. Sie riss sich zusammen, damit er ihr die Gedanken nicht ansehen konnte.

»Fenja«, sagte er tonlos.

»Guten Abend, Wilko, schön dich zu sehen«, log sie und schluckte, als seine Fahne zu ihr herüberwehte.

Wilko hatte sich anscheinend Mut angetrunken – vielleicht spürte er tief in seinem Inneren, dass er Mist gebaut hatte. Vielleicht war ihm aber auch alles egal geworden, und er zeigte sein wahres Gesicht.

Der Ausschlag auf seiner Hand hatte sich verschlimmert und war an mehreren Stellen aufgekratzt und entzündet.

»Ich habe uns Wein mitgebracht«, sagte Fenja, um irgendetwas sagen zu können.

Er nahm die Flasche entgegen und kniff die Augen zusammen, um das Etikett zu lesen. Es war die teuerste Flasche, die Janne aus dem Keller ihrer Eltern hatte abstauben können, ein 2016er Clos d'Ora, übervoll mit Aromen von schwarzen Beeren und frischen Feigen. Im Handel kostete er 190 Euro, was Wilko hoffentlich von ihren guten Absichten überzeugen würde.

Zu Fenjas Erleichterung schien er zufrieden, schaute sie an und winkte sie herein. Bevor er die Tür schloss, schaute er nach rechts und links, um seinen Vorgarten abzusuchen. Hatte er etwa Angst, sie würden beobachtet? Wollte er sicherstellen, dass niemand mitbekam, dass sie hier war?

*Jetzt nur nicht durchdrehen*, beschwor Fenja sich. Sie konzentrierte sich auf ihren Puls. *Nur nicht nervös werden.* Schweißtropfen bildeten sich auf ihrem Hals.

»Hast du das Haus selbst in Auftrag gegeben?«, versuchte sie, das Eis zu brechen und ihre Angst zu überspielen.

»Ja. Ich habe mir eine Menge Immobilien angeschaut, aber wollte weder in einer Ruine leben noch in einem dieser stereotypen Neubauten, die alle gleich aussehen.« Der Alkohol ließ ihn schwammig klingen, als spräche er durch ein altes Telefon.

»Es ist sehr außergewöhnlich.« Hier zumindest sagte sie die Wahrheit. Sie folgte Wilko durch einen hohen Flur, in dem als einziges Dekorationsobjekt eine mit einem chinesischen Muster bedruckte Vase stand. Kurz blieb sie stehen und fuhr mit dem Finger über den Rand.

»Vorsicht, das ist eine echte Ming-Vase! Die kostet mehr als ein Kleinwagen.«

»Oh.« Sofort zog Fenja ihre Hand zurück.

Obwohl es überall Lampen gab, schien keine von ihnen eine vernünftige Menge an Licht auszustrahlen. Im gesamten Haus herrschte eine gedämpfte Atmosphäre wie an einem regnerischen Tag. Vorbei an rauen Betonwänden kamen sie endlich in das riesige Wohnzimmer. Wie der Rest des Hauses war es spärlich eingerichtet, und das einzige signifikante Möbelstück war ein weißes Ledersofa, auf dem eine Großfamilie Platz gefunden hätte. Davor stand ein schmaler Glastisch, auf dem zwei Weingläser bereitstanden.

Wilko ließ sich in die Polster gleiten und schaute sie erwartungsvoll an. Es dauerte ein paar Sekunden, bis Fenja verstand. Das Spiel ging los.

Alles in ihr schien sich wehren zu wollen, als sie das Gewicht auf ein Bein verlagerte, um sich in Position zu werfen. Sie senkte den Blick und schaute Wilko verführerisch an. Dann bewegte sie ihre Hüften seicht von einer Seite zur anderen und öffnete betont langsam ihren Mantel.

Wilko ließ sich tiefer ins Sofa sinken, legte einen Arm um die Lehne, der andere lag im Schritt.

*Fokus auf die Seehundstation, Fokus auf die Seehundstation,* wiederholte Fenja ihr Mantra in Gedanken. Mit einem Seufzer riss sie den Mantel ganz auf, warf den Kopf in den Nacken und legte das Kleid frei. Dann ließ sie den Mantel zu Boden gleiten und trat einen Schritt vor.

Wilko grinste breit. »Warum nicht gleich so?«, murmelte er selbstvergessen.

In der Fensterscheibe erkannte Fenja ihr Spiegelbild. *Gerade stehen, Po und Brust raus*, korrigierte sie sich. Wilkos Gleichgültigkeit gegenüber alldem, was geschehen war, spornte sie an. Es kam ihm gar nicht in den Sinn, ein Gespräch zu suchen oder sich gar für seine Übergriffigkeiten zu entschuldigen. Er wollte offenbar lediglich eine gute Show.

*Die soll er bekommen und nie wieder vergessen.* Selbstbewusst schritt sie auf ihn zu, eine Hand an der Hüfte. »Gefällt dir, was du siehst?«, fragte sie mit rauchiger Stimme.

Wilko nickte. Er öffnete den Clos d'Ora und schenkte sich ein Glas ein. Fenjas Glas blieb leer.

»Du hättest dich nicht so zieren sollen. Ich mag es nicht, wenn man Spielchen mit mir treibt, mich am langen Arm verhungern lässt.« Er stieß auf. »'tschuldige, das ist das Chili, das vertrag ich nicht.« Er strich sich über den Mund. »Ich wusste von Anfang an, dass du auf mich fliegst.«

Fenja überwand ihren Ekel und beugte sich vor, sodass ihre Brüste zur Geltung kamen. Gierig starrte Wilko ihr in den Ausschnitt, dabei wurden seine Augen noch glasiger.

Wo mochten Janne und Sven stecken? Beobachteten sie alles durch das Fenster? Konnten sie hören, was sie sprachen? Ihr wurde mulmig.

»Lass uns erst einmal ein Glas Wein trinken«, schlug sie vor und richtete sich auf. Seinem enttäuschten Blick folgend, fügte sie hinzu: »Um uns aufzuwärmen.«

»Mir ist warm.« Widerwillig goss Wilko ihr ebenfalls ein Glas ein.

Sie setzte sich neben ihn und stieß mit ihm an. »Auf das, was dieser Abend bringt«, sagte sie vage.

»Auf das, was sich unter deinem Kleid versteckt«, entgegnete Wilko.

Sie schmiegte sich an ihn und seufzte. »Gut, dass wir das geklärt haben. Weißt du, ich war sehr gestresst und kurz davor, alles hinzuwerfen. Jetzt bin ich erleichtert, dass alles vorbei ist. Die Seehundstation hat mich kaputt gemacht.«

Wilko roch an ihrem Haar. »Wie meinst du das?«

»Na ja, es hat sich ein Käufer für die Seehundstation gefunden, und dafür bin ich echt dankbar. Ich habe mich an die Station geklammert, aber aus den falschen Gründen. Oma bekommt jetzt einen Batzen Geld, und ich habe meine Freiheit zurück. Und endlich Zeit für die wirklich wichtigen Dinge.« Ihr Finger wanderte seine Wange entlang, bis zu seiner Lippe.

Doch Wilko drehte den Kopf weg, und ihr Finger rutschte ab. Langsam stellte er das Glas zurück auf den Tisch. »Du bist froh, dass die Station verkauft ist?« Ungläubig hob er eine Augenbraue.

»Ja, das bin ich.« Sie lächelte. Er sollte sich in falscher Sicherheit wiegen – denken, dass es noch eine Chance für sie gab. Sie musste das Gespräch endlich auf Oma und die Medikamente lenken. Deshalb war sie schließlich da. »Seien wir ehrlich«, sagte sie und sah ihn an, »die Station ist eine Ruine, davon können auch ein paar Farbschichten mehr nicht ablenken. Wenx Hellwig hat sie gekauft. Hat sie das dir gegenüber nicht erwähnt?«

»Kann sein.« Ungerührt ließ er einen Finger über ihre nackte Schulter gleiten. Sein Gesicht zeigte keine Emotion.

»Sie möchte die Seehundstation in irgendeine Wellness-Oase umbauen, ist mir aber egal. Ich bin in ein paar Wochen eh wieder weg, und bis dahin können wir beide noch ein wenig Spaß haben.«

»Du solltest bei mir bleiben.« Seine Lippen berührten ihre Wange.

Sie schob ihn sanft von sich und hob ihr Glas. »Warte, ich habe noch nicht ausgetrunken.«

Ungeduldig ließ Wilko von ihr ab, und sie versuchte krampfhaft, die Hand ruhig zu halten. Bog der Wind die Äste vor dem Fenster, oder war es Sven, der durch das Gebüsch schlich? Fenja wünschte, sie hätte Gewissheit, dass sie nicht allein war. Wilkos Nähe war ihr unerträglich.

Sie trank einen Schluck und vermied den Blick zum Fenster. Das Knacken eines Astes ließ sie zusammenzucken. Der Abend an der Schleuse … Wilko war gefährlich, sie musste aufpassen. Aber er war auch intelligent und beobachtete ihre Gesichtszüge so genau, dass es ihr die Kehle zuschnürte. »Oma Lotti ist dir übrigens sehr dankbar für die vorzügliche Pflege«, sagte sie. »Sie meinte, du hättest sie am Tag vor ihrer Entlassung behandelt.«

Wilko, der bis jetzt fahrig und unkonzentriert gewirkt hatte, kniff die Augen zusammen und rückte von ihr weg, wirkte auf einmal, als lauere er. »Wie kommst du darauf?«

*Das hätte ich nicht sagen dürfen!*, erkannte Fenja. Sie wich aus: »Ach, nur weil sie deinen Namen erwähnte. Entschuldige, ich plappere zu viel. Ich bin nervös, dich wiederzusehen, weißt du.«

Wilko strich sich übers Kinn. »Weißt du, was ich denke? Ich denke, du verarschst mich. Warum auch immer du hier bist, sicherlich nicht, weil du mich verführen möchtest. Das passt nämlich nicht zu dir.« Ruckartig stand er auf. In seinem Blick lag Verachtung. »Fast bin ich auf dich hereingefallen. Verdammt, du bist aber auch sexy! Leider hältst du mich aber anscheinend für dumm.«

Fenja schluckte. Sie hatte es vergeigt, nun musste sie in die Offensive gehen. Also nickte sie und richtete sich auf. »Du hast recht, Wilko. Ich bin hier, weil ich weiß, dass du Oma starke Medikamente gegeben hast, damit sie den Kaufvertrag mit Wenx Hellwig unterschreibt.«

Sie verschränkte die Arme vor der Brust und schielte in Richtung des Fensters. Draußen herrschte gähnende Dunkelheit. Stand Sven vielleicht vor dem falschen Haus?

Wilko riss die Augen auf. »Woher weißt du das?«

»Ich habe meine Quellen.«

»Treibt diese elende Wenx etwa auch ein Doppelspiel?«

Inständig hoffte Fenja, dass Janne sich draußen herumtrieb – sie hatte das Aufnahmegerät dabei. Wobei fraglich war, ob es überhaupt empfindlich genug war, um Wilkos Worte aufzunehmen.

Ein schrilles Pfeifen gellte durch Fenjas Ohr und übertönte sämtliche anderen Geräusche. Instinktiv fasste sie sich an die Ohrmuschel. Ihr wurde schwindelig. Warum waren sie nicht einfach direkt zur Polizei gegangen?

»Frau Hellwig ist in etwa so vertrauenswürdig wie der schwarze Rolf von Borkum«, sagte sie ausweichend.

Wilko funkelte sie dennoch böse an. »Und was willst du nun tun? Mich erpressen?« Aufgeregt fuhr er sich über den Scheitel. »Von mir kriegst du keinen Cent.«

Fenja konzentrierte sich auf seine Worte und versuchte, das Pfeifen loszuwerden. So schlimm hatte der Tinnitus sie seit Wochen nicht gequält. Er schien auf- und abzuschwellen und wie eine Welle gegen die Innenseite ihrer Schädeldecke zu schlagen. »Nein. Ich möchte nur verstehen, warum du das gemacht hast. Ich weiß alles, Wilko. Auch, dass du den Riedenschloothof kaufen möchtest. Was ich aber nicht verstehe, ist, warum du der Hellwig geholfen hast, die Seehundstation zu kaufen. Was hast du davon?«

Wilko war so schnell bei ihr, dass Fenja keine Zeit blieb, sich darauf vorzubereiten. Seine Brauen wölbten sich wenige Zentimeter von ihrer Stirn entfernt, Speicheltropfen landeten auf ihren Wangen. Ein unangenehmer Schweißgeruch ging von ihm aus.

»Das weißt du nicht?«, brüllte er. »Du hast mich wochenlang scharf gemacht und dann fallen gelassen wie eine heiße Kartoffel! Genau, wie du es heute versucht hast. Ich lasse mich von niemandem belügen. Von niemandem, hörst du! Gott, wie ich euch Weiber hasse, ihr seid doch alle gleich. Ich hab schon an der Schleuse gewusst, wie hinterhältig du bist, du elende Schlampe!«

Fenja schob sich tiefer in das Kissen hinter ihr, aber Wilko folgte ihr und sprang ihr auf den Schoß.

»Wilko!« Sie schrie, und er schlug ihr ins Gesicht. Ein heftiger Schmerz zog durch ihre Lippe, kurz darauf schmeckte sie Blut. Das Pfeifen in ihren Ohren schwoll zu einem unerträglichen Schrillen an.

»Hilfe!«, schrie sie, aber ihr Schrei erstickte, als Wilko ihren Hals umfasste und mit aller Kraft zudrückte.

Seine Oberschenkel klemmten ihre Arme ein, und ihr fehlte die Kraft, um sich zu wehren. In seinen Augen stand ein Wahnsinn, der keine Zweifel an seinen Absichten ließ. Ein kupferner Geschmack bildete sich in Fenjas Mund, als hätte sie in einen von Omas alten Löffeln gebissen. Sie versuchte, sich aus seinem Griff zu befreien, aber schaffte es nicht.

*Sven*, dachte sie, *wo bist du?*

Das Klingeln wurde übermächtig laut, bis die Welt vor ihren Augen verschwamm. Es wurde dunkel und still.

Da zerbarst das Fenster hinter Wilko.

Scherben flogen durch den Raum, trafen sie an Armen und Beinen. Sie krächzte hohl, als Wilkos Finger sich lockerten und er überrascht auf die dunkle Gestalt schaute, die durch den Fensterrahmen und auf ihn zusprang.

*Sven!*

Als der Angreifer ihm einen Kinnhaken versetzte, wehrte Wilko sich nicht, sondern verdrehte die Augen. Ein zweiter Schlag, und er fiel seitlich von Fenja herunter. Bewusstlos schlug er auf dem Kachelboden auf.

Fenja griff sich an den Hals und atmete schwer.

Sofort war Sven bei ihr. »Alles in Ordnung?«, fragte er mit hochrotem Kopf.

Sie nickte jämmerlich. »Ja.«

»Lass mich deinen Hals anschauen.« Er beugte sich zu ihr herunter, und Fenja legte den Kopf zur Seite. Langsam kehrte ihr Denkvermögen zurück. Aus dem Augenwinkel sah sie eine Bewegung.

»Vorsicht!«

Sven wirbelte herum, gerade rechtzeitig, um Wilkos Schlag auszuweichen. Dessen Faust landete in der Luft und nahm ihm das Gleichgewicht, sodass er nach vorne taumelte. Blut rann seine Schläfen hinunter.

»Du elender Bastard!«, keuchte er. »Jetzt mache ich euch beide kalt.«

Ein dämonisches Grinsen ging über sein Gesicht, als er sich auf Sven stürzte. Die Weinflasche und eines der beiden Gläser fielen vom Tisch und zerbrachen, und die beiden Männer rollten in einem Knäuel über den Boden. Die Scherben unter ihnen knisterten. Fenja konnte nicht sehen, ob Sven verletzt war, denn der dunkelrote Wein war überall.

»Stopp! Hört sofort auf!« Auf einmal stand Janne im Türrahmen. In der Hand hielt sie ihr Handy, dessen Kameralicht leuchtete. »Die Polizei ist schon unterwegs!«

Die Männer ignorierten sie, und es klirrte erneut, als auch noch das zweite Weinglas umkippte und zerbrach.

Gehetzt sah Fenja sich nach etwas um, um die beiden auseinanderzubringen. Im nächsten Augenblick stürmten zwei Polizisten ins Zimmer.

»Der in dem roten Zuhälter-Anzug!«, rief Janne und wies aufgeregt auf die kämpfenden Männer.

# Kapitel 18

*Ein Jahr später.*

»Du bist unmöglich, Oma!« Lachend betrachtete Fenja die beiden Spediteure, die stöhnend riesige Kartons ins Haus trugen. Die morgendliche Frische trieb ihr die Gänsehaut auf den Arm, obwohl die Sonne schien.

»Ich weiß gar nicht, was du hast, mien Deern. Ein Wasserbett ist gut für den Rücken.« Im Gegensatz zu Fenja war Oma Lotti bereits geschminkt und trug so viel Schmuck, dass sie aussah wie eine Elster auf Diebeszug.

Fenja grinste. Seit Henrik bei Oma Lotti eingezogen war, hatte die einige Veränderungen vorgenommen, vor allem im Schlafzimmer. Da hing neuerdings auch ein Aktbild von ihr, natürlich von Henrik gezeichnet. Dieser hatte sich nicht nur gut in die Seehundstation eingelebt, sondern brachte Oma jeden Tag zum Strahlen. Zu Fenjas Freude bereicherte er auch das Café mit seiner Kunst. Gerade hängte er wieder einige neue Werke auf. Fenja konnte durch die Panoramascheibe des Cafés erkennen, dass die neue Kollektion in Blautönen gehalten war.

Sven trat zu ihr, legte ihr den Arm um die Schulter und seufzte. »Solange es sie jung hält …«

»Ja. Die beiden scheinen viel Spaß miteinander zu haben.«

Verliebt spielte sie mit seinen Fingern, von denen sie nie genug bekommen konnte. »Möchtest du eine Kleinigkeit frühstücken?«

Hand in Hand schlenderten sie zum Café hinüber, das auf Omas Wunsch »Charlys Treckpott« getauft worden war, damit es »internationaler« klang. Dass das die erwünschte Wirkung auf die Gäste hatte, bezweifelte Fenja zwar, doch sie freute sich, dass Oma Lotti das Café nicht nur gut angenommen hatte, sondern mittlerweile einen Großteil ihres Tages darin verbrachte. Jeden Morgen räumte sie die Theke ein, bediente die Besucher und erzählte ihnen Geschichten, bei denen Fenjas Ohren zu glühen anfingen. Die meisten Besucher kamen wegen der Seehunde her, aber die Gäste aus dem Ort kamen ihretwegen. Henriks Zeichnungen von Wind und Wetter, Heulern und ausgewachsenen Seehunden, die in ihren Kolonien entspannten, verkauften sich gut. Und der Café-Betrieb übertraf ihre Erwartungen.

Sie musste gähnen und schüttelte sich. »Das war eine lange Nacht.«

Meist stand sie morgens um vier Uhr auf, backte Kuchen, rollte Marzipan und schichtete Blätterteig. Morgens übernahm sie die erste Seehundfütterung, und gegen Mittag hatte sie Feierabend. Heute allerdings hatte sie schon seit Mitternacht Teig geknetet, denn Oma Lotti feierte ihren 73. Geburtstag. »In meinem Alter ist jeder Geburtstag etwas Besonderes«, hatte sie gesagt, »aber der erste Geburtstag nach einem Herzinfarkt ist wie eine zweite Chance. Wir lassen es krachen!«

»Was ist eigentlich in dem Korb, den du da mit dir herumträgst?«, riss Sven sie aus den Gedanken.

»Das verrate ich dir später«, versprach Fenja.

Inzwischen hatten sie den Riedenschloothof erreicht, vor dem der neue Transporter der Seehundstation parkte, den Fenja und Sven auch im Alltag nutzten. Bienen summten um die Blumen, die beide Seiten der Einfahrt säumten. Sven hatte eine genaue Vorstellung davon gehabt, was wo zu pflanzen war, denn er wollte möglichst viele Insekten anziehen. In der Tat versprach der süße Duft reichhaltige Nektarvorkommen und ließ Fenja jedes Mal ihre Sorgen vergessen, wenn sie Unkraut zupfte oder mit der Gießkanne zwischen den Pflanzen umherschritt.

»Ta-da!« Stolz deutete Sven auf den Klapptisch, der im Schatten neben dem Gartenschuppen stand. Sprudel, Kaffee, Mini-Sandwichs, ein aufgeschnittener Apfel und zwei Erdbeerjoghurts. Sven wusste genau, was sie mochte.

»Das ist lieb, danke.«

Fenja stellte den Korb neben sich. Sie freute sich, den Morgen ruhig angehen lassen zu können. Später würde es hektisch werden. Oma hatte das halbe Dorf eingeladen, und auch Bürgermeister Schulze hatte sich angekündigt. Janne hatte sich besorgt gezeigt: »Wie sollen wir die denn alle unterkriegen?«

Daraufhin hatte Oma in die Hände geklatscht und gerufen: »Ach, wir bestellen Strohballen als Stuhlersatz und sagen allen, sie sollen ihr Geschirr selbst mitbringen! Die meisten bringen ohnehin etwas zum Knabbern mit, in Ostfriesland verhungert man nicht so schnell. Hat meine Mutter schon gesagt: ›Fünf sind geladen, zehn sind gekommen – gieß Wasser zur Suppe, heiß alle willkommen.‹«

»Was lächelst du so vor dich hin?«, fragte Sven, der seine Sandwichschnittchen bereits heruntergeschlungen hatte.

»Ach, ich freue mich einfach.«

»Bist du gar nicht aufgeregt?«

»Nö.«

»Solltest du aber. Deine Konditorinnenehre steht auf dem Spiel.« Er grinste und lehnte sich in seinem Stuhl zurück.

Fenja betrachtete seine ebenmäßigen Züge, die immer etwas Verschmitztes hatten. Ihr Herz machte einen Sprung, als er ihr zuzwinkerte. Mit jedem Tag liebte sie ihn ein kleines Stückchen mehr. Jede seiner Ecken, jede der Kanten.

»Ich habe dir schon ein Stück Mandeltorte zur Seite gestellt«, entgegnete sie und freute sich darüber, dass sein Grinsen noch breiter wurde.

»Du kennst mich gut.«

»Dich – und deine Verfressenheit. Hast du Wiebke den Tagesplan für heute in die Futterkammer gelegt?«, fragte sie.

»Klaro. Ich bin nicht verfressen – ich gebe dem Kuchen nur ein gutes Zuhause.«

Fenja lachte, beugte sich herunter und holte einen Din-A4-Briefumschlag aus dem Korb heraus. »Das kam heute an. Ich habe ihn nicht geöffnet, weil ich wollte, dass du dabei bist.« Sie wog den Umschlag in der Hand, bevor sie ihn öffnete. In ihm befand sich die Urkunde, die sie als Chocolatière auszeichnete. Die Weiterbildung hatte sie nebenher gemacht, denn sie wollte ihr Angebot auf Pralinen und Schokoladenkreationen erweitern. »Ich habe bestanden!«

»Herzlichen Glückwunsch.« Sven beugte sich vor und hauchte ihr einen Kuss auf die Wange. »Aber daran habe ich überhaupt nicht gezweifelt.«

»Danke.«

Er seufzte und schaute auf seine Armbanduhr. »Oh, schon so spät. So schwer mir das fällt, wir sollten uns langsam fertig machen.«

»Einen Moment noch. Es ist gerade so schön.« Sie rückte ihren Stuhl näher an Sven heran und lehnte ihren Kopf an seine Schulter. Sie hatten Glück – heute strahlte ein blauer Himmel über der Krummhörn, und es war angenehm warm. Im Gebüsch zwitscherte ein Vogel eine verträumte Melodie, eine Hummel brummte um den Joghurt herum, ansonsten war es friedlich und ruhig. »Ich kann es nicht glauben, dass das jetzt mein Zuhause ist. Ich will hier nie wieder weg.«

Er küsste ihr Haar. »Sag niemals nie. Wer weiß, ob der Wind nicht irgendwann die Richtung wechselt und dich mitnimmt.«

»Nee, die Zeiten sind vorbei.« Sie schüttelte den Kopf. Am

liebsten hätte sie die Zeit angehalten. Die Seehundstation lief gut, Oma hatte sich erholt und blühte an Henriks Seite auf. Janne hatte die Leitung der Seehundstation übernommen – sie waren sich alle einig darin, dass sie das größte Talent hatte, den Betrieb zu führen. Ihr BWL-Studium hatte sie mit guten Noten bestanden, danach hatte sie mehrere Job-Angebote im Ausland bekommen, aber alle abgelehnt.

»Ich wollte nie wirklich weg, ich wollte nur nicht in unserem Familienbetrieb arbeiten müssen«, hatte sie erklärt, als Fenja sie danach gefragt hatte.

»Redet dein Paps denn inzwischen wieder mit dir?«, hatte Fenja, die Janne während des Familiendramas unterstützt hatte, wissen wollen.

»Ja, ich denke, er hat sich mit meiner Entscheidung abgefunden. Heute Morgen hat er mir ein ›Moin‹ entgegengebrummt und mir einen Tee gemacht.«

»Das ist doch schon einiges«, hatte Fenja sie aufgemuntert und gelacht, denn sie wusste, dass Jannes Vater, im Gegensatz zu ihrer Mutter, äußerst wortkarg war.

Unter Jannes fachmännischer Leitung wurden nun die Einnahmen und Ausgaben der Station streng kontrolliert. Dabei wurde Janne von Yas unterstützt, die sich nicht nur um die kranken Seehunde kümmerte, sondern neuerdings auch privat an ihrer Seite stand. Das hatte Fenja nicht sonderlich überrascht, denn die beiden hatten in den vergangenen Monaten immer wieder neue Ausreden gefunden, um Zeit miteinander zu verbringen. Wenn Yas in der Nähe war, schien Janne von innen heraus zu leuchten, und alles an ihr wirkte leichter. Als hätte Yas ihr eine große Last genommen, die sie bis jetzt heruntergedrückt hatte.

Fenja lehnte sich zurück. »Solange Wilko und Wenx Hellwig uns nicht mehr in die Suppe spucken können, ist alles in Ordnung.«

Dass sie dazu die Gelegenheit bekämen, war zum Glück unwahrscheinlich, denn Wilko würde eine Weile hinter Gittern bleiben müssen, und Wenx war zu einer saftigen Geldstrafe verurteilt worden.

»Du denkst zu viel nach. Die beiden werden uns nie mehr Ärger machen. Wenn du zu wenig Schlaf hattest, holt dich der Schrecken von damals immer ein. Das ist Vergangenheit. Lass dich fallen, genieß die Ruhe, bevor auf Charlottes Feier nachher wieder der Sturm über uns hereinbricht.«

»Ach, du kennst mich einfach zu gut.« Sie gab ihm einen letzten Kuss auf die Nasenspitze und stand dann auf, um die Girlanden zu holen, die sie in Omas Garten aufhängen wollte.

Die Feier wurde bunt, wild und dauerte den ganzen Tag. Halb Greetsiel schien gekommen zu sein, um Oma zu gratulieren. Hauke vom Fischladen brachte ein Tablett Krabbenbrötchen mit, Henriks Künstlerfreunde Ole und Raj trugen ein paar Sketche vor. Unter den Gästen befanden sich Yas, Frieda, Siebert mit ihren vier Kindern, Svens Schwester Rieke mit Familie, sein Vater Hajo, sein bester Freund Jörn und viele mehr. Bürgermeister Schulze brachte seine Frau und die beiden Töchter mit. Die Seehundstation war sein neues Renommierprojekt geworden, und seiner Werbung hatten sie viele Besucher zu verdanken.

Mit jedem neuen Gast wurde Fenja klarer, wie sehr sie im letzten Jahr in der Krummhörn angekommen war. Das hier war ihr neues Zuhause, die Krummhörner waren ihre Familie. Von deren anfänglichen Verschlossenheit war nichts mehr übrig geblieben. Feiko und Wiebke servierten Kuchen, Tee und Kaffee, während Joris und Theda sich um den Ablauf in der Seehundstation kümmerten. Janne und Yas saßen gemeinsam auf der neuen Hollywood-Schaukel und unterhielten sich angeregt. Eine wunderbare Leichtigkeit lag über dem Hof. Das letzte Jahr war anstrengend gewesen, aber auf eine motivierende Art. Es ging voran. Jeder Tag brachte Veränderungen, und meistens waren es gute.

Oma Lotti genoss den Trubel der Feier sichtlich. Sie trug eines ihrer hautengen Kleider und dazu Ohrringe, die bis zu den Schultern reichten. Ausgelassen tanzte sie einen Tango mit Henrik und winkte Fenja zu, die vergeblich versuchte, sich hinter einem Baum zu verstecken. Tanzen lag ihr nicht.

»Komm schon, mien Deern, schwing dein Tanzbein!«, rief sie ihr zu.

Instinktiv griff Fenja nach Twix' Leine. »Später, ich führe Twix erst eine Runde Gassi.«

»Ich begleite dich«, bot Sven an, dessen weißes Kragenhemd völlig durchgeschwitzt war. Das Gel hatte sich aus seiner Wuschelfrisur gelöst, die nun wirr in alle Richtungen abstand. Als Kind war sie in Birk Borkason verliebt gewesen, der eine ebensolche Lockenpracht besaß, und hatte sich selbst als Ronja Räubertochter gesehen. Und diese Schwäche für turbulente Frisuren hatte sie sich bewahrt.

Als sie den Feldweg neben den Apfelbäumen entlangschritten, wurde das Gelächter hinter ihnen leiser. Endlich hatten sie einen Moment für sich ganz allein.

»Charlotte mag Musik nur, wenn sie laut ist«, stellte Sven fest.

Fenja nickte amüsiert. »Laut, wild und stürmisch – sie ist wie die Nordsee«, sagte sie und versuchte, einen Apfel von einem Ast zu pflücken. »Aber sie sieht ungemein glücklich aus.«

»Du auch.« Mit einem zärtlichen Lächeln bog Sven ihr den Ast ein Stückchen herunter.

Fenja schmunzelte. »Das bin ich auch.«

Ein freches Wölkchen schob sich vor die Sonne und brachte eine angenehme Kühle mit sich. Fenja atmete tief durch.

»Ich würde gerne heute Abend, wenn die Feier vorbei ist, mit dir zum Leuchtturm radeln. Hast du Lust?«, fragte Sven.

»Ich glaube nicht, dass Oma vor Sonnenuntergang ins Bett geht«, sagte sie kauend. »Mhm. Der ist lecker.«

Aus dem Augenwinkel bemerkte sie, dass Sven sie mit einem verheißungsvollen Blick beobachtete.

»Dann lass uns Twix zurückbringen und jetzt für eine Stunde verschwinden. Eine Pause wird uns guttun, und Charlotte und die anderen kommen gut ohne uns zurecht. Es gibt etwas, was ich dir sagen muss.«

»Und das kann nicht warten?«

»Nein.«

Der Rückenwind ließ sie zum Pilsumer Leuchtturm beinahe fliegen. Zwischendurch breitete Fenja beide Arme aus und ließ den Wind und das Fahrrad die Arbeit erledigen. Sie fühlte sich frei und glücklich. Heute hatten sie den Turm für sich, denn zurzeit fanden Malerarbeiten an der unteren Hälfte des Turmes statt, und das hielt die Touristen ab. Sie stellten die Fahrräder am Wegesrand ab.

Sven sah sie versonnen an. »Weißt du noch, wie du meintest, du müsstest den Leuchtturm unbedingt backen?«

»Du fandest das bizarr.«

»Es hat mich überrascht. Aber so bist du: Du liebst das Leben und nimmst es, wie es kommt. Und wenn du backst, ist es, als würdest du damit die Schönheit dieser Welt festhalten. Und weißt du was? Ich glaube, an dem Abend habe ich das verstanden und mich erst richtig in dich verliebt.«

Umständlich öffnete er seine Umhängetasche und holte etwas Kleines, Schweres heraus: ein Vorhängeschloss, in das ein Herz eingraviert war, das ihre Initialen umschloss.

»Oh«, sagte Fenja und erinnerte sich daran, wie sie ihn zum ersten Mal gesehen hatte, abends am Meer. Damals hatte sie ihn für einen Sonderling gehalten – wie viel hatte sich seitdem verändert. Nachdenklich schaute sie ihn an. Die dunklen Wuschellocken schienen immer in Bewegung zu sein, und seine Augen waren tiefer als der Marianengraben. Aber in ihnen tanzten Sterne, und sein Blick war voller Zärtlichkeit.

»Du weißt, was das symbolisiert?«, fragte er, und seine Stimme klang kratziger und rauer als sonst, als würde es ihm schwerfallen zu sprechen.

»Was denn?« Fenja wollte es von ihm hören. So sehr.

»Es klingt kitschig. Aber ich meine es so. Es bedeutet ewige Verbundenheit. Ich möchte immer an deiner Seite sein, Fenja.«

Er führte sie zur Wand mit den anderen Schlössern, und sie suchten einen freien Platz, um es aufzuhängen. Zärtlich zog Sven sie an sich und küsste sie. Er schmeckte nach Meer und Muscheln, nach Tiefe und Sand.

Als sie sich von ihm löste, merkte sie, wie er wieder in seine Umhängetasche griff, als hätte er etwas darin versteckt. Die Umrisse eines kleinen Kästchens zeichneten sich darin ab.

»Komm«, sagte er, »lass uns nach oben gehen.« Er schloss die Tür des Leuchtturms auf, und gemeinsam stiegen sie die Treppe hinauf.

***

Als Fenja im nächsten Frühjahr wieder die Stufen des alten Leuchtturms hochschritt, begleiteten sie die ruhigen Klänge von Johann Pachelbels *Kanon in D-Dur*, während sie versuchte, nicht über ihr bodenlanges Kleid zu stolpern und durch ihren Schleier Sven zu erkennen, der oben im Trauzimmer auf sie wartete.

Seine gestrafften Schultern waren ein Zeichen der Ernsthaftigkeit, mit der er sie hier erwartete. Aber sein Lächeln leuchtete stärker als jedes Feuer, das die Boote der Seefahrer in vergangenen Zeiten davor bewahrt hatte, auf Grund zu laufen. Es gab ihr Halt und innere Ruhe, und als er ihre Hand ergriff, durchströmten sie Liebe und Zuversicht.

Ein kleiner Fuß trat sie von innen gegen die Bauchdecke, und sie musste lächeln. Behutsam strich sie über ihren Bauch und das neue Leben in ihr.

Die Zukunft war ein Abenteuer voller Wellenberge und Sturmböen. Sicherlich würde es schöne Zeiten geben, aber Glück und Unglück wechselten sich ab, es würde nicht immer leicht sein. Niemand konnte in die Zukunft schauen und erraten, welche Musik in einem, fünf oder zwanzig Jahren im Tanzsaal ihres Lebens spielte. Doch eines war so gewiss wie die Ebbe, die der Flut folgte – sie war endlich angekommen.

# Danksagung

Diese Geschichte schreiben zu dürfen erfüllt mich mit tiefem Dank – denn sie entführt mich nach Ostfriesland, an einen ganz besonderen Ort, der mir seit Kindheitstagen am Herzen liegt. Und sie erlaubt mir, eins meiner Lieblingsthemen zu berühren: die Wildtierrettung. Ich engagiere mich seit Jahren in diesem Bereich, und für mich ist es die Erfüllung eines Traums, darüber nun ein Buch zu verfassen.

Mein Dank gilt meinem Mann Christian, der mir jederzeit Freimomente geschaffen hat, damit ich schreiben konnte. Christian, du machst es mir leicht, über romantische Momente zu schreiben, denn nach all den Jahren reicht ein Blick in deine blauen Augen, damit es in mir zu kribbeln anfängt! Danke, dass es dich gibt!

Ich bedanke mich auch beim Bastei-Lübbe-Team für die tolle Zusammenarbeit. Insbesondere meinen wundervollen Lektorinnen Dr. Stefanie Heinen und Anne Schünemann, die in liebevoller Kleinarbeit an dieser Geschichte gearbeitet haben. Einen herzlichen Dank auch an meine Agentin Diana Itterheim, die mir mit viel Rat und Tat zur Seite steht.

*Weite Strände, weiße Dünen und die Liebe deines Lebens*

Marie Merburg
STRANDKORBZAUBER
Ostsee-Roman

384 Seiten
ISBN 978-3-404-18482-8

Ein Auftrag führt die Künstlerin Hannah zurück in ihren Heimatort auf dem Darß. Liebwitz soll das »Dorf der Liebe« werden – und Hannah das neue Standesamt verschönern. Doch der Empfang ihrer Familie verläuft frostig, und auch eine Begegnung mit ihrem Ex Finn lässt nicht lange auf sich warten. Als Hannah dann noch indirekt dafür verantwortlich gemacht wird, dass sich das alte Ehepaar Jahnke an seinem 75. Hochzeitstag scheiden lassen will, ist die Katastrophe perfekt. Jetzt muss Hannah Amor spielen, und leider scheint nur einer dabei helfen zu können: Finn, der ihr einst das Herz gebrochen hat ...